김완하 교수 정년퇴임 기념 작품집

사 이 꽃

김완하 교수 정년퇴임 기념 작품집

사 이 꽃

시와정신사

사이꽃

김완하

꽃과 꽃 사이
피어나는 꽃

꽃과 꽃 사이에
새로이 몸을 내는 꽃

꽃과 꽃 사이에서 피어난
꽃 사이에서 피어나는 꽃

꽃과 꽃 사이사이에 피어난
꽃 사이사이사이에서 피어나는 꽃

그대와 나 사이 꽃

2023. 8. 28
한남대 연구실에서

꽃과 꽃 사이

2000년 3월 문예창작학과 첫 엠티(갑사)

2001년 5월 김재홍 교수 초청 강연

2002년 5월 박완서 소설가 초청 강연

2006년 5월 정호승 시인 초청 특강 - 문예창작학과

2006년 5월 성석제 소설가 초청 특강 - 대학원

2007년 5월 문예창작학과 문학기행(오장환문학관)

2007년 5월 문예창작학과 문학기행(안성 박두진 시비)

2007년 5월 문예창작학과 문학기행(충주 중앙탑사적공원)

2007년 7월 여름방학 창작특강 첫 강의(박성우 시인)

2010년 5월 제15회 시와정신 신인상 시상식(샌프란시스코)

2011년 2월 문예창작학과 졸업식

2011년 11월 제18회 시와정신 가을문학 콘서트

2013년 5월 7일 대전문학관 참관수업

2013년 11월 22일 제28회 창작문화제(대전시청 하늘마당)

2016년 10월 샌프란시스코 한인박물관(특강 권영민 교수)

2017년 7월 한남문인 여름콘서트(특강 신익호 교수)

2017년 11월 11일 『한남문학선집』 발간 기념 및 한남문인상 시상식

2017년 11월 22일 풀꽃문학관 방문(나태주 시인)

2018년 6월 29일 한남문인 여름콘서트(특강 이은봉 교수)

2018년 8월 시카고 국제문학심포지엄(시와정신국제센터 주최)

2018년 8월 미주문협 LA 여름문학 캠프(특강 김완하 교수)

2018년 8월 전국계간문예지 대전축제(시와정신 주최)

2018년 12월 15일 시와정신 시상식 및 송년 문학제

2019년 12월 20일 버클리문학 10주년 행사(미국 버클리)

2022년 5월 28일 성은주(제자) 시인 시집 출판기념회

2022년 6월 한남문학 여름콘서트

2022년 8월 2일 제1회 시와정신 해외문학상 시상식(샌프란시스코)

2022년 8월 6일 제2회 시와정신 해외문학상 시상식(로스엔젤레스)

2022년 10월 29일 시와정신 창간 20주년 기념식

2022년 12월 3일 한남문인상 시상식

2022년 12월 3일 한남문인신인상 시상식

2023년 4월 21일 시와정신 봄 문학콘서트

2023년 5월 15일 스승의 날 기념 모임

꽃과 꽃 사이에 핀 생명의 노래

이 책은 김완하 교수님의 정년퇴임을 맞아 그의 제자들과 『시와정신』 출신 시인 131명이 모여 함께 만든 작품집이다. 1987년 『문학사상』을 통해 등단하며 본격적인 작품 활동을 시작한 김완하 교수는 마흔셋이 되던 2000년, 한남대학교 문예창작학과(현 국어국문창작학과)가 신설되면서 첫 번째 교수로 부임하여 2023년 8월까지 24년간 수많은 제자·문인을 길렀다. 그동안 학부와 대학원에서 김완하 교수로부터 수학한 제자와 2002년 그가 창간한 계간지 『시와정신』을 통해 등단한 문인들은 현재 전국 각지에서 왕성한 창작활동을 펼치고 있다.

이처럼 많은 제자 문인을 양성하면서 꾸준한 문학 연구와 시창작 활동을 이어온 김완하 교수는 덕망 있는 스승이자 문학 평론가이며 묵묵히 자신의 시세계를 만들어온 한국을 대표하는 시인이기도 하다. 이러한 그가 2023년 1학기 한남대학교 국어국문창작학과 교수직에서 정년퇴임을 하게 되어 이를 기념하며 스승과 제자의 공동 작품집 『사이꽃』을 기획·출간하게 된 것이다.

'김완하 교수 정년퇴임 기념 작품집'이라는 이름을 달고 세상에 나온 이 책에는 그동안 현실 세계에 뿌리를 두고 그가 펼쳐 온 시적 상상력과 정성을 다하여 갈고 닦아온 문학의 길을 정리하고 마무리하는 의미가 담겨 있다. 그러나 문학이라는 예술 장르가 그러한 것처럼 하나의 큰 줄기로 요약할 수 없는 보다 섬세하고 다양한 형태의 시정신이 함께 수록되어 있다. 그것은 시로 만난 사람들이 시로 만들어나가는 감각의 연대이며 마음의 깊이이기도 하다. 그리하여 이 책에는 문학이라는 공동체 의식 속에 함유된 끈끈한 에너지가 보이지 않는 힘으로 작용하고 있으며, 그 동력으로 오랜 시간 시를 믿고 시를 써온 사람들의 이야기가 수록되어 있다고 말하고 싶다.

김완하 교수는 2000년부터 9년간 한남대학교 문예창작학과의 첫 학과장이었다. 때로는 아버지와 같은 마음으로 학생들의 학문 정진과 미래의 꿈을 설계하는 데 함께했다. 학과 소모임 '시정신'은 그가 애정을 가지고 지도한 문학동아리로, 2000년부터 활동을 시작해 현재에 이르고 있다. 방학 중에는 창작에 보다 뜻이 있는 제자들을 모아 이른 바 '신춘문예반'을 개설했는데, 이를 통해 많은 학생들이 한국 문단 현장에서 치열하게 시를 쓰고 있는 젊은 작가들을 직접 만나 그들과 소통하면서 시인의 꿈을 꾸고 작품성 있는 글을 쓸 수 있었다. 이처럼 학교의 정규 과정 외에 다양하고 적극적인 창작활동과 배움의 길을 열었던 김완하 교수의 부단한 노력은 실제로 한국 문단에 능력 있는 작가를 배출하는 데까지 이어져 왔다.

김완하 교수가 2002년 창간한 계간 『시와정신』 역시 시와 함께 달려온 그가 만들어낸 문학적 성과 중 하나이다. '새로운 시정신을 위하여'라는 기치로 새로운 시를 모색하기 위해서 창간한 『시와정신』을 통해 많은 문인들이 작가의 길을 걷기 시작했다. 또한 주목할 만한 것은 시와정신을 중심으로 펼쳐진 문화예술 활동들이다. 그동안 『시와정신』은 시와 시정신의 가치를 독자와 함께 실현하기 위해 시창작 강좌, 문학캠프, 문학제 등을 개최했다. 특히 2017년에는 〈시와정신국제화센터〉를 오픈하고 2018년에는 '시와정신해외문학상'을 제정하는 등으로, 해외와 한국문학에 대한 관심으로 샌프란시스코, 로스앤젤레스, 시카고, 텍사스를 향해서 한국문학의 외연을 확장하는 활동도 적극적으로 전개해왔다.

이러한 과정에서 김완하 교수 곁으로 하나, 둘 사람들이 모였다. 그리고 문학 활동을 함께 했다. 그동안 많은 사람들이 그와 함께 시를 쓰고 시를 엮을 수 있었던 것은 문학이 기본적으로 내재하는 공감과 교감의 정서가 있었기 때문일 것이다. 하지만 그보다 더 큰 힘은 김완하 교수가 지닌 시에 대한 믿음과 이를 바탕으로 형성된 에너지가 통섭의 영역으로 작용했기 때문이라 말할 수 있다. 그에게는 서로 다른 것을 한데 모으는 힘이 있다. 많은 사람들이 그동안 그를 중심으로 모였고 스승과 제자가 되었으며 선·후배이자 친구 그리고 슬픔과 기쁨을 함께 나누는 사이가 되었다.

　이 책의 제목 '사이꽃'은 김완하 교수의 대표작이기도 하지만 김완하 교수를 비롯하여 이곳에 모인 132인의 작가와 이들이 쓴 423편의 시가 각자 피워 올린 꽃이고, 꽃과 꽃 사이 사이가 만들어내는 의미화의 과정이기도 하다. 일반적으로 사이는 하나의 틈이고, 비어있는 공간을 말한다. 그러나 사이꽃은 꽃과 꽃이 각자의 위치에서 비어 있는 곳을 향하여 채워가는 움직임이라 말할 수 있다. 김완하 시인이 시를 통해 역설하고 있는 것처럼 "꽃과 꽃 사이사이에서 피어"나는 사이꽃은 피어나는 순간 사이를 만들면서 나와 다른 꽃의 사이를 채우는 생명이자 의지의 표상이기 때문이다. 『사이꽃』은 김완하 교수와 제자들이 시로 기록하는 새로운 세계를 향한 지향점이며 '사이'라는 이름으로 비워지고 동시에 채워지는 정신의 깊이라 말할 수 있을 것이다. 그러므로 꽃들은 계속 피어나고 그 사이는 지속되어갈 것임을 우리는 믿는다.

　책의 구성은 크게 두 부분으로 되어 있다. 먼저 김완하 교수의 시세계를 살펴보기 위해 「별·1」을 비롯하여 자선작 30편을 수록했다. 36년간 다져온 그의 다양한 시편들과 시적 사유의 흐름을 살펴볼 수 있을 것이다. 이어서 오랜 시간 김완하 교수와 함께한 사람들의 대표작 3편씩을 모았다. 저자의 이름 가나다순으로 엮었으며 약력은 한남대학교 그리고 『시와정신』과 관련된 주요 이력을 중심으로 적었음을 밝혀둔다.

　그동안 시를 쓰고 시를 가르치며 우리와 함께해온 김완하 교수님의 새로운 시작을 깊이 응원하며 존경과 감사의 마음을 여기에 오롯이 담고자 한다.

2023년 가을

『사이꽃』 편집부 일동

● 목차

책머리에   17

《김완하 자선시 30편》
─────────────────────────────
1. 나의 별을 내가 볼 수 없구나
─────────────────────────────

별1   31
별2   33
별3   34
별4   35
별들의 고향   36
그리움 없인 저 별 내 가슴에 닿지 못한다   37
허공이 키우는 나무   39
눈발   40
동백꽃   42
노루귀   44

─────────────────────────────
2. 우리 집은 언제나 빛으로 가득 차 있었다
─────────────────────────────

아버지가 되어   46
엄마   47
마정리 집   48
새벽 신문을 펼치며   49
칡덩굴   51
집 우물   52
입동   53
섬   54
물소리   55
썰물   56

3. 꽃은 제 이름을 온몸으로 쓰고 있다

발자국 57

외로워하지 마라 58

석공 60

그늘 속의 그늘 61

매미의 무덤 62

생의 온기 63

뻐꾹새 한 마리 산을 깨울 때 65

절정 67

하회강에 가서 68

꽃과 상징 70

《사이꽃 시 모음》

ㄱ

강안나 단추 외 2편   72

강은미 자벌레 보폭으로 외 2편   75

강학회 어느 좀비의 시작법 외 2편   78

고명자 귀뚜라미가 늦골 아래에서 운다는 십이월의 밤 외 2편   83

곽은희 우리 교회 외 2편   89

구지혜 물멍 외 2편   92

권기림 봄 외 외 2편   98

권용관 축일逐日 외 2편   101

권주원 시집간 누이에게 외 2편   106

길상호 고양이와 커피 외 2편   110

김경숙 택배 외 2편   114

김공호 빙떡꽃 외 2편   118

김규나 사과의 꿈 외 2편   122

김나원 뒷북 외 2편   126

김난수 누가 그러더군 악연은 성스럽게 온다고 외 2편   130

김다은 하얀 공룡 외 2편   135

김도경 아들의 가방을 메고 외 2편   139

김동준 달빛 침상 외 2편   144

김동호 검은 친구 외 2편   148

김선환 물의 꽃 외 2편   151

김승필 허공 한 채 외 2편   155

김시도 붕어찜 외 2편   159

김은순 장담기 외 2편   165

김재광 정류장의 시간 외 2편   170

김정순 가연佳緣 외 2편   173

김종덕 겨울 벽화 외 2편   177

김주희 비로소 외 2편   182

김지숙 데드플라이 외 2편   187

김태익 전설의 가치 외 2편   191

김혜윤 자화상 외 2편   196

김화순 꿈 외 2편   201

ㄴ

남연우 웅달집 외 2편   205

남원근 겨울 외 2편   211

남정화 행성 외 2편   215

노금선 만 원의 행복 외 2편   220

노수승 스노우볼 외 2편   226

ㄹ

류경동 어떤 연대기 외 2편   230

ㅁ

민재명 안락사 외 2편   236

ㅂ

박광영 밥과 별과 시 외 2편   240

박득희 가시 외 2편   244

박미숙 북회귀선 외 2편   247

박세아 사막기도 외 2편   251

박소연 숨 한 모금 외 2편   255

박송이 소심한 책방 외 2편   259

박유하 막차 외 2편   264

박인정 우렁이 색시 외 2편   269

박일우 흰 두루마기 외 2편   272

박종영 발골작업 외 2편   276

박한송 소금 아빠 외 2편   281

박희준 종이의 무덤 외 2편   284

백명자 억새 외 2편   289

백혜옥 저녁강 외 2편   293

변선우 복도 외 2편   296

빈명숙 고향바다 외 2편   300

빙현희 여름 외 2편   304

ㅅ

서지석 맛있는 홍대와 베이커리 음악들 외 2편   308

서희경 수박 외 2편   314

성은주 코끝의 도시 외 2편   320

손경선 어머니 외 2편   325

손 미 사람을 사랑해도 될까 외 2편   328

손상아 조각보 외 2편   334

손혁건 최고의 높이란 외 2편   338

송계헌 위대한 얼룩 외 2편   341

신규철 나의 강으로 외 2편   345

신영목 새해 외 2편   350

신영연 가자 외 2편   353

신현자 일탈 외 2편   358

심송무 하얀 볼 외 2편   363

○

아 은 오독 외 2편   367

안성덕 섬 외 2편   371

안창현 콘크리트 샤워 외 2편   375

안후영 남향 고을 외 2편   379

양안나 호미 놓고 기역 외 2편   383

양희순 대숲 돌그릇 외 2편   389

엄경옥 혼밥존 외 2편   395

엄태지 스며드는 자전거들 외 2편   401

여진숙 못은 비밀을 무는 버릇이 있고 외 2편   406

오영미 접시꽃 외 2편   411

우종숙 태양 하나를 낳았다 외 2편   415

원양희 다듬는 일 외 2편   420

유선영 파주 외 2편   425

유인선 잠이 안와요 외 2편   429

육근철 바늘과 실 외 2편   435

윤선아 꽃밭 외 2편   439

윤진모 변방의 별 외 2편   444

이경희 시손님 외 2편   448

이근석 시계의 마음 외 2편   452

이덕비 왕십리의 봄 외 2편   457

이명식 입춘첩을 내걸다 외 2편   461

이미화 달을 캔다 외 2편   464

이봉직 나의 선언 외 2편   468

이비단모래 상사화에 체해 외 2편   471

이성숙 봄에는 프리지아 외 2편   476

이성심 오래된 밥상 외 2편   482

이성혜 고요한 작업 외 2편   487

이윤소 돌의 족보를 누설하다 외 2편   491

이윤지 하품 외 2편   496

이   정 시계의 마음 외 2편   501

이정희 사십 계단을 울먹이며 오르는 이에게 외 2편   505

이태진 뒤에 서는 아이 외 2편   513

이현명 아버지와 리어카 외 2편   517

이혜경 과속 카메라 외 2편   520

이희수 벌판서 안부를 묻다 외 2편   525

임남희 저수지 외 2편   528

임서령 타고 오르는 것의 본능 외 2편   531

ㅈ

장진숙 가을산 외 2편   536

전건호 달팽이의 산책 외 2편   540

전동진 수화 외 2편   546

전병국 회색 마을 외 2편   550

전희진 로사네 집의 내력 외 2편   553

정국희 로스엔젤레스, 천사의 땅을 거처로 삼았다 외 2편   558

정대중 마법의 비 외 2편   563

정용재 빵 굽는 시간 외 2편   566

정우석 끝날 줄 모르는 외 2편   570

정은이 아버지의 지게 외 2편   575

정정숙 가을행 버스 외 2편   579

조경숙 행운木 외 2편   585

조남명 콩바심 외 2편   588

조명희 자두나무 아래 너를 부르면 외 2편   591

조옥동 천사의 도시인가 L.A는 외 2편   597

조재숙 늙은 호박 외 2편   600

지연경 배고픈 햇살 외 2편   603

진종한 두더지 외 2편   607

ᄎ

차유진 人,큐베이터 외 2편   611

최태랑 철쭉꽃 외 2편   617

ᄒ

하미숙 문門 외 2편   621

하회경 매미의 수다 외 2편   627

한재선 가을 하숙집 외 2편   632

한정근 휘묻이 외 2편   638

현택훈 우리말 사전 외 2편   641

황인학 구름의 뿌리는 어디일까 외 2편   645

김완하 자선시 30편

별 · 1

별들이 아름다운 것은
서로가 서로의 거리를
빛으로 이끌어 주기 때문이다
하루의 일을 마치고
허리가 휘어 언덕을 오르는
사람들 발 아래로 구르는 별빛,
어둠의 순간 제 빛을 남김없이 뿌려
사람들은 고개를
꺾어 올려 하늘을 살핀다
같이 걷는 이웃에게 손을 내민다

별들이 아름다운 것은
서로의 빛 속으로
스스로를 파묻기 때문이다
한밤의 잠이 고단해
문득, 깨어난 사람들이
새벽을 질러가는 별을 본다
창밖으로 환하게 피어 있는
별꽃을 꺾어
부서지는 별빛에 누워

들판을 건너간다

별들이 아름다운 것은
새벽이면 모두 제 빛을 거두어
지상의 가장 낮은 골목으로
눕기 때문이다

별 · 2

가장 먼 거리에서 아름다운 이가 있다
텅 빈 공간에서도 떠오르는 얼굴이 있다

우리가 사는 날까지 소리쳐도
대답 없지만,
눈감으면 다가서는 사람 있다

별 · 3

진실을 향한 고통은 얼마나 아름다운가
우리가 한세상 무너지며 달려와
빈 가슴으로 설 때,
하늘 가득 박힌 별들이여

온 하늘을 위하여
태어난 그 자리를 지키며
일생을 살다 가는 사람들

별은 왜,
어두운 곳에 선 이들의 어깨 위로만
살아 오르는가
휩싸인 도시를 빠져 나와
앙상한 나뭇가지 사이로만 빛을 뿌리는가

숨죽여 흐르는 찬 강물에 누워
이 한밤 새도록 씻기우는 별빛,
새벽이 닿아서야
소리 없이 강심을 밀고 올라와
가장 맑게 차오르는 별을 본다

별 · 4

나의 별은 내가 볼 수 없구나
항시 나의 뒤편에서
나의 길을 비춰 주는 그대여,

고개 돌려 그를 보려 하여도
끝내 이를 수 없는 깊이
일생 동안 깨어 등을 밝혀도
하늘 구석구석 헤쳐 보아도
나는 바라볼 수가 없구나

우리가 삼천 번 더 눈떠 보아도
잠시, 희미한 그림자에 싸여
그을린 등피 아래 고개를 묻는 사이
이 세상 가장 먼 거리를 질러가는 빛이여

어느새 아침은 닿고,
진실로 나의 별은 나의 눈으로
볼 수가 없구나

별들의 고향

어머니는 집 가까운 콩밭에 김을 매시고 저녁이 되어서야 맨발로 호미와 고무신을 들고 돌아오셨지요 우물가 빨랫돌 위에 고무신을 닦아 놓으시고, 하루의 피로를 씻으시던 저녁, 땅거미가 내릴수록 더욱 희게 빛을 발하던 어머니의 고무신 어머니의 땀 밴 하루가 곱게 저물면 이제 막, 우물 안에는 솔방울만한 별들이 쏟아지고 갓 피어난 봉숭아도 살포시 꽃잎을 사리는 것이었지요

지금 우물은 자취 없이 사라지고 말았는데, 싱싱한 꿈 길어 올릴 두레박줄 내릴 곳 없는데, 이제는 그곳에 서보아도 뒷산 솔바람 소리도 들리지 않는데, 나의 저 어린 시절 어머니의 흰 고무신이 빛나던 저녁, 우리 집 우물에서 솟아나던 별들은 다 어디로 간 것일까요

그리움 없인 저 별 내 가슴에 닿지 못한다

네가 빛나기 위해서
수억의 날이 필요했다는 걸 나는 안다
이 밤 차가운 미루나무 가지 사이
아픈 가슴을 깨물며
눈부신 고통으로 차오르는 너,

믿음 없인 별 하나 떠오르지 않으리
그리움 없인 저 별 내 가슴에 닿지 못하고
기다림 없는 들판에서는
발목 젖은 풀뿌리 하나에도
별빛 다가와 안기지 않으리

어둠 속 무수히 흩어지는 발자국
별 하나 가슴에 새기고 돌아가
고단한 하루에 빗장을 지를 때
지친 풀잎 허리 기댄 언덕 위로
너는 꺼지지 않는 등을 내다 건다

너와 내가 하나의 강으로 닿아 흐르기까지
수천의 날이 또 필요하리라

이 밤 네가 빛나기 위해

수억의 어둠을 뜬눈으로 삼켜야 했듯

그 눈물 어리어 흘러가는 강을 나는 본다

허공이 키우는 나무

새들의 가슴을 밟고
나뭇잎은 진다

허공의 벼랑을 타고
새들이 날아간 후,

또 하나의 허공이 열리고
그 곳을 따라서
나뭇잎은 날아간다

허공을 열어보니
나뭇잎이 쌓여 있다

새들이 날아간 쪽으로
나뭇가지는,
창을 연다

눈발

내장산 밤바람 속에서
눈발에 취해 동목冬木과 뒤엉켰다
뚝뚝 길을 끊으며
퍼붓는 눈발에
내가 묻히겠느냐
산이여, 네가 묻히겠느냐
수억의 눈발로도
가슴을 채우지 못하거니
빈 가슴에
봄을 껴안고 내가 간다
서래봉 한 자락
겨울바람 속에
커다란 분노를 풀어놓아
온 산을 떼 호랑이 소리로 울고 가는데
눈발은 산을 지우고
산을 지고 어둠 속에 내가 섰다
몇 줌 불꽃은 산모롱이마다 피어나고
나무들은 눈발에 몸을 삼켜
허연 배를 싱싱하게 드러내었지
나이테가 탄탄히 감기고 있었지

흩뿌리던 눈발에

불끈 솟은 바위

어깨에 눈 받으며 오랜 동안 홀로 들으니

산은 그 품안에 빈 들을 끌어

이 세상 가장 먼 데서

길은 마을에 닿는다

살아 있는 것들이 하나로 잇닿는 순간

숨 쉬는 것들은

이 밤내 잠들지 못한다

맑은 물줄기 산을 가르고

모퉁이에서 달려온 빛살이

내 가슴에 뜨겁게 뜨겁게 박힌다

내장산 숨결 한 자락으로

눈발 속을 간다

동백꽃

그대와 나
가까울수록 더욱 멀고
멀수록 너무 가깝지요
해남군 삼산면 구림리
동백 숲에 와서
그대를 생각합니다
때로는 그리움이 큰 힘 되어
비탈길 험한 산맥 버티어도
잠시 그 강물 너무 깊어
나는 동백 붉은 꽃잎에
홀로 길을 잃었습니다
봄 오기 전 먼저 피어나
이 봄 가기 전
제 꽃잎 거두어 동백은 앞서 갑니다
피고 지는 꽃잎 하나 두고
저 산 이 골짜기 저리 깊은데
외로운 사람들 발자국 찍고 와서
떨어지는 꽃잎 하나
두 손으로 감싸고
기뻐 어쩔 줄 모릅니다

땅에 져서야 더 활짝 피어나는 꽃
밤이 와서
잎도 꽃도 어둠에 묻힙니다
낮에는 물이 꽃잎에 취해 흐르더니
어둠 속에선
그 물소리 곱게 감아
몇 송이고 꽃은 벙글어집니다
돌아보매 이 어두움
천길 물속이어도
그 길 우리 가야 합니다
꽁꽁 묶인 밤 속으로
길들이 지친 허리를 펴고
꽃들은 불을 밝혀줍니다

노루귀

연초록 풀빛 번지는 산등성에 흰 구름 올려다보는 노루의 천진난만
그건 가장 투명한 생명과 자유의 상징
노루의 머루 알 같은 눈망울 한 번 들여다본 사람은 누구나 호수 같
은 마음 알고 있지

가장 행복한 이름
노루귀 그건 한 번 피어 백년 가고
꽃에 새겨 천년을 넘는 것
동물과 식물 양쪽을 동시에 석권한 것

노루귀는 최고의 순수로
앞만 보고 사는 사람 절대 볼 수 없지
작은 키로 바닥에 바짝 붙어 누구나 무릎 꿇고 두 손 땅 짚어 머리
조아려야 보이는 꽃

하얀 털 뒤집어쓴 꽃대 나오고 그 꽃 질 무렵에 잎 돋는다
노루귀의 꽃말 인내와 신뢰 믿음이 나오는 지점

그 귀로도 이 세상에 더 들을 소리 있는지

봄이면 산과 들에 귀를 쫑긋쫑긋 세운다
그 노루귀 내 안에도 있다

아버지가 되어

아버지가 되어
아가야,
너에게 이름을 준다
이 세상 앞에 너를 세운다

오늘따라 짙푸른
저 산맥 위로 너를 들어 올린다
남으로,
북으로 뻗어가는 싱싱한 산줄기
앞 다투어 달려가는 곳에
길이 있다

네 울음소리 터져 나와
처음 이 세상 풀잎 흔들 때
부끄러운 삶을 묶어
나도 다시 태어난다

아가야,
저 큰 산 네가 넘어야 한다

엄마

첫돌 지난 아들 말문 트일 때
입만 떼면 엄마, 엄마
아빠 보고 엄마, 길 보고도 엄마
산 보고 엄마, 들 보고 엄마

길옆에 선 소나무 보고 엄마
그 나무 사이 스치는 바람결에도
엄마, 엄마
바위에 올라앉아 엄마
길옆으로 흐르는 도랑물 보고도 엄마

첫돌 겨우 지난 아들 녀석
지나가는 황소 보고 엄마
흘러가는 시내 보고도 엄마, 엄마
구름 보고 엄마, 마을 보고 엄마, 엄마

아이를 키우는 것이 어찌 사람뿐이랴
저 너른 들판, 산 그리고 나무
패랭이풀, 돌, 모두가 아이를 키운다

마정리 집

엎드려 숙제를 하는 창가에 풍뎅이 한 마리 붕붕거렸다

호박 꽃잎마다 벌이 잉잉대며 날았다

담장에 매달린 조롱박에 고추잠자리 앉았다 떴다

길가 웅덩이에는 방개가 종종거렸다

둠벙에 잔잔히 이는 물살 주위를 구름이 에워쌌다

바람은 자주 강아지풀의 콧등을 훔치고 갔다

밤이 되면 목마른 별들이 쏟아져 내려와,

두레박으로 우물 길어 목을 축이고 올라갔다

등을 밝히면 담장의 나무들이 다가와 둘러앉았다

새벽까지 풀벌레들 책을 읽으며 꿈을 키웠다

우리 집은 언제나 빛으로 가득 차 있었다

새벽 신문을 펼치며

새벽어둠을 가르는
자전거 급브레이크
안마당으로 툭 하고 떨어지던 한국일보
아버지 주섬주섬 일어나서
어둠 속에서 신문을 건져 올리셨다
호롱불 앞에 바다처럼 펼치셨다

확 풍기는 기름 냄새가
코에 와 닿으면
어시장 생선처럼 튀어 오르던 활자
아버지 펼치신 신문 속 세상은 내게 멀고
아릿한 달빛 별빛 꿈결 속으로
나의 유년도 함께 달려갔다

중학생이 된 어느 날,
신문이 눈에 들어오고
시가 다가왔다
내가 먹고 자랄 꿈이 거기 돋아나 있었다
신문 한편에 실려 오는 시를 읽으며

가슴이 뛰었다

이제 아버지 떠나신 빈자리
시가 내게 남았다

칡덩굴

저렇듯 얽혀 사는 아름다움을 보라
험한 비탈길 함께 기어오르는,

하나의 뿌리로 여러 개 하늘을 품고
무더기무더기 꽃을 피우는

아픔으로 얼크러져 바로 서고
서로의 상처를 온몸으로 감싸 주며

가파른 어둠 벼랑을 타고 올라
죽음까지도 함께 지고 가는

집 우물

우리 집 우물은 일 년에 한 번 바닥을 쳤다

그해 수확한 밀을 빻기 위해 새벽부터 밀을 일었다 큰 대야에 물을 길어 올리면, 오후 서너 시경에 몇 가마 밀을 다 일 즈음 우물이 바닥을 드러냈다 어둠 속에서도 일렁이며 푸른 별빛을 살려 내던 우물이 모로 돌아누웠다

우물이 바닥을 보이면 그 위로 지나는 구름이 잠시 그늘을 쏟고 갔다 우물가 팽나무는 기운이 떨어지고 장독대 항아리도 서늘한 침묵을 쓰고 웅크렸다

그날 밤 잠이 오지 않는 나의 귓가에 집이 어둠 속으로 강물 끌어당기는 소리 들렸다 집은 신음 소리를 내며 밤새 허기를 채우려 달빛을 빨아들였다

그 밤 나의 꿈속으로는 별들이 소리를 내며 부서졌다 내 겨드랑에서 날개가 자랐다 한밤내 하늘을 날다 깨어나면 내 아랫부분이 이슬에 흠뻑 젖어 있었다

입동

갑자기 겨울비 몰려와
무우를 뽑아 묻는다
얼리지 않기 위해
알무우를 포개 흙을 덮는다
산다는 것은 버리는 것,
잔뿌리 끊어 내고
뽑히는 청무우
어머니는 무우를 뽑으시며
굵은 무우 시퍼런 허리 쓰다듬다가
깊게 내린 뿌리가 잘리면 안쓰러워하시기도 한다
미물들이 때는 먼저 안다고,
뿌리 깊이 박힌 겨울은 유난히 춥다시며
어머니 주름살은 더욱 깊어진다
무우밭 두둑엔
겨울이 노을처럼 번져 가는데
골똘히 삽질하는 나는
때 이른 함박눈을 맞으며
청무우 싱싱한 빛깔을 되새긴다

섬

바닥이 깊다는 것,
물 빠진 뒤에야 알았습니다

드러난 갯벌에 서서
사방팔방 흩어지는 게 떼 속에서
다시 차오를 깊이를 봅니다
그 물의 무게를 느낍니다

물 나간 뒤
빈 바닥 위에서
두 섬도 하나임을 알았습니다

물소리

간밤 물길이 내고 지운 소리들
모두 다 산속으로 가 있다
물소리는
물푸레나무 잎마다 둥지를 틀고
산뽕나무 줄기에
거미줄 치고 이슬을 걸었다

숲길 걷다 보면
물은 왜 흐르며 소리를 내는지
물은 왜 소리를 따라가는지
물소리 속으로 걸어가면
소리만 가고 길은 남아
나무와 풀의 잎맥이 되어 눕는다

내 발자국 위에 다시 길을 내며
어둠 속 물소리 따라 들어가면
물은 소리로 집을 짓고 마을을 감돈다

썰물

물 나가서야
섬도 하나의 큰 바위임을 안다

바다 깊이 떠받치고 있는
돌의 힘,

인간 세상
발아래 까마득한 벼랑을 본다

발자국

너는 항시 뒤에 남아
길 위에서 생을 마친다
네 온기를 남김없이 길 위에 비운다

마을 하나에 닿기까지
우리는 얼마나 많은 너의 목숨을
길 위에 뉘어야 하는가

어두워 집에 돌아온 밤
부르튼 발 씻으며
그제야 나는 바닥에 가 닿는다

돌아보면 내 몸 구석구석
네 그리움으로 커온 길이 있다
발자국이여.
네가 먼저 마을에 가 닿았구나

외로워하지 마라

네가 외롭다고 생각하는 것은
세상의 그리움이 너에게서
멀리 떨어져 있기 때문이다
이 세상의 젖은 풀잎 하나
네 등 뒤에 얼굴을 묻기 때문이다

네가 외로워하면
이 세상이 다 외로운 것이다
지상에 꺼지지 않는
마지막 등불 하나도
바람 앞에 몸을 내줄 것이다

너를 잃어버리고
세상의 손길에 모든 것을
기대어 설 때도
하늘의 별 하나는 깨어 있다

너를 모두 잃고
세상이 되돌려주기 기다리며
깊은 잠을 설칠 때

들녘에 집 잃고 헤매는
반딧불 하나 쉬지 않고 길 간다

세상의 반은 세찬 파도지만
또 나머지 반은 섬이다
사랑을 잃고, 길이 보이지 않아
몇 밤을 지새운 뒤에야
진정 이 세상을 껴안을 수 있다

석공

바위에 길을 새기려
그는 새벽마다 집을 떠났다
발자국에 마음을 비워 담았다

매일 바위를 파 들어가며
연장에 실려 오는 소리 들릴 때
그는 하늘을 향해서
온 마음 모아 기도했다

어둠을 열고 돌 속으로 들어가
돌이 깨지는 아픔에 갇혀도
그는 끝내 굳게 쥔 연장을
내려놓지 않았다

연장은 팔이 되고
그의 다리가 되었다
바위 결을 따라 시간이 흘러,
석상에 피가 돌고 눈을 뜨자
그는 돌 속으로 스며들었다

그늘 속의 그늘

어느 날 나무는 뿌리가 궁금했다
귀를 조아려 땅 밑 뿌리에 이파리를 모았다
뿌리는 또 하늘 소리에 관심이 쏠렸다
구름 부딪는 소리 별빛 부서지는 소리
그제야 뿌리와 우듬지 사이 한없이 멀다는 걸 알게 되었다
나무는 뿌리를 향해 온몸으로 흔들어보았다
어떤 소리도 전할 수 없었다
그리하여 우듬지는 뿌리 위로 그늘을 쏟았다
그때부터 이 세상 그늘에는 또 한 겹의 짙은 그늘이 깔려 있다

매미의 무덤

지상에서의 며칠 삶을 위해
매미는 수년간 흙 속에 묻혀 있다
땅에서 부활하는 순간이
곧 죽음에 이르는 길이다

매미는 자기 죽음에 대한 조상弔喪으로
스스로 울다 최후를 맞는다
기대어 울던 나무 밑이 자신의 무덤이다

이듬해 나무는
매미의 주검을 파먹고
이파리 줄창 자라나
무성한 그림자로 한 여름을 덮는다

생의 온기

더러는 아픈 일이겠지만
가진 것 없이 한겨울 지낸다는 것
그 얼마나 당당한 일인가
스스로를 버린다는 것은 또 얼마나 아름다운가
몰아치는 눈발 속에서
눈 씻고 일어서는 빈 벌판을 보아라
참한 풀잎들 말라 꺾이고
홀로의 목마름 속
뿌리로 몰린 생의 온기,
함박눈 쌓이며 묻혀 가는 겨울잠이여
내가 너에게 건넬 수 있는 약속도
거짓일 수밖에 없는 오늘
우리 두 손을 눈 속에 파묻고
몇 줌 눈이야 체온으로 녹이겠지만
땅에 박힌 겨울 칼날이야 녹슬게 할 수 있겠는가
온 벌판 뒤덮고 빛나는 눈발이
가진 건 오직 한줌 물일뿐이리
그러나, 보아라
땅 밑 어둠 씻어 내리는 물소리에 젖어
그 안에서 풀뿌리들이 굵어짐을

잠시 서릿발 아래 버티며
끝끝내 일어설 힘 모아 누웠거늘
자신을 버릴 수 있다는 것은
얼마나 당당한 일인가

뻐꾹새 한 마리 산을 깨울 때

뻐꾹새 한 마리가
쓰러진 산을 일으켜 깨울 때가 있다
억수장마에 검게 타버린 솔숲
둥치 부러진 오리목,
칡덩굴 황토에 쓸리고
계곡 물 바위에 뒤엉킬 때

산길 끊겨 오가는 이 하나 없는
저 가파른 비탈길 쓰러지며 넘어와
온 산을 휘감았다 풀고
풀었다 다시 휘감는 뻐꾹새 울음

낭자하게 파헤쳐진 산의 심장에
생피를 토해 내며
한 마리 젖은 뻐꾹새가
무너진 산을 추슬러
바로 세울 때가 있다

그 울음소리에
달맞이 꽃잎이 파르르 떨고

드러난 풀뿌리 흙내 맡을 때
소나무 가지에 한 점 뻐꾹새는
산의 심장에 자신을 묻는다

절정

히말라야의 쇠재두루미는

나뭇가지에 앉지 않는다

봉우리를 넘을 때 높은 암벽 칼날

향해서 나래친다

힘이 부치면,

더 높은 벼랑으로 차 오른다

천길 바닥으로 떨어지는

쇠재두루미떼 그림자 쌓여

히말라야는 점점 높아간다

하회강에 가서

하회강에 밤이 깊다
모래에 그림자 파묻고
무거운 밤을 지고 섰다
열렸던 길들은 돌아가 어둠 속으로 눕고
샛길에 닿기를 거부한다
강물 소리에 귀를 담그고
하얗게 뼈를 비우는 나무들
먼 산들 끝내 제 모습 지우지 못한다

어둠 가르며 뻗는 손
장삼 자락 가득 고인 그리움이여
하회 강물 천년 두고 흘러
굽은 물줄기 하나 꺾지 못하고
굽은 허리 더 휘어 돈다고
자욱한 개구리 울음뿐이다
강 질러온 빛 부용대에 머리 부딪혀
산산이 꽃 되어 내리는지
강물은 소나무숲에 와
천둥소리 내며 뒤채어 흐른다

억센 어깻짓에
물러서는 몇 겹의 밤
하회 아이들이 땅에 그린 탈들이
눈뜨고 강으로 나아온다
녹슨 잠 한 짐씩 강에 부린다
불빛 화살에 이마를 씻고
어우러지는 한판 춤,
짙은 안개를 차고 오르는 빛이
어둠을 가르고 간다

꽃과 상징

새들은 제 이름 부르며 노래하고
꽃들은 제 이름으로 피어난다

언어와 사물의 일체화
일물일어의 완벽한 실현

꽃은 이름을 낳고 그 이름이
꽃에 완벽히 육화될 때

이름은 다시
꽃을 낳고,

이름은 가고 꽃만 남은
완벽한 언어의 구체화

시심과 시상이 절로 익어
봄에 잉태되는 위대한 시

자연과 언어와 시인이 일체 되어
꽃은 제 이름을 온몸으로 쓰고 있다

사이꽃 시 모음
393편

강안나

단추 외 2편

좋아하는 옷이었는데 단추가 떨어졌다
금방이라면 주웠을 텐데
언제 사라졌는지 모르겠다

걸은 길을 도로 걸어 가는 길
자주 멈추고 자주 무릎을 구부리게 되었다
자주 반가운 마음이 들었다가 자주 실망하곤 하였다

해가 지고 나면 잊을 것
지나가지 않은 일에 테두리를 새겨 준다

깍지 낄 손을 잃은 단추구멍의 홀연함으로

그래서 나는 존재하는 이유를 잃었으니
그저 꿰매어져
사라져도 되는 존재라고

그렇다면 그 헐거웠던 시절은 어디로 가나
상흔을 입은 피부를 하고서 어디로 가나

나의 바다

당신 본 바다는 살아 남은 바다

만났고
가끔 부서졌고
어디선가 흘러와
어디론가 막막히 흘러간다

나는 늘 에둘러 말했고
파도는 돌아오는 법을 잊고 태어났다

좋아하는 부분들이
모두 모인 곳은
비애의 공간이다

바다의 자리가
실은 바다보다 넓다

슬리퍼의 삶

누가 벗어놓은 형태가
슬리퍼의 삶이 되었다
슬리퍼는
벗겨진 모양 그대로 살았다

누군가 슬리퍼 위로
영역으로
다른 것을 두고 가기도 하였는데

슬리퍼는 일상의 영향을 받은 채
한참을 또 살았다

때로는 무게를 견디는 일만으로
사는 존재이기도 했다

강안나

한남대학교 문예창작학과 졸업.
2018년 『시와정신』 등단.
시집 『n차원의 사랑』 출간.

자벌레 보폭으로 외 2편

움츠리면 몸이었고 쭉 펴면 길이었을

연체의 습성으로 한 생을 주무르던

곱사등 연초록 일념이 산 하나를 넘는다

다 두고 나서는 길 하늘에 짐이 될까

절망이 늘 그렇게 희망 쪽으로 다리를 놓듯

내 삶의 가장자리엔 초록이 가득해!

인정없는 세상에서 굽힐만큼 굽히리라

더도 아니 덜도 아니 딱 그만한 보폭으로

눈 뜨고 길 잃는 세상, 눈 감고 또 길을 낸다.

겨울 둑방길

혼자 걷는 둑방길엔 바람이 늘 따라왔다
혼자 걷는 노을길엔 슬픔이 늘 따라왔다
점과 점 직선거리의 독선들을 허물며

털끝 하나 다친 곳 없이 별과 달을 가뒀다가
해 뜨면 그 아래로 먼 데 산빛 가뒀다가
온전히 상처의 굽이를 그 아래로 감추던 길

물속에 비춰보면 세상은 다 슬픔이네
하얀 죄 값으로 하늘 아래 물구나무 선
초목들 물그림자의 정강이도 하얗고

한천에 이르러선 하늘보다 더 맑은 눈
슬픔을 참고 견딘 선한 이들의 침묵처럼
끊길 듯 갈대 행렬이 멀리 점선 있던 길

애호박이 뜨겠네

빛이 있는 곳이라면 고압선을 마다할까
온 동네 방화곤충 쥐불놀이로 밤을 샐 때
허공에 자맥질하던 호박순이 있었지

거꾸로 매달려도 식솔들만 살린다면
마흔 살 어미호박 심줄 같은 일념으로
골목 안 전봇대 위를 온몸으로 휘감던,

삼십 년 지났어도 그 심성은 늙지 않았네
칠순 늦가을에 회춘하듯 되감겨오는
어머니 파마머리에 애호박이 뜨겠네

강은미

한남대학교 대학원 문예창작학과 문학박사.
2010년 『현대시학』 등단.
2013년 시집 『자벌레 보폭으로』 출간.

강학희

어느 좀비의 시작법 외 2편

언제부터인가 매사 치열함이 사라지고 그날이 이날 이날이 그날 심심 밍밍 구태의연 안과 밖 다름이 무뎌지고부터 전신이 가려 너무 가려워 몸 서리치는 가려움, 밤새 솟았다 아침이면 가무룩 스러지는 두드러기 산지 사방 물어도 아는 이 하나 없다. 시인 친구 '간절함이 빠져나간 시인의 곳간에 갇혀 솟지 못한 글자, 영혼 없는 문자의 외로운 반동이다' 별난 처방에 솔깃, 열혈당신 불러오시라 초혼한다.

"이리 오나라 답답한 ㄱㄴㄷㄹ아 두 팔 벌려라 저리 가나라 갑갑한 아이우에야 두 팔 잡아라 얼쑤얼쑤, 길 잃은 ABCD는 고개 들고 우울한 XYZ도 자리 털고 솟아라 얼쑤얼쑤 찾으시오 듭시오 납시오 놀아나보세 얼쑤얼쑤, 들락이고 날락이고 in and out 얼쑤얼쑤"

종이 두루마리에 감긴 한 마리 좀벌레, 근지런 각질 벗을 때까지 발정 난 수만 개의 문자로 가려움을 요리한다 종잇장 풀어풀어, 아- 발진한 진물, 외로움의 숙취만 남은 반점 갈무리 화해한다. 비록 불나방 한순간의 동침일지라도 일심은 동체, 詩여! 詩여! 외로움 풀고 오나라! 마침내 삼년 가뭄의 단비, 문 열고 귓전을 울리는 말. 말들이 뛰는 소리 달려오는 말굽소리 말마디 리듬으로 두루마리 읽힌다.

기억의 랑데뷰 또는 착각

왜 내 시간은 째깍째깍이 아니라 늘 허걱허걱 오는지
오래된 기억과 지금 기억이 나 몰래 자리바꿈하고

기쁜 시간은 기쁜 대로 아픈 시간은 아픈 대로 다 같은
시간인데 그림자는 왜 길이가 다른 걸까 생각해보다
기억하는 시간만이 살아있는 시간인 걸까 돌아다보니

어딘가로 날아가는 시간을 지나는 나는 오롯 지나간
그 시간을 공유한 너만을 위한 상대적인 공간

지나간 시간은 나를 해체하고 나는 오는 시간을 해체하며
우린 방금 쏜살같은 새 시간을 통과해서
어디로 날아가서 만나지게 되는 걸까 들여다보니

나는 오래된 달리의 기억의 영속* 속 녹아내린 시간
알 수 없던 사막 바다 하늘 나무 무겁게 늘어진 시계

기억은 아는 듯 다가오다 낯선 듯 멀어지며 희미한
순간 거기 아주 익숙한 기억으로 있다 무슨, 없다?

습득의 생각과 조우하는 아련한 기억은 착각일까……

*살바도르 달리는 본래 형의 이름, 〈기억의 영속〉에서는 모든 것이 늘어나 있다 마치 달리의 마음 속 아픔처럼. 일반 상대성 이론에 따르면 아픔이 더께로 쌓이고 무게가 무거워질수록 중력이 커지고 그 중력은 시간을 팽창시켜 상대적으로 그 공간을 느리게 한다고 한다. 달리는 삶의 아픈 기억을 떠올릴 때 느끼는 무겁고 더딘 기분을 그려내고 싶었던 것은 아니었을까.

한 칸 먹감장이

할머니의 유품 먹감나무 삼단장 샌프란시스코까지 이민 와서
이젠 4대째 대물림을 예약받았다.
거뭇거뭇 먹감 문양 오래된 홍시빛깔 여닫이장은,
사시사철 끽끽 꺼꺽대는 내 올가즘 다 받아주는 아부지처럼
걸림쇠가 없다 처음부터 잠금쇠가 없는 붙박이 미닫이다

늦가을 무서리 지고 나면 환하게,
발가벗는 먹감나무 나신裸身에 달랑달랑 홍시등 달았다 만감을
삭힌 저 홍시는 피난살이 한 평 언덕배기에 식구만 한 짐 지고도
후광이 나던 내 아부지 같다
땡감 녀석들 투투질은 감나무아부지의 배부른 기대감,
우는 서울내기 다마내기 무등 태워 국제시장 내달리던
아부지의 생존감, 니들은 내 힘 자존감 자족감 오만감 다 삭혀
달아놓은 먹감이다

나목裸木 관절 마디마디 납작 붙은 감나무의 배꼽, 감꼭지 우리는
요거 누구 꺼? 간지르며 흐물어지던 한 평 감나무 아부지 배꼽이다
아, 붉은 홍시 벌어진 달달한 입술은 아부지 홍시 같은 실눈웃음은
한여름 매미처럼 맴맴 울며 착 달라붙어 있던 배꼽들…

먹감나무에 새겨진 문양, 배꼽의 그래픽은 한 겨울 동冬장군과 맞설
감나무의 세한도歲寒圖, 감나무 중점표시부호이다
아부지 지금 어디 계시든 내 세한도의 중심 포인트인 것처럼, 살아 겨
울들판
지나는 누구의 가슴인들 저 같은 중점 포인트 두엇 그려있지 않을지,
아버지 평생 한 칸 방 먹감장이었네 지지리 못난 배꼽들 배냇저고리
덧입은,

* 먹감나무 속살은 검붉은 무늬들이 아름다워 좋은 가구의 목재로 쓰인다.

강학희

2010년 『시와정신』 등단.
시집 『오늘도 나는 알맞게 떠 있다』 출간.
제15회 가산문학상 수상.
『버클리문학』 편집위원.
미국 로스앤젤레스 거주.

고명자

귀뚜라미가 늑골 아래에서 운다는 십이월의 밤 외 2편

이명이었나 보다
뒤늦게 돌아온 메아리였는가 보다

쇠문에 끼어 또록 또롱 뚝 뚝
석 달 열흘 울다
부러진 정강이뼈 쓸어 올리다
목 쉰 메아리로 돌아왔나 보다

어디에도 닿지 못해
날개는 허물어지고 흩어지고
엿듣는 귀 하나가 남아

曲에서 哭까지
골목 이 끝에서 저기 찬란한 북극성 가까이
떠돌던 것들은 죽어 유령이 된다는데
제 삭신을 거두어 간다는데

흐느낌 후렴 후렴 흘러
모퉁이 돌아 마지막 불빛을 꺼버린다

귓속 검은 동굴 지나
불현듯 뒤를 돌아봐
고통에게 기대어서 울림이 맑아

싸그락 싸그락
언 벽을 쳐대며 싸락눈 온다

처음과 끝을 지우니

절간같이 괴괴한 골목이었다 먼저 이야기와 다른 이야기 앞에 했던 말을 버리고 다시 새롭게 이어 붙여도 골목은 끝이 보이지 않았다 각자의 마음으로 처음과 끝을 지우니 하르르 벚꽃이 흩날린다

그리 좁지는 않았지만 나의 은신처가 그인 것 마냥 손가락이 닿을락 말락 옷자락이 스칠락 말락 닿으면 둘 중 하나 하르르 사라져 버릴까 봐 떨리는 각자의 마음이 꽃잎처럼 연약해져서는

그림자가 섞일락 말락 전생에 내게 빚을 진 것처럼 그래, 그래서 그 빚 애틋하게 갚고 다음 생에나 만날 사람처럼 그가 나를 데리고 골목을 돈다 그늘 깊은 대문간 몇 번이나 지나온 것 같은데 각자의 마음으로 갚을 게 있다는 듯 못 떠나는 각자의 마음이 저물녘 절간처럼

봄꽃도 지는구나 했는데 그의 손이 어찌나 가벼웠는지 낱장의 꽃잎으로 내 어깨를 스치는데

기억의 겹이 너무 많아 미쳐버린 벚꽃나무 졸다 깨다 제 한숨에 놀라 봄도 허물어지고 처음과 끝이 없는 이상한 꿈 한 대목인가 싶어 골

목 안 벚꽃나무를 댕강 잘라버린다 해도 잘못 맞잡은 각자의 들킨 마
음은

꽃잎 무게를 감당하지 못하는 내 어깨는

양철 이불

엄마는 다시 빳빳하게 풀을 먹였다
몸에서 오 센티쯤 뜬 이불 속에는
손톱으로 양철 긁는 소리가 났다

가난에도 각을 세워라
엄마의 지론이었다

밀가루자루 뒤집어 탈탈 털면서
아무하고나 함부로 휘감기지 말라

양잿물에 광목 자루 팍팍 삶으면서
무릎 기운 바지를 입었으나 고개 꼿꼿이 세우고 다녀라

빨갛게 파랗게 광목 물들이면서
아무리 추워도 주머니에 손 넣고 걷지 마라

종잇장처럼 구겨진 오기 서릿발을 세웠다
수제비로 너를 키웠으나
가난한 바탕은 드러내지 마라

이불 밑은 얼음장이었다

빳빳한 광목 호청에 목이 쓸려

칼잠을 잤다 꿈도 가위에 눌렸다

끌어안을 것이라곤 나밖에 없던 그런 시절이 있었다

고명자

2005년 『시와정신』 등단.
시집 『그 밖은 참, 심심한 봄날이라』 외 1권 출간.
2013년 전국 계간문예지 작품상 수상.
2021년 시와정신 문학상 수상.
2018년 백신애 창작기금 수혜.

우리 교회 외 2편

우리 교회 가족은 아홉 명이다.

볼 때마다 자라는 아가
대학생이 된 예수님.

이 마음 저 마음 살피시는 장로님
콩설기하시는 권사님.

곧 결혼할 성가대에
앞마을 언니 뒷마을 오빠.

집에서 성경 쓰시는 곱게 늙으신 할머니
아버지처럼 웃으시는 목사님.

가끔 걱정이 있어 숲에 가는 날에는
봄볕이 곁에 와 앉는다.

우리 교회에는
봄도 살고 있다.

착한 흥부네 아홉 식구다.

거지

안녕하세요?

어머니는 말없이 고개를 숙이시며
다시는 거지에게
인사하지 말라고 하셨어요.

들어오세요.

어머니는 말없이 밥상을 차리시며
다시는 거지를
집으로 데려오지 말라고 하셨어요.

국은 우리 먹는 것에
반찬이야 없으면 없는 대로
먹을 만치는 먹어야지.

밥을 꾹꾹 눌러 담으시며
야단을 치셨어요.

가을 꽃

봄꽃으로 오신 선생님
가을 길로 걸어가시네.

분홍 저고리 검정 치마
일흔 해 뜰을 지나서

앉으시던 자리에는
책을 가득 남겨두고

제자 사랑, 예수 사랑
어허 둥둥 한글 사랑.

봄 길로 오신 선생님
가을꽃 되어 떠나가시네.

곽은희

2019년 『시와정신』 등단.
저서 『현대 수수께끼』, 『현대 속담』 출간.
한남대학교 탈메이지교양융합대학 초빙교수.

구지혜

물멍 외 2편

농도 짙은 산영에 멍울을 적시고 앉아 아름답게 무너지는 색色을 만나고 싶다
바람을 잔뜩 들이고 노을에 길을 잃고 싶다

아가미 되었다가 허파 되었다가 흘러다니다가 역류한다 저 문장 속엔 부레가 있다 아니 지느러미 없다 안개가 있다 떠다니는 검은 눈동자 보이지 않는다 구겨진 마음 펼 수 없어 한동안 애를 먹는다

깊을수록 외롭지 않은 사랑이 있나

속으로 흐르는 시간은 불안이 출렁일 때가 많다
여기 파랑波浪이 일고 있다 '안녕'을 고하는 당신의 늪

고요해질 때까지 물결의 울음은 그치질 않는다

하늘은 호수에게로 건너간다 호수는 파랑으로 온몸 물들인다 그들의 마주 보는 세월이 조용히 깊고 넓게 맑아진다는 사실 그때는 몰랐다

당신이 되는 계절을 넘기지 못해 죄를 앓는다

우리는 구름이 중요하고 간절하고 추억은 차갑고 결핍은 결핍을 먹고
자라고 부재는 가장 바깥쪽으로 기울고 숨은 희미해지고 해는 조용히 시
들고 강은 평온을 준비하고 저녁은 최선을 다해 헐렁해지고

바람의 바람

구릉, 언덕바지 하오下午 위를 온통 후려친다 은빛 꼬리 휘감긴다
우르릉 염念 없는 소리 땅속을 파고든다
문장들 위로 뿌리 뽑힌 황무지 흩어지고
고열은 온몸 여우에 까부라진다

인습因襲, 고층의 멀미를 참느라 제각각 시달린다
창문이 점차 거세지자 파고波高가 덜컹 닫힌다
길찍길찍 잘 자란 고양된 감정은
곧장 넘쳐날 듯 빌딩으로 휘청된다

담긴 고요, 산사를 텅 비어낸다
가지를 헤치던 휘어진 명상들 한 곳으로 잠기고
발끝이 아슬아슬 꺾인 간절함으로 한기가 밀려온다
낙천주의자는 관조觀照하는 정오 숲 안으로 흥분된다

환멸幻滅, 바람에 실린 구름이 무심히 당신 가슴을 후린다
빗방울의 찻잔을 따른다 침묵만 만지작대다
멜랑콜리는 이상理想을 뭉갠다, 두꺼운 여우가 낮게 깔린다
굽은 소나무는 휘어진다, 뭉실뭉실 당신 허리에 걸려 있다

곡괭이 꿈, 당신을 버렸다 오아시스의 여우는 어디에 있을까
번성하는 빨간 스웨터, 모래벌판 올이 술술 풀린다
갈증은 사라진다, 먹구름만 뿌리를 내린다

비탈은 바람을 함부로 형상화하지 않는다 휘어진 소나무의 옥토엔 여
우 한 그루 융융거리고 있다

범종의 저녁

등 뒤의 범종 소리가 눈빛이 닿는 노을에서 울린다
소리가 지워지는 응시
노을에 물든 고요는 달래듯 어슴푸레한 저녁을 쓰다듬는다

고요가 퍼지며 울리는 방향
그리고 방향에 대한 차안

귀소가 재촉하는 이부자리 펴는 방향
그리고 방향에 대한 피안

목맨 여자의 방향은 목맨 여자보다 먼저 정화된다 그보다 무거운 그
의 일처럼
그는 목맨 여자의 방향을 겨울밤에 모색했다

그곳에서 귀는 정적이 충만할 때마다 피어나는 겹겹 까만 달팽이관이라
거슬리면 저녁연기가 녹물을 쏘아 올리지!

그는 종각으로 가 목맨 여자의 아궁이에 멀찍이서 쑤시개질을 한다 목
맨 여자의 입천장에 묶여있는 그을음
방향들의 평화가 울음으로 흘러내리면

그런 소리는 고요로 짙었다 환해지지
마침내 저쪽과 내통하겠다는 비명

목에 걸린 형장에서 방향으로 진전된다 목을 맨 여자의 가르랑 끓는 가
래와 목을 맨 여자의 혀를 깨무는 사이에서 고요가 소리를 잃고 쓰러질
때 고요의 살결처럼 갑사는 종각으로 가고 고요의 살결처럼 맹수가 입을
열고 풀벌레가 귀를 열고 고요의 살결처럼 울먹이던 아이는 온몸 피부를
모두 열고 다시 온몸의 소리마다 고요의 구멍처럼 소리가 뚫려 겨울밤의
갑사 내려오는 일주문에서

나는 단 한 발도 닫을 수 없어 열어 둔다

언제 내 몸의 고요가 한 번 울컥, 소리였던가
수천 낭떠러지인 내 시선은 젖은 울음의 수평선을 밟고 걷는다

구지혜

한남대학교 대학원 문예창작학과 문학박사.
2011년 『시와정신』 등단.
시집 『그늘을 꽃피우는 시간』, 『안녕, 나의 창세 편의점』 출간.
2018년 전국 계간문예지 작품상 수상.
2017년 대전문학관 시확산시민운동 선정 작가.

권기림

봄 외 2편

날카롭던 그림자도
어느새 뭉툭해졌다

해와 눈을 맞춰도
눈이 찡그려지지 않는다

하늘같은 호수
잿빛 벗어 옥색 갈아입고

푸르러가는 산들도
지난 시간 거뭇한 허물 벗고

그동안 내 서운함도
어느새 뭉툭해진 채

허공에 그득한 티끌 걷어내려
봄은 날마다 바둥거린다

쌀나방

가뜩이나 봄이었다
여름과 봄이 뒤틀려버린 그런 봄
그 뒤틀린 틈 사이 쌀나방 한 마리 들어온다

바퀴벌레만큼 징그럽지 않고
모기처럼 피를 빨지 않았다
그저 내 주위를 빙빙 돌며
나의 맘을 뒤틀어 버린다

그런 너를 잡는다
너를 잡은 손 곱씹으며
쓰레기통에 넣고 뚜껑 눌러 닫았다

또 한 마리 들어왔다
너를 잡아 다시
휴지에 잘 싸 책상 한켠에 놓았다
또 한 마리 내 틀어진 마음 한켠에 놓는다

분명 나는 너를 지웠다고 생각하는데
뒤틀려버린 계절 사이에서
자꾸 자꾸 네가 나와 버린다

첫사랑

1톤 탑차 속
저마다 주소가 적힌 택배 상자
울퉁불퉁 길의 흐름을 타고 춤춘다

당일 배송의 짧은 여정이지만
택배상자들 설렘의 풍선이 되어
상자 열면 한없는 설렘으로
상자 속에서 터져 나와
리듬에 맞춰 구보를 한다

가득 실었던 기다림 모두 비우면
1톤 탑차 속 택배 기사
딸한테 사다 줄 장난감 생각에
다시 한번 설레임 가득 채운다

권기림

한남대학교 사회문화대학원 문예창작학과 재학 중.

권용관

축일逐日 외 2편

커튼 사이로 한 나무의 그림자가
너의 손처럼 나의 얼굴을 만지고 있다
나는 깨고 싶지 않아
물속에 있는 것처럼 느리게 느리게
햇빛이 지나가는 것을 느끼며 눈을 감곤 했다

먹 번지듯 마음 물들어
서로를 바라보는 것
그 마음을 한참 들여다보는 일
둘만 아는 숲속에 가
그곳에서 서로의 책을 읽고
슬퍼하고 같이 울며
우리는 마주 앉아
서로의 그늘을 사랑하기로 했다

내 옆에서 잠자는 나의 사람아
매일매일 나의 생일이 되기를
나의 집이자 숲인 너에게
달의 뒤편 같은 마음을 보낸다

도시표류기

1

자주 머물려고 하는 마음과 인사를 한다. 나는 매일 멀어지곤 했는데 그럴 때마다 나는 죽는다는 말을 의사에게 하기도 했다. 가끔 친구를 보며 살아있는 걸 확인했다. 돌아보면 나침반처럼 언제나 너와 내가 있었고 지금은 혼자 흐릿한 유령 같은 계절을 맞이하는 것이다. 벗이여 나는 이곳에서 이제 마음도 없고 몸을 움직이면 어딘가로 흐르는지 모르는 그늘이 되어간다네.

2

어느 사이에 앞으로 갔다. 나는 사람도 잃고, 표류하는 거리의 먼지를 마시며 홀로 있다. 이젠 불 꺼진 집도 사라지고 불안한 부모와 동생과도 멀어지고 언제 꺼질지 모르는 램프의 불빛에 의지해 겨우 앞으로 갔다. 그 어느 바람 세인 쓸쓸한 거리 끝을 헤매이었다. 바로 날도 저물어서, 바람은 더욱 세게 불고, 추위는 점점 더해 오는데, 나는 어느 여관 한 방에 들어서 몸을 붙이었다. 이리하여 나는 이 습내 나는 춥고, 누긋한 방에서, 낮이나 밤이나 나는 나 혼자도 너무 많은 것같이 생각하며, 지금은 떠난 친구의 외투를 보고 그리워져 울곤 했다. 왜 나는 여기 혼자 뭘 하는 걸까. 친구의 옷깃을 뒤져보니 담배가 있다. 나는 망설이다 끊었던 담배를 물어본다. 외투를 끌어 앉고 '친구 나는 버려진 것일까?' 물론 친구의 외투는 답을 주지 않는다.

　나는 외투를 입으며 창밖의 맑은 날씨를 상상한다.

　다시 꿈을, 이것을 안고 손을 쬐며 재 우에 뜻 없이 글자를 쓰기도 하며, 또 문밖에 나가지두 않구 자리에 누워서, 나는 내 슬픔에 눌리어 죽을 수밖에 없는 것을 느끼는 것이었다. 그러나 잠시 뒤에 나는 고개를 들어, 허연 문창을 바라보든가 또 눈을 떠서 높은 천장을 쳐다보는 것인데, 이 도시에서 나는 내 뜻이며 힘으로, 나를 이끌어 가는 것이 힘든 일인 것을 생각하고, 창문에 쌀랑쌀랑 싸락눈이 와서 문창을 치기도 하는 때도 있는데, 이제 어두워 오는데 하이야니 눈을 맞을, 그 마른 잎새에는, 구름도 쌀랑쌀랑 소리도 나며 눈을 맞을, 그 드물다는 굳고 정한 어느 편백나무를 생각하는 것이었다. 다시 거리로, 계절로 발걸음을 옮겨본다. 이내 돌부리에 걸려 나의 전구가 깨진다. 나는 눈 오는 거리에 누워 내가 가야 할 길을 바라봤다. 저기 검은 나비들이 쏟아지는 듯 달빛에 저기 무언가 멀리서 빛나고 있다.

* 남신의주 유동 박시봉방南新義州 柳洞 朴時逢方 백석 시의 운을 빌어서

소서 小暑

하느님께서 우리 마음을 비추어 주시니
하느님의 자비를 굳게 믿으며
그동안 지은 죄를 사실대로 고백하십시오.

신부님 어제는 제 아버지를 때리고 싶었습니다

하느님 어제도 아버진 말로 엄마에게 때렸습니다. 가장을 우습게 안다고 심장에 소리 질렀습니다. 아버지 주위엔 도마뱀 같은 사람들만 가득해요. 그 뱀들을 못 찾아 집에 불을 지르곤 합니다. 매일 불타는 집이에요. 나와 동생이 꼬마였을 때 그 여름밤에 엄마는 우리를 안고 **잘 있어** 했어요. 자고 있던 우리는 영문도 모르고 **엄마 어디가?** 했지요. 그 방문 뒤로 비명과 아침에 보았던 상처들. 신부님. 그 여름에 엄만 도망갔어야 해요. 엄마는 드라마를 보며 **어떻게 애들을 두고 나갈 수가 있어?** 다 잊은 듯 이야기해요. 그 모습을 보면 소나기 맞는 마음 같아요. 사람 잘못 만드신 것 같아요. 이 마음도 씻을 수 있도록 도와주소서.

신부님 또 이 마음 하나 용서를 빌어주소서. 어제는 상사화가 다 떨어진 꽃잎이 있는 골목을 걸었습니다. 저 꽃잎처럼 다 떨어진 꽃잎 같은 자식이 되었습니다. 바닥에서 일어나지 못하는 **제 탓이요, 제 탓이요, 저의 큰 탓이옵니다. 그러므로 간절히 바라오니,*** 측은한 두 분께 나의 형제에

게 은총의 여름 내려주소서 짐이 아니라 집이 되게 하소서 족쇄가 되지
않게 하소서 서로의 신발이 되게 하소서

＊ 천주교 고백기도에서 빌림.

권용관

한남대학교 문예창작학과 졸업 및 동 대학원 석사과정 수료.

권주원

시집간 누이에게 외 2편

누이야
열세 살 누이야
동산에 보름달 뜨는데
박꽃 보러 가자

우리들의 꿈으로
반짝이는 네 별 내 별
별 아래 벌레는
밤새껏 울어댔지

누이야
시집간 누이야
잠도 아니 오는데
둥근 박 보러 가자

누이가 떠난 지금
지붕에 보름달
네 별은 보이지 않고
바람만 오동잎새 울리는구나

할미꽃

꽃샘 추위에도
어머니는 흰 저고리 갈아입고
참빗으로 고이 빗어 넘기어
쪽머리를 하고 누우셨다

사월의 돌풍에도
몸은 가녀리게 떨렸지만
꺾이지 않고 바르게 앉아 계셨다

어미가 할미 되고
할미가 꽃이 되는 긴 세월
바람들은 철 들어 갔고

한낮 무덤가
바람 한결 따스해지는 때
굽은 꽃의 등허리에 눈물이
반짝 흐렸다

들꽃방

신새벽 아니면 저녁 어스름에
요양원 복도의 화분마다
치매 노부께서 거름 섞인 물을
골고루 나누어 주신다

요양사 아줌마들 말리다가
팔뚝 여기저기 피멍울 들었다

화분의 꽃들이
봄날 따뜻한 세례 받고
예쁘게 피어나고 있구나

민들레방에 슬쩍 들어가
이름 모를 할머니를 깨우고
이불까지 들어 올리신다
여기 내 사랑 있냐고

막내 아들 방문해 여쭸는데
뒷골 논에 다녀오는 참이란다

네 농사는 잘됐냐고 되물으신다

권주원

2016년 『시와정신』 등단.
시집 『빨간 우체통』, 수필집 『노성산 무지개』 출간.

길상호

고양이와 커피 외 2편

야옹, 고양이는 턱시도를 차려입고 손님을 맞는다. 잘려나간 꼬리를 살랑거리며, 오늘은 스피커마다 노래하는 입술이 덥네요. 아이스가 필요하시죠? 동공을 열어 얼음을 꺼내더니 퐁당, 컵 안에 넣는다. 스푼을 따라 돌면서 서서히 녹는 눈동자, 유리컵 바깥쪽에도 투명한 눈알들이 맺힌다. 저으면 저을수록 쓴 울음이 진하게 우러날 거예요, 우리 집 커피는 울음을 음미하며 마시는 커피죠, 야옹. 이런 거 처음이시라고요? 고양이는 창턱으로 올라가더니 구름 한 숟가락을 떼다가 커피 위에 올린다. 잘못해서 목을 할퀴면 안 되니까요, 이러면 좀 부드럽게 마실 수 있죠. 시계 속의 초침이 야옹 야아옹 야아아옹 조금씩 느려진다. 화분 속 꽃들이 입을 크게 벌리고 연신 하품을 해댄다. 자 그럼 오늘도 우울한 시간 되세요. 창문이 텅 비었네요. 저는 구름도 더 주문해놓고 다음 손님을 위해 울음도 더 볶아놔야겠어요. 고양이가 사라진 쪽 주방 출입문에 꼬리만 남아 자꾸만 가라앉는 카페 공기를 젓는다.

손피리

오므라든 손
빈 집처럼 체온이 사라졌던 손

악보에서 떨어진 새를 주워
그는 손에 넣고 키웠다

반대편 손 잔손금까지 긁어모아
새를 위해 촘촘히 깔아주었다

밥풀을 받아먹고
똥을 싸고
잠을 자면서
새는 끊긴 그의 손금을 이어가며
하루를 연주했다

오므라든 손 안에서
손금 가지들이 울창하게
다시 숲을 이뤘다

빗방울 하나

툇마루에
투욱,
길 잃은 빗방울 하나
내려앉았다
작고 동그란 발은
자리를 잡자마자
허물어졌다
연이어
허리고 얼굴이고
긴장으로 유지하던
몸을 다 놓고서
세상 무엇보다
편안한 자세로
낮게 스몄다
나뭇결에 귀를 대고
잠들었던
늙은 고양이
차가운 기척에 놀라
눈을 떴다

아직은

눈동자가 동그랬다

길상호

한남대학교 대학원 국어국문학과 석사.
2001년 《한국일보》 신춘문예 등단.
시집 『오동나무 안에 잠들다』, 『모르는 척』, 『눈의 심장을 받았네』,
사진에세이 『한 사람을 건너왔다』 출간.
현대시동인상, 천상병 시상 등 수상.

김경숙

택배 외 2편

상자를 열기 전 미소가 떠오르고
포장지를 풀기 전 흐뭇함의 향기가 묻어나는
나도 누군가에게 그런 사람이었으면 좋겠다

기분좋은 설렘으로 오후가 기다려지고
작은 초인종 소리에도
혹시 하는 웃음을 짓게 하는
나도 누군가에게 이런 사람이고 싶다

안의 내용물 보다
보낸 이의 마음이 더 크게 와닿고
구깃해진 리본마저
괜한 아쉬움이 드는
나도 누군가에게 소중한 택배가
되고 싶다

여우와 늑대

그렇지
내가 옳은길이야

눈동자를 굴려봐
오직 나의 시선에 맞춰서

자
이제 네것을 과감히
나에게로

하얀 밀가루 뒤집어 쓴 여우를
용기 있게 피했다고 생각했는데
아 뿔 싸
뒤돌아보니
세 마리의 늑대가 나를 보고 웃고 있었다

어둠은 연기처럼, 사랑은 그림자처럼, 인생은 두 통처럼

빨간 모자 각지게 쓴 마을의 어귀에
지팡이 든 늙은 어둠이 스며들었다

일하던 사람들은 도구를 툭툭 털며 내일을 약속하고
아이들은 저마다의 집으로 흩어지는
어스름 저녁에
어둠은 연기처럼 처연하게 길고 큰 옷자락을 펼쳐 놓는다

아주 미세하게
누구도 눈치채지 못하게

사랑은 도둑처럼
누가 오라고 손짓한 적 없는데
빈 공간 남아 있다고 자리 내준 적도 없는데
어느새
초록인 내 마음을 주홍으로 물들였다

사랑은
도둑처럼 다가와서
그림자처럼 나를 따라다닌다

가 달라고 아무리 말해도
사랑은 너무도 뻔뻔하게
제멋대로 나를 돌아다닌다

어둠은 연기처럼 스며들고
사랑은 도둑처럼 다가오고
인생은 포기할 수 없는 두통이다

연기 속의 어둠
그림자 속의 사랑
인생은
도무지 떠오르지 않는 단어들의 교집합

김경숙

한남대학교 사회문화대학원 문예창작학과 재학 중.

김공호

빙떡꽃 외 2편

쟁반 위에 빙떡꽃이 활짝 핀다
홀로 핀 할머니 손등꽃
계단*을 오르다가 잠시 앉아 쉬고 있는 바람오름꽃집 카페에서 빙떡
을 먹는다
철이 들어야 철없이 먹을 수 있는 빙떡꽃
차향과 눈웃음에 소담을 돌돌 말며 먹는
아직도 생장점을 잃지 않은 할머니의 손금을 먹는다

무 한 생애가 그 안에 돌돌 말리고, 할머니 어릴 적 봉선화 물든 손등에
서 평생 흘러온 한탄강 그 물줄기 따라 만나야 할 시간과 만나지 말아야
할 시간들이 돌돌 말리고, 하고 싶은 말과 하지 말아야 할 말들이 돌돌 말
리고, 애써 지어보는 할머니 미소마저 돌돌 말려버린 빙떡을 서울에서 온
까만 눈 오뚝한 코의 새색시가 먹는다

계단을 오르다가, 오르다가 잠시 앉아 바라보고 있는
바다를 넘어온 이국의 발자국들

메밀꽃 차향 흘러가는 창밖
파도 소리가 읽어 주는 한 생의 애환哀歡을 먹는다

* 계단: 서귀포 정방폭포의 계단

청벚꽃

개심사開心寺 가야 볼 수 있다는 청벚꽃
어머니 처녀적 얼굴 닮은

서산 개심사 돌바위 입구 한적한 길 지나, 일주문 지나, 무량수전 지
나, 해탈문 지나, 가진 것 모두 버려야만 건널 수 있는 외나무다리를 건
너 연못에 오염을 씻고 연꽃이 피는, 별리된 도량에 가야만 청벚꽃을 만
날 수 있다지

휘어진 소나무기둥에 범종각을 떠받치고

도량에 핀 연등

저 능선 위로
올올이 투영되어 온 날들

청벚꽃나무 가지 끝에서
용숫바람 소리를 내네

개심사 연못 도량 건너, 5월의 꽃그늘에
텅 빈 채 놓여 있는
낡은 벤치 하나,

달

결이가 보내온 복숭아 몇 알, 보름달 같다
달을 씻는다
달을
닦고, 껍질을 벗긴다

달의 바다深海, 검붉은 침묵의 크레이터가 그 안에 박혀 있다

부분월식이
빛을 발하는 밤

나는
애월睚月 한 조각을 줍는다

밤이
지나갈 무렵

달은
한동안 떠올라 방안을 밝게 밝히다가
한순간

하현달로 그 모습을 바꾼다

또 한 번, 내일

보름달이 뜰 것이다

김공호

2017년 『시와정신』 등단.
시집 『달팽이 시인』, 『달』 출간.

김규나

사과의 꿈 외 2편

새와 나비가 날아다녔다
푸른 허공을 보며 꿈을 키웠다
바람이 세차게 몰아치던 날
바닥으로 떨어지기 전 허공을 움켜쥐었다

공의 둥근 문이 열렸다
나는 조심스레 한 발 들이밀었다
반짝이는 것이 발바닥에 닿았다
허리를 숙여 손끝으로 만져보았다

다시 고개 들어 위를 보았다
천장엔 무수한 별이 총총 박혀 있었다
몇 걸음 내딛자 둔중한 것에 부딪혔다
등에서 모래를 자루째 쏟고 있었다
그것은 커다란 낙타 한 마리였다

낙타에 밟히지 않으려 발을 옮겼다
쉬지 않고 바동거리다 눈을 떴다
가지 사이로 햇살이 내리쬐고 있었다
아, 하고 허공이 크게 입을 벌렸다

우체통

봄이 되자
연두 빛 잎새
나뭇가지 물어다 집 짓고

창공을
끌어와
푸른 알 낳았다

어미 새
해가 솟아오르면
연신 바다를 퍼 날랐다

조금 사리
들락거리는
어항 속 수초에
물고기가 무시로 자랐다

껍질 벗고
어느새 입을 뗀 새들이

어미 품 벗어날 때까지

어둠이 따뜻한 품을 내주었다
새벽 별은 거기 있었다

모서리

슬쩍 다리를 스쳤는데 긁혔다
각이 진 삶은 가만히 있어도
누군가에게 상처를 남긴다
보이지 않는 터널을 통과하면서
아물 수 없는 흉터가 생겼다
봄 햇살이 유난히 따사로운 건
부딪치고 깨지면서 칼바람의 모서리를
무릎으로 기어서 통과했기 때문이다

김규나

2020년 『시와정신』 등단.
시집 『꿈꾸는 엘리베이터』 출간.
2021년 대전문화재단 창작금 수혜.
2022년 대전문학관 시확산시민운동 선정 작가.
2022년 전국 계간문예지 작품상 수상.

김나원

뒷북 외 2편

길이 아니면 돌아서 가자 단풍

말이 아니면 돌려서 듣자 단풍

기억의 물줄기, 길이 아니면 돌아서 가자 단풍

잡히지 않는 무엇을 잡으려는지 보살의 발길이 끊이지 않는데 읍내에서 돌아오는 비구니, 나풀거리는 가사에서 피어나는 연기는 아무것도 알려하지 마라 길가에 달린 연등 잡고 늘어진다 귀가 아니면 말하지 말자 단풍

가을은 꼬리를 감추는데 뒤늦게 찾은 일주문, 돌담 안 이파리 떨군 감나무는 아직도 할 말이 남아 촛불을 켜고 서있다 문이 아니면 돌아서 가자 단풍

공양간 앞 졸고 있는 누렁이 너머 장독 너머 가마솥 밥 냄새, 대웅전보다 먼저 끌어들이는데 냄새만 맛보지 말자 단풍

편강

생강을 벗기며 생각을 벗긴다

울퉁불퉁한 껍질은 생각 때문
생강을 생각할 때마다 두꺼워지는 얼굴
연회에 어울리는지 매무새는 단정한지
손과 발은 어떻게 보는지

잡념을 벗기니 매끈해진 생각

안으로 다 삭이지 못한
모난
이중적인
생각 생각 생강
싹둑싹둑 하나로 두는 거야

얇을수록 좋은 생강
뜨거운 물에 데쳐도 너는 너
톡 쏘는 너를 감추어 봐
하얀 옷은 춤을 추는 거지

뭉치지 않는 생각
번식하는 심장을 멈추게 하는 거야

너는 모닝 모닝

너는 모닝이야

어떤 집을 지어줄까 18층 난간에 매일 고양이를 보러 오는 새, 실외기 위의 씨앗을 허급지급 남은 물까지 먹고는 집안을 두리번거린다 손 내밀어도 도망가지 않는다 먹는 모습 날갯짓 하나하나에 정물이 되어가는 고양이들, 봄부터 겨울까지 비바람 불어도 날아온다 창을 열어놓으면 들어올 기세다 밤새 우주를 떠돌다 이슬 맞고 찾아온 식구인지 비가 퍼부어서 못 오는 날, 먹이를 놓아두면 언제 다녀갔는지 빈 그릇이다

고양이 심바, 씩씩이, 여름이
새벽부터 발을 물며 나를 깨운다
베란다 씨앗 통을 밀치기도 하고 목을 빼 창밖을 본다

기다림이란
날개가 다녀간 듯
잡히지도 보이지도 않아
출렁이는 영혼의 그림자

난간을 토닥이며
바람은 나무에게 나무는 새에게 자리가 되어주는 것

모닝은 먹이에 보답하듯 고양이들의 친구가 되어

가고 없는 자리를 서성이는 고양이의 눈빛

마음을 내어주면 다 친구가 되는 것인지
구구 구구
햇살 쪼아 새날이 오면
모닝 모닝 굿모닝

김나원

2012년 『시와정신』 등단.
시집 『목성으로 돌아갈 시간』 출간.

김난수

누가 그러더군 악연은 성스럽게 온다고 외 2편

너의 언어는 사탕이야 발끝까지 사탕이지
신기해 어떻게 눈빛도 달 수가 있어

간간이 각설탕일 때도 있지만 괜찮아
둥글게 돌아오는 시간이 점점 길어지긴 해도

근데, 이상해
요즘 들어 악몽을 자주 꿔
꿀 같던 네가 자세히 보니 마네킹이더라니까

꿀이 아니고 붉은 피
검붉은 피가 내 몸에 흑장미처럼 번져

짐승처럼 소릴 지르며 발버둥쳐도
멀리서 웃고만 있던 당신이 왜 또 그림자가 된 거야

그러지 마, 무서워
굿이라도 해야 할까 봐

꿈도 반복되면 현몽이라더니

쏜 화살처럼 빠르게 현실이 되고
마네킹은 이제 무기가 되어 속내까지 뒤집어 부러뜨리잖아

누가 그러더군 악연은 성스럽게 온다고

상투바위

지리산 산청의 밤머리재
갈참나무 그늘 안고 사는 상투 바위가 있다

배낭 메고 바람 쐬며 오르다 보면
마중 나온 상투 바위가 그냥 지나치면 섭섭하겠다 한다

내친김에 쉬었다 간다고 상투 바위 옆에 눕는다
땀에 절어 시큼해진 배낭을 베개 삼아 벌러덩 누우면

보이는 건 오로지 짙푸른 하늘뿐
그 하늘 아래 천상천하 유아독존으로 누웠으니

내 나이 반쯤 뚝 떼어
밤머리재 나무계단 밑에 밀어 넣고
마음 한 짐 벗어 두류봉에 부리자

그리고
상투 바위 두석이나 될까나
날짐승 뱃속에서 한 달쯤 묵어나갈까

문짝도 팅팅 불은 꿀꿀한 날

찌개 안쳐놓고 드라마 재방송에 정신 잡혔다가

주방으로 팅겨 내달린 시간은 0.001초

작은 냄비 안에서 물놀이 한바탕 풍덩거렸을 돼지

김치찌개 넘쳐 가스 불 꺼지고

돼지의 최후 물놀이였을 찌개 냄비

뻐꾸기 새끼처럼 국물 밖으로 밀어내고 묵은지와 짜글짜글 엉겨 울안의 넓음을 기억했을 돼지

싱크대 모서리에 머리 찧어 이마에 빼꼼히 번지는 붉은 피

국자 꺼내고 문 닫을 겨를 어디 있냐고요

들고 있던 국자로 헤벌쭉 웃는 듯 활짝 열린 문짝을 후려쳤는데

국자가 품은 벌건 국물이 싱크대 전체로 튀는 거야

국물도 없는 찌개 한 번 저었을 뿐인데

정말 빈 국자였다니까

아침?
아침이 다 뭐야
싱크대 닦고 나니 한나절이더라고

싱크대 문짝도 팅팅 불은 꿀꿀한 날이야

김난수

한남대학교 사회문화대학원 문예창작학과 석사.

하얀 공룡 외 2편

백지의 두려움과 맞서려고

책상 위에 하얀 종이 한 장 올려놓았다

한참을 앉아 있다가

하얀 종이를 한 손으로 마구 구겨버렸다

두려움은 이길 수 없어도 백지는 이길 수 있으니까

그날 밤 꿈에는

크고 하얀 알 속에서

작은 공룡 여러 마리가 기어 나와

내 잠을 마구 밟고 다니며 괴롭혔다

양파를 사랑한 구름

땅속에서 자라난 양파는
구름을 본 적이 없다
하늘의 구름은 양파를 알고 있다
동글동글한 주황 몸을 잊을 수 없다

어느 날 땅 속으로 이사한
양파를 본 구름은 그날부터
매일 양파 위에 떠 있었다

구름은 양파가 더울까 싶어
몸을 펼쳐 해를 가려주었다
양파가 추울지 몰라 금세 몸을 웅크렸다

양파가 잘 자라기만 바라던 구름은
양파와 하나 되고 싶은 욕심에
비 되어 내려와 양파 속으로 스몄다

스페인 광장은 왜 스페인 광장이어서

토요일 오후
사람 손길 기다리는 고양이가
꾸벅꾸벅 조는 시간

영화 소개해주는 프로그램에선
흑백 화면 앤 공주가
스페인 광장 계단에 앉아
젤라또를 먹는다

내 입안에선
지난 여름
아직 공사 중이었던 스페인 광장
스푼은 인사이드 폼피 티라미수가
녹아드는데

엄마는
스페인 광장?
너 스페인도 갔다 오지 않았어? 한다

나는,

응 근데 그건 로마에 있는 거야 하고
다음에는 같이 가보자는 말은
폼피 티라미수와 함께 삼키고

괜히 어디 가서 그런 얘기하지 마
창피하니까 한다

김다은

한남대학교 문예창작학과 졸업.
2017년 『시와정신』 동시 등단.

아들의 가방을 메고 외 2편

칠 년 동안 어둡고 칙칙한
장롱 속에서 잠을 자던 네가
이제야 세상에 나와

띠 동갑 칠십 대학생에게
대물림되어
날개를 단 듯 날아다닌다

처음 너를 메고 나섰을 때
많이 망설이고 쑥스러웠다
그런데 나만 그랬다

누구도 신경 쓰는 사람 없고
괜히 나만 쑥스럽게 생각해
어깨를 움추렸던 것이다

막상 너를 가까이하니
막내아들과 친했던 것처럼
나하고도 친할 수 있다고

이제는 나에게 업혀
나와 친구가 되어 같이 가자고

오늘도 내 등 뒤를 든든하게 받쳐준다
거꾸로 대물림된 빨간 배낭

늦깎이

그 나이에 뭐 하러 공부하냐고
그럼 내년이나 내후년에 죽냐고
그건 아니란다
그럼 죽는 거 아니니 공부한다고
너도 하라고 한다

용기를 내는 사람 많지 않다
그냥 즐기면 된다고 해도
공부 못해도 된다고 해도

나는 그 덕에 글과 법을 익혀
군사망사고진상규명위원회에서
45년 전의 군대 생활의 애환이 찾아왔고

그보다 10년 더 전의 사건을 꺼내 놓았지
55년 전 힘들고, 어렵게만 했던 큰형을
소환했고 조금이라도 그 한이 풀리려는지
기다리는 중
더 기다려 봐야 알겠지만
믿음을 가지고 기다리고 있는 중

반려가족

구두종합병원 컨테이너 아래
야 야옹 살려 달라 야옹야옹
가냘픈 목소리로 애원하던 아기 검정고양이

점장이 살펴보다 불쌍하여
치료하고 먹여주고 목숨을 살렸다
어느 날 하나 더 데려와 두 마리가 되었다

죽을 것처럼 아프다가 살아나더니
한 마리가 두 마리 되고
그래서 양원 양두였다
양원은 순한 양, 양두는 야성이 살아 있었다
쥐 비둘기 잠자리도 잡아먹곤 하였다

갑작스러운 사고로 다가온 양두의 죽음
또 그럴까, 양원은 가게 안으로 들여와 살게 하여
지금은 문방구의 귀여움을 독차지한다

양원을 보고 싶어 오는 손님들
맛있는 간식도 사주고 예뻐해 주는 손님도 많지만

더러는 무서워하는 손님도 있었다
그래도 양원은 문방구의 전속 귀염 담당이다

김도경

2022년 『시와정신』 등단.
한남대학교 국어국문창작학과 재학 중.

김동준

달빛 침상 외 2편

보름달빛 하도 밝아서
보조등마저 끈다
밀물처럼 밀려온 휘황한 달빛
비단금침을 펼친다

앞뜰엔
달빛 젖은 달맞이꽃 함초롬히 꽃등을 켠다
밝힌 꽃등으로 여름한철 한결 깊어지고
보름달빛 하도 영롱해
지극한 그대 고운 눈빛마저 잠시 접는다
한줄기 바람 따라 방안 가득 퍼지는
찔레꽃 향기
달보드레한 달밤조차 쓸쓸하다
비단금침 펼친 퀸 사이즈 침상
오늘따라 유독 휘영하다

내 어깨 헐거워 잠 못 드는 밤
보름달빛 치마폭 쌓여
노루꼬리만큼 짧은 하지 밤 도와
바이없이 졸래졸래 따라가야겠다

권태

흡연실은 무료한 담배연기로 자욱하다

버렸는지 잊었는지
제주공항 컨베이어벨트 위 캐리어 하나
벌써 열일곱 번째 지루하게 돌고 있다
결항결항결항결항결항결항결항
앵무새처럼 전광판 재재거린다
북적대는 대합실 구석 붙박인 장년
연신 하품해대며
턱 괴고 삐딱하게 앉아 있다
살짝 찌푸린 주름살 사이 나른함이 고인다
느슨하게 풀어헤친 물방울무늬 셔츠
싱그러운 물방울들
간단없이 세월에 쓸려 제법 색이 바랬다
이순너머 여정 속으로
제철 맞은 뿔난 남서풍
풍향계 빠르게 돌리고
따분한 오후 살라먹는다
바람의 거친 사생아
내일도 기약 없이

찬란한 고립

남녘은 벌써
뜨거운 피 수혈해 주는 부드러운 손길 있어
동백꽃망울 정성스레 부풀린다
흩날리는 눈발 어깨 인 해제반도 길은
두봉산 너머 가뭇없이 사라지고
어느새 소복소복 쌓여가는 함박눈
시오리 길마저 말끔히 지운다
소담스런 눈밭 속
막막한 밭길 외따로 고립무원이다
바람소리마저 숨죽이고
마른 삭정이마저 하느작대지 않는다
그 흔하디흔한
온갖 소리들이 감쪽같이 사라진
얼마 만에 맛보는 찬란한 고립인가
뜻밖에 맞이한 반가운 애인처럼
축복받은 폭설 위
환장할 고립 켜켜이 쌓아진다
저녁나절 드리운
초경 빛 노을 앞산마루 설핏 걸리는데
눈발 아직 쌩쌩하다

산자락 언저리만 발밤발밤 헤매다
저문 발길 따라 묻어온 찬란한 고립 이끌고
읍내 대광장여관서 흡족하게 더불어 눕는다

김동준

한남대학교 사회문화대학원 문예창작학과 석사.
시집 『물의 집』, 『공영젖 한 홉』, 『기억의 사각지대』 등 출간.

김동호

검은 친구 외 2편

몸을 벗어난 친구를 좋아하던 산자락에 날려 보냈다.

꿈 넘어 꿈, 길 다음에 길, 모험 지나 또 모험.

쉬지 않고 지나왔던 시간 속 기억들.

경계를 지운 친구는 거칠 것 없이 휘돌아다니겠지.

죽음!

누구도 피할 수 없어 올라서는 저울 눈.

너와 내가 공평하게 맞이하는 원근의 끝.

존재조차 잊고 사는 검고 우울한 존재.

삶이란 한바탕 소나기일 뿐이라 속삭이는 놈.

친구를 놓아 보낸 곳에서 피하던 존재를 가깝게 느낀다.

끝까지 동행하다 편안한 의자가 되어줄 검은 친구를!

공존의 밤

잘 먹고, 잘 자는 게 행복이라 여겼지

어느 순간 단잠까지 가출해버리니
무소유에 들었다 위로하며 지낸다네

오늘도 잠들지 못한 신경은 불침번에 나서네

시퍼런 어둠을 들추고 재활용 병이 달그락 거리고
조곤조곤 논리를 펴는 티브이 음성
숨죽여 다투는 503호 부부싸움 사이로 파고드는
가냘픈 선율

파수꾼의 귀는 예민하게 악보를 추적하네

모차르트의 엘비라마디간!

불침번을 서는 모르는 너와 내가
선율에 젖어 모차르트를 공유하는 근사한 밤

그대여, 당신도 나와의 파티가 즐거우신지?

폭설

침묵에 더 큰 침묵으로 맞서는
대책 없는 저항군
후드득 산 꿩 놀라는 소리에
지원병 오는 소리인가
몇 초간의 희망을 갖는다

수 세기 전부터 우주를 돌고 돌아온
소리 없는 전투
쓰러진 전우 위를 걷는
미세한 군화소리
따악, 따악 꺾이는
얼어붙은 소나무 총포소리

드디어 경계가 무너지고
모두가 무장해제
백기를 앞세운 항복에
시체로 수북해진 능선이 한없이 고요하다

김동호

2017년 『시와정신』 등단.
현 문해교육사, 한국어 강사.

김선환

물의 꽃 외 2편

물이 되고 싶어요
흘러가는 시냇물도 좋고
저녁 무렵 산 그림자를 담아 버리고
지는 노을에 반짝이는 강물도 좋아요
육지를 꼼짝 못하게 밀려왔다 밀려가는
속절없는 파도가 되는 것도 좋아요

당신 몸의 7할이 물이라고요
네 알아요 나머지도 물로 채우고 싶은 것이죠
마음도 골격도 피부도 물로 이루어진
순수한 물의 형상으로 살고 싶어요
물의 날개를 달고 날아오르고 싶어요
저 큰 세상을 내려다보며 구름으로 흘러가고자 하는
숨은 욕망이 있는 것이죠

잠든 산을 넘고 어둠의 바다를 건너
지구를 수없이 돌고 돈 후
긴 여행을 끝내고 나면
비가 되어 세상을 덮으며

다시 물로 돌아가는 갑니다

땅속 깊숙이 흘러들어가
미세한 공간을 비집고 들어온
뿌리를 타고 다시 올라갑니다
오르다 막다른 곳에 이르면
해가 비치는 하늘 속에서
바람에 흔들리며
활짝 웃는 꽃으로 피어납니다

물의 꽃은 온 천지 사방에
타는 불꽃으로 번져 나갑니다

난설헌을 그리며

숨쉬기 어려워라 조선의 남자세상
여인의 세월들이 어둠에 빨려들고
답답한 초희 마음이 시 한 수로 빛나네

앞서 간 자식들을 눈앞에 두고두고
어깨 위 새벽별이 하얗게 부서질 때
그리운 서왕모 세상 망선요를 부르네

꿈꾸는 임 생각에 낮달이 흐려지고
나르는 외기러기 노을 빛 따라갈 때
붉은빛 부용꽃 하나 바람 속을 구르네

* 초희: 허난설헌의 본명
* 서왕모: 중국 신화 전설 등에 등장하는 여신
* 망선요: 허난설헌의 시

만남

오른손이 왼손을 잡는다
허전함이야
대신 무겁지 않을 만큼
씨앗을 한 줌 쥐어보자
살아 있는 생명이 느껴지지
가슴에 담고 씨 뿌려
펴진 손으로
하늘에 물을 담아
빈 들에 꽃 피어오를 때
마음까지 벗어두고
떠나는 거야
긴 여행
왼손이 오른손을 잡는다

김선환

한남대학교 사회문화대학원 문예창작학과 석사.
2016년 『문학사랑』 시 부문, 2016년 『현대시조』 신인상 등단.
시집 『달빛을 삼킬 때』 출간.
2017년 아동문예 동시부문 문학상.
한남대학교 화학과 교수 역임.

김승필

허공 한 채 외 2편

비닐봉지 하나가 힘없이 떴다, 가까스로
가라앉는다 바닥을 치며 솟구치는 저 비릿한
생 어머니의 다리가 찰칵,
지나간다 금세 홀쭉하다 이 세상에 와서
뭘 버리고 뭘 챙겨야 할지 굽은 등
억눌러, 억눌러 또 버젓이
저 작은 몸에다 힘껏
허공 한 채 심는 중이다

이름이 이게 뭐여?

병원 진료 받을 일이 있어서 대기실에서 기다리고 있는데 TV에서 장민호&이찬원 콘서트 "민원만족" 광고가 막 나오고 있었다 앞니가 빠지고 등이 굽은 할매 넷이, 아이고 참, 잘들 생겼댜? 뭐여… 이름이 이천원이여 아따, 이천원이 아니라니께 이. 찬. 원. 사람 이름을 누가 이천원으로 짓는감? 이만원도 아니고

그때 간호사가, 이백원 님, 진료실로 들어가시게요 순간 구석에 앉아 있던 어떤 할배가 태연히 일어나 진료실로 들어가자 동네방네 벌집 쑤셔 놓은 듯 들썩들썩 사람들이 막 입술을 깨무는 겨 다들 아무 말도 못하고 상황이 끝났다 싶어 할매들도 졸려 눈 비비며 등을 돌려 앉아 어우렁더우렁 한담을 나누다 병원 문을 나서려는데 다른 할배가 접수하러 온 겨 성함이 어떻게 되세요? 이원이요 가차이 와서 말혀 암 소리도 안 들리니께 뭐여? 그람 이번에는 흠… 크, 크, 이원인 겨? 오째 이름이 이원이 뭐여? 왜? 내가 뭐랬간? 아, 그만 좀 해! 참말로 가지가지 허네

왕은점표범나비 Leopard 씨, 나랑 연애 한번 할까요?

부추꽃 피는 날,
해변 산중 백야도白也島 선착장에 갇혔어요

왕은점표범나비 Leopard 씨, 달려볼까요?

보름 전 땅 따앙 쩡 쩌엉,
일곱 번 화덕에 들어가
불구덩이 신세 진 낫질에 울지 마세요

생장점을 잃고도
사리 물때에 헛걸음한 해변이 파종한
거친 물살이 부표 되어 말해주더군요

순넘밭넘* 구절초 꽃밭 지나
웃꽃섬으로 건너가기로 했죠

왕은점표범나비 Leopard 씨, 아랫꽃섬 웃꽃섬 토닥토닥 만灣을 달구는
긴 꼬리 붉은 노을이 보이나요

Andante Moderato Allegro

우리, 내 손등에 하얀 부추꽃 피는 날 만나요
왕은점표범나비 Leopard 씨, 나랑 연애 한번 할까요

*순넘밭님: 전남 여수시 화정면 하화도(꽃섬) 구절초 꽃밭 이름.

김승필

2019년 『시와정신』 등단.
시집 『옆구리를 수거하다』, 청소년 고전 『우리 고전 캐릭터의 모든 것』(공저), 청소년 문학 『국어 선생님의 시 배달』(공저) 출간.
2021년 광주문화재단 창작지원금 수혜.

김시도

붕어찜 외 2편

이러다 쓰러지면 안 되는데
걱정스런 마음으로 대둔산 넘어
비좁은 국도를 따라
화산까지 와 붕어찜을 먹는다
몸에 좋다기에, 비린 음식 피하는 식성이지만
그저 약이다 생각하고
젓가락을 들어 붕어 살점을 헤집는다
한점 한점 억지로 떠넘기다
목에 가시가 걸린 듯하다
계란 노른자에 콜라까지 마셔보지만
목구멍 어딘가를 움켜쥐고 있는 것 같아
좀처럼 내려가지 않는다
붕어에 가시가 많다는 건 알고 있었지만
천천히 살점을 들춰보니
눈에 잘 보이지도 않는 잔가시들이
헤아릴 수 없이 가득하다
품속에, 이렇게 많은 가시를 품고 살았으니
너도 참 많이 힘들었겠구나
어쩌면 힘이란
굵고 튼튼한 뼈에서 나오는 것이 아니라

수많은 잔뼈들이 살을 떠받치듯
힘이란 그런 것이 아닐까
식당 앞 플라타너스
그늘을 만드는 건
우뚝 솟아오른 기둥이 아니라
하늘을 향해 뻗은
잔가시 사이사이에 돋아난
잎사귀들의 무성함인 걸
왜 이제야 알았을까
집으로 돌아오는 내내
왼쪽 갈비뼈 사이가 뜨끔거린다
잔뼈가 생겨나는 것일까
비좁은 국도의 경사진 언덕이
오늘따라 더없이 가볍다

알들의 집

다들 세 들어 살고 있는 것일까
아내가 일 나가기 전 삶아놓은 강냉이 하나
베란다로 나와 먹으며
장난삼아 앞 동 아파트에 사는 집들을
한집 한집 세어보다 문득
먹다 남은 강냉이 빈껍데기 속을
찬찬히 들여다본다
이 녀석도 나처럼 사는 것일까
촘촘히 들어선 알들의 집에
먼저 들어온 녀석이 큰 집에
나중에 들어온 녀석은 작은 집에
서로 다툼 없이 그렇게 사이좋게
살고 있다는 게 신기할 뿐이다
한 계절 사글세 살듯
그저 잠시 머물렀다 떠날 것을
이미 알고 있었는지
알들이 떠난 자리마다
세 들던 집터의 칸막이가 수북하다
그리 높지도 낮지도 않은 투명한
담장을 사이에 두고

옹기종기 노란색 지붕 맞대고 살던
알들의 집에
언뜻 조심스레 입술을 대어본다
혀끝으로 전해오는 그 까칠까칠한
알들의 집터 담장을 따라
비좁게 난 골목길 어디에선가
작은 하모니카 소리가
어느새 아파트 계단을 타고 올라와
옆집 안방과 마주 서 있던
거실 벽 틈 사이로 새어 나오는 듯하다
단내 나는 추억의 한 귀퉁이를 들추며

배롱나무꽃

어쩌면 그 사람 나보다
더 아플지 모릅니다
사랑이라곤 아주 예전에 말고는
모르고 살던 사람이라
어디서부터 사랑해야 하는지
언제 와야 하는지
언제 가야 하는지
도통 모르는 그런 사람입니다
헤어지자 말하면
두말 않고 눈물 뚝뚝 흘리며
말없이 뒤돌아갈 사람이라
장난스런 말 한마디 하기 힘든
사람입니다
나보다 나이가 많아 그런지
같이 살자 누구처럼 떼도 못 쓰고
나보다 더 내 집사람
생각하는 사람입니다
헤어질 때면 옷매무새 살펴주고
아프면 아이 씻기듯
나 씻겨주던

사람입니다

늦은 밤 술에 취해

밤새 잠 못 자고

하고 싶은 말 있어도

배앓이 하면서 참는

그런 사람에게도

소원이 하나 생겼습니다

내가 당신보다 먼저

다시 태어나

당신 첫사랑 하기 전에

다시 만나기만을 바라는 것

김시도

2013년 『시와정신』 등단.

김은순

장담기 외 2편

환장하게 햇살 좋은 날이다
엄니는 가으내 조그만 텃밭 오가며
채곡채곡 챙겨 겨우내 밑반찬 됐던 독 안에 든
애동고추 말린 것 호박고지 무말랭이
모조리 꺼내놓는다

장맛은 정성인 거
장맛이 좋아야 집안이 융성하는 거
잡생각 말고 깨끗이 닦아야 혀
허리까지 독 안에 빠져
갑자기 조여 오는 컴컴한 세상에
왈칵, 뒤주에 갇혀 한 많은 생을 마친
어느 왕손을 생각하는 벌건 귓전을 나무란다

소금물은 달걀이 소눈깔만큼 나와
둥둥 잘 돌아 댕기면 되는 거구
엄니, 손 없는 날 날씨까지 이리 좋다며
깊디깊은 삶의 질곡 좌악 펴서
새색시 적 박 속 같은 얼굴로
깨끗이 씻어 말린 메주

차곡차곡 넣고 잘 걸러진 소금물

허리 아프다 하시면서도

당신이 해야 한다고 바가지 꽈악 움켜쥐고

기도하듯 정성스레 떠 붓는다

장담을 때도

몸단장 마음 단장 잊지 않고

둥둥 저리 잘 뜨는 달걀 모냥

어화둥둥 어화둥둥

자자손손 번창을 비는 팔순 엄니

오늘 햇살만치 환장하게 맛날 것이구먼

골목대장이 돌아왔다

집 앞,
몇 년째 공터였던 곳
빌라가 들어섰다
번쩍,
가로등 눈뜨면
죽자하고 덤벼드는
나방들만 분주하던
어느 날부터인가
담 너머,
몇 년 만에 들어보는
갓 태어난 아가 울음소리
뭐가 그리 재미난지
해맑은 꼬마들 웃음소리
너니 내니
청춘들 투닥거리는 소리
끈적한 바람결 타고
복더위 지쳐있던 귀
입 꼬리 올라가게 만든다
한동안 사라졌던
우리 동네
골목대장이 돌아왔다

오이순을 잡아주며

처음엔 옮겨준 곳
뿌리 내리기 힘들었는지
송충이 같은 오이 몇 개
맺다 떨구고 맺다 떨구더니
몇 번을 그렇게 허방 치더니
포도시 살아 하루가 다르게 커가며
손가락만한 오이 여기저기 달랑거린다
이쁜 마음에
옹알이 하는 애기 쉴 새 없이 들여다보듯
아침저녁, 저절로 발걸음 텃밭으로 향한다
밤새 무얼 먹는지
금방금방 자라는 여린 연둣빛 순,
꺾일 듯 허공에서
갈 곳 몰라 헤매고 있다
금세라도
또르르 떨어질 것 같은
허한 눈망울들
영문도 모른 채
제 젖무덤 빼앗기고 옮겨진 자리
몸 붙이기 힘든지 이리저리 보채다

한번 기댄 가슴 놓지 않으려

죽어라 꽉 쥔 파리한 고사리 손,

거지중천 한없이 휘젓는다

오이순 잡은 손

떨어지질 않는다

김은순

한남대학교 대학원 문예창작학과 석사.
2006년 『문예연구』 등단.
시집 『오이순을 잡아주며』 출간.

김재광

정류장의 시간 외 2편

정류장으로 흰 개 한 마리 발발 떨며 들어온다 젖통이 찬 바닥에 질질 끌린다 정류장 낡은 벽 사이 칼 바람 들어와 어미개의 뒤통수를 따갑게 후려친다 조금 비켜서도 될 것을 벽을 등지고 바람 막고 있다

워이, 워이, 내쫓고 싶지만 차마 입이 떨어지지 않는다 개의 주둥이 속으로 콧물이 흘러든다 어미 개의 눈동자에 내 모습이 비춰며 소리치고 가라고 발길질한다 놀란 녀석 찍소리 없이 도망친다

막 들어선 버스에 오르는데 누군가 내 발뒤꿈치 자꾸 핥는다 어찌 섬세한지 혀에 돋은 미뢰까지 생생히 느낀다 빨리 타라는 기사의 짜증에 밀려 다급해진다 가야 하는데, 제발 먼저 들어가지 추운 곳에 사서 고생하십니까 녹여진 한 쪽 발이 정류장에 뿌리를 내리면 좋겠다 함께 이 추운 겨울이라도 날 수 있도록

버스 기사의 언성이 높아진다 아저씨, 제발 봄까지만 기다려주면 안될까요 그러면 걱정없이 집으로 돌아갈까 해서요 돌아서면 업혀왔던 작은 등이라도 바라볼 수 있을까 해서요

정류장의 시간이 더디게 흐르고 있다

호피석

호피석은 말이 필요없다
어디에 놓아도 말이 되기 때문이다

그는 가늠할 수 없는 시간 젖어있던 몸이 건조해졌다 그동안 민물가재
도 훑고 갔고 이끼도 잠시 머물다 갔을 것, 그는 그저 묵묵히 모든 순간을
받아주었을 것이다 나는 그런 모습이 좋아 건져왔다 밝은 곳에 두고 자
세히 보니 한쪽이 못나게 어그러져 있다

여름 홍수로 이리저리 굴러다닌 적이 있다고 말한다 그래서 한쪽이 유
독 못나게 어긋났다고 처음 입을 열었다 호피석은 다시 입을 다문다 그는
말이 없다 냇가에서 그저 돌이었고 거실에 자리를 페차니 그제야 호피석
 스스로 이름을 만든 적 없다

호피석의 목을 조르며 냇가로 들이민다 그 여름에 홍수가 심해 그랬어
난 어긋난 것이 싫어 건조했던 호피석은 촉촉해진다 살면서 어긋나지 않
는 사람 있다고 생각해? 나의 팔을 잡고 담담하게 말한다 차라리 나를 반
으로 쪼개 그리고 원하는 모습을 바라봐 아니지 그건 네가 아니지 다시
생각해주면 안 될까 확실한 건 지금은 아니야

호피석이 목까지 잠긴다 마지막 숨을 참으며 다시 물속으로 들어간다
호피석은 말이 필요없다 그렇게 존재가 어긋나버린다

복어의 독

아버지는 복어다 어항에 몸집을 부풀리지만 도마 위에선 그저 바람 빠진 복어다 가시가 힘없이 바들바들거린다 도마 위에 있던 복어가 다시 어항에 들어올 때 나는 이끼 사이로 숨는다 그사이 몸집이 커져 있다 이제 어항이 비좁다

발가벗은 아버지 욕실로 들어온다 목욕은 혼자 한다고 욕조의 물이 흘러넘친다 욕실이 작아진다 아빠 등 좀 밀어줘 등에 있는 가시가 힘없이 바들거린다 욕실이 넓어진다 사이가 멀어져간다 나는 욕조 안으로 헤엄쳐 도망간다

베란다에 담배연기가 넘어온다 복어의 입에 담배가 물려 있다 들이쉬고 내쉴 때마다 커지기만 했던 모습, 한없이 작아진다 어항 안에서 도마 위에 올라간 듯 숨을 헐떡인다 당신은 나를 지키기 위해 독을 숨겨왔다

가까이 가면 가시에 찔릴 것이라 생각했지만 아버지에게 독은 나였다 기침을 멈추기도 전에 나를 보고 웃으며 욕실로 들어간다 등에 돋아난 가시 끝내 눈을 마주치지 못한다

김재광

한남대학교 문예창작학과 졸업.
2019년 『시와정신』 등단.

가연佳緣 외 2편

무우霧雨 내리는 날
풀무로 지폈다
붉게 타는 산여뀌 그 발아래
서릿발 치는 겨울 지친 호흡으로 살았다
질긴 쑥 줄기 헤치니 그루터기 조금이다
야생의 삶은 결코 아니다
단지 오지 골에서 무양 무양히 살아온
미욱한 시간이었다
봄이 오는 길목에서
소실된 내 시간이 산여뀌 뿌리 아래 잠긴다
삼나무숲 뻐꾹새 울음 부리에 물어
초록이 물든다
봄 햇살은 잠기는 무 줄기 당겨 괴운다
접순에서 꽃눈이 오른다
어깨 위에 햇살이 내려앉는다
산여뀌 위로 높게 오르는 연보라 무꽃
봉긋봉긋 피어난다
씨를 품은 내일이 온다
너와 나는 가연佳緣이다

휘묻이

마지막 노을이 기웃거린다
푸른곰팡이 맷돌 위로 번져
주름진 어머니 내력, 손 냄새로 다가온다
안개가 거들고 비가 거들어
다듬지 못해 맷돌 귓속으로 숨은 깃털들,
노을 벽에 박힌 못 하나 힘없이 흔들린다
어두운 하늘 머리에 이고 돌고 돌았던
맷돌 귀에 들리는 바람 소리
까칠까칠한 손끝을 아프게 긁는다
매운 연기 마시며 시렁의 장나무로
사시던 어머니의 휘묻이 가지 하나,
어린 뿌리 수십 리 먼 물길 찾아 나선다
벽장 속에 총총히 남기고 간 무지렁이
젖은 흔적들,
어머니가 쓴 일기장 한 귀에 묻으려 한다
낭창한 긴 가지 또 하나의 우주를 기다리며
땅속 깊이 잠재운다
치마폭에 꽃물 드는 소리에 깨어
배꼽 드러낸 어린 흰 발들,
휘묻이 오금 피는 그 날을 바라보며
맑은 물 곱다랗게 접시 위에 올린다

함수鹹水

서슬이 녹아있는 수마석 위로
지친 꽃잎들이 떠다니네
겨울을 건너며 시린 꼬마 밟다 왔는지
묵은 냄새가 나네
잎 가에 번지는 허물 탓일까,
함수가 닿아 잎살이 쓰려 오네
너울 넘어온 상처 끝이
물집으로 번지네

봄볕 해지도록 분꽃 향기 화려했던
이력의 기억들,
핑크빛 볼에 화약처럼 웃음 내지르던
두 보조개,
흔적들을 살피네

가파른 길목 어디에서 뜬구름 잡으려 했는가
호흡 다잡아 알몸으로 돌아온
묵은 꽃잎들,
감꽃 송송이 간절함의 기대를 매달아

마른 햇살 속으로 나비질하던 시선, 시선들

말아 쥔 지친 하루를 함수에 띄우네

김정순

2017년 『시와정신』 등단.
동화구연 강사.

김종덕

겨울 벽화 외 2편

먼저 창문을 열어둬야겠어 팔랑거리는 저 떠는 잎을 봐
우리 그날 주머니에 손을 움키며 걸어갔지
당나귀마냥 저마다 어디론가 헤어지고 있었나봐
사막으로 강물 곳으로, 너는 태양 너머로 뒷동산에는
계절이 지나가고 저 잎을 보렴, 들떠서 피다가 꽃물 들다가
타올라가서 불꽃으로 먼지 속에서 떠는 가을을
진부한 것들이 무너지고 있어, 겨울이 새겨지는 저 벽화 속으로
걸어가야겠어, 그러기위해서 창문을 열어두는 거야
입김이 나와 후후 불 때마다 나는 찬바람이 되어보는 거야
찬바람 깊이 헤집고 들어간 나를 흔들어 깨운다면
플라타너스, 아침부터 늙어버린 내 동전들을 생각해
우리는 그나마 허름한 바지나 튼튼한 장화에는 관심을 두지 않았지
떨어지는 너의 잎들을 어찌해야 하는 걸까
계절은 꺾인 가지 끝에 무기력한, 장식으로 새겨지고
짧은 전신주 주상복합 아파트 창백한 하늘 별빛 없는 바람이 되어가
는 시간들
풍경이 되어 말라붙어버렸지, 어쩌면 창문 밖에 그대의 벽화는
누군가로부터 멀어지고 문득 떨어지는, 그래서 너에게 바람이 불어
창문을 열어두는 거야, 그들이 우리를 망각의 상태로 이끄는 것에 대해
나는 크나큰 죄책감을 가지고 있어, 그리하여

나는 창문을 열어두는 거야, 마치 네가 찬바람 같거든
너의 얼굴에 나는 입김을 불어보는 거야, 호호 말라붙어버린
가을은 떠나가고 나를 겨울벽화에 새기고 있어 사랑하는 앨런.

삼익오르간

천변에 이 빠진 오르간이 버려져 검붉게 타들어간다
그 밤새 장맛비 내리고 그들은 검정 우산을 뒤집어 쓴 채 돌아갔다
살 나간 우산 몇 개 바닥에 버려졌고, 울음을 비워냈다
문짝 뜯긴 폐가에 누군가 비 피해 왔을 법한데,
오르간이 울면 큰일이야 우리는 숨바꼭질을 하고 있으니까
들키지 않으려 물에 젖은 오르간 다리를 우걱우걱 갉아먹는 생쥐들
오르간의 난간을 기어오르는 달팽이의 나선을 따라 이따금
울음통에 꽉 찬 빗물은 울컥, 파이프는 노래를 잃어갔다
하류로 흐르는 젖은 것들의 마지막은 콸콸콸, 곡소리를 냈다
장미덤불에 잎사귀들은 제 가시에 찔려 비명을 질렀다
붉은 꽃잎이 떨어졌다 폐경기의 여자가 장마 속을 걸어갔다
올 터진 스타킹에서 그녀가 걸을 때마다 음표들이 새나왔다
음표는 저기압처럼 늘어진 전깃줄에 걸려 떨어졌고 여자는 없었다
바닥에 푸른 멍자국 새기며 스트로크되는 선율들 장대비만 내렸다
퍽퍽한 살점을 물어뜯으며 생쥐들은 오르간 파이프에서 찍찍거렸다
오르간이 울면 큰일이야 우리는 숨바꼭질을 하고 있으니까
달팽이가 제 몸집을 두고 사라졌을 뿐
강물의 수위는 격정으로 차올랐다 어둡고 깊은 장마전선을 뚫고 갔다
움푹움푹 패인 웅덩이에 멀쩡한 하늘이 흘렀다

오체투지

사람들이 밀물지어 오는 저녁
기차 떠나는 길목
몸과 다리 부재의 슬픔 동여매
고무집에 목숨 말아 넣는 사람

아스팔트 바닥에 심장박동 새기며
그 힘으로 잡화 수레 밀고
다리 대신 휠체어 타지 않은
그리하여 바닥이 되어가는 그,

바닥 깊숙이 아픔 찔러 넣거나
더듬더듬 절망 고르는 동안
카세트에서 흘러나오는 찬송가
일생 하나님에게 오체투지

빌고 또 빌었을까
아주 신에게 쓰러져
이제 더 쓰러지지 않는 몸짓
찬송테이프 풀면서

밀고 밀어 건너는

붉은 신호등

김종덕

한남대 문예창작학과 졸업 및 동 대학원 석사.
2008년 『시와정신』 등단.

김주희

비로소 외 2편

허구한 날 일만 하다가
좋은 시절 다 가지, 다 가지
바깥세상 활기찬 발걸음을 보며 슬픈 모가지로
내다보며 발만 동동거렸지

퉁퉁대던 시간 앞에서
육신이 앓는 소리를 하는 순간에서야
비로소 성한 몸뚱이로 일할 때가 좋은 시절이란 걸 알았지

아직도 성장통이 남아 있을까

여린 봄날이던 때
고열에 들뜬 아이를 업고 소아과 문을 들어서면,
녀석, 무얼 또 하나 배울라나, 하던 의사

약봉지 껴안고 등에 업힌 아이에게
이웃 어른들의 장난 섞인 위로의 말,

이번엔 또 뭐가 알고 싶어서 아팠디야?

마흔에 꽃을 보았다

봄이었던 거 같아
화단에 갓 피어난 꽃들을 보는 순간,
가슴이 마구 떨렸어
처음으로 느껴보는 이상한 전율이었어
뛰어가다가 눈물이 핑 돌았어

잠시, 정적이 감돌았어

꽃을 보며 예쁘다고 느껴본 적 있었던가

언제나 적절한 곳에 화분을 배치하고
줄 세우기에만 바빴지

넌, 그곳에 있어야 해
거기가 네게 어울려, 하고 말이야

이제야, 꽃을 보는 눈이 생겼어

얼마나 큰 우주를 품고
지금 여기 서 있는지.

그날의 크리스마스

산타할아버지가 이번에는 어떤 선물을 가져오면 좋을지 기도해 봐
어쩜 멀리서도 다 듣고 너희가 원하는 걸 가져올지도 몰라

자고 나면 머리맡에 놓여 있는 선물을 얼싸안고
와! 내가 착했나 봐, 딱 원하던 그 선물이야,
산타 선물이 좋아서 방방 뛰던 아이들

어느 해, 너무 바빠서 깜빡하고
선물을 준비하지 못한 적 있었다

자고 나면 당연히 있어야 할 선물이 없는 것을 보고
작은아이 눈가에선 금방이라도 눈물이
뚝뚝 떨어질 기세다

바빠서 늦게 오실 수도 있으니
착한 일 많이 했으면 좀 더 기다려 봐
크리스마스 날 오후 늦게까지 바쁜 산타할아버지는
몰래 선물을 놓고 가신다더라

작은 인기척에도

현관문을 잡아 돌리던 조막손

늦은 저녁 초인종을 눌러 놓고
신발은 벗어 양손에 들고 아래층 계단에 숨어서 지켜보던
산타의 가쁜 숨소리

띵똥, 소리에

용수철 튀어 오르듯 다다닥 발바닥 굴리는 소리
세상을 다 얻은 듯 환호성을 지르던 아이

어느 해던가,
친구가 그러는데 산타할아버지는 없다면서요?
엄마아빠가 선물을 주는 거라면서요?

어쩜 좋아! 그 친구들은 산타가 진짜 안 왔나 봐
그래서 엄마 아빠가 대신 사줬나 보구나

그리고, 이건 비밀인데

산타가 없다고 생각하는 아이에겐

정말로, 산타가 다시는 안 오지

김주희

한남대학교 사회문화대학원 문예창작학과 재학 중.
2016년 『문학사랑』 등단.

김지숙

데드플라이 외 2편
- DeadVlei

나무는 바람소릴 들으며 분진奮進으로 뿜어 올린 가지가 곧 바람의 일부가 되리라는 걸 알았을까 잎잎의 요소들이 고요가 되고 생의 속도로 흐르던 물관이 사막에 가까운 표정으로 호흡하리라는 걸 그리하여 바람의 냄새를 맡는 일은 뿌리에서 긴 헛바닥을 꺼내 자주 바닥을 핥으면서 아무도 모르게 말라가는 것임을 온몸으로 이해하고 있었을까 사막에선 눈물이 쉽게 허락되지 않는다 눈물마저 물이 되는 곳 데드플라이에선 죽은 나무를 위해 슬퍼해줄 눈[眼]이 없다 누가 저 불타는 흉터에 쓸쓸함의 내재율 같은 눈빛을 보태줄 것인가 죽음과 충혈된 눈이 만날 새 없이 그늘과 그늘이 만나 젖을 새 없이 증발해 버리는 곳 슬픔은 모래 알갱이 근처에서 흩어져 점자가 되는 곳 사막의 바람은 모래를 실어 나르지 않는다 모래 사이에 숨은 어떤 곡조가 바람 따라 날리며 바람을 버리고 떨어진다 울음을 안고 있는 자들이여 너희의 젖은 목젖은 풀벌레의 외로운 음표 하나 부르지 못하니 데드플라이로 가라, 가서 한 방울의 눈물로 나무의 물관이 되어라 내가 않고 있는 새벽과 데드플라이 사이에는 임계臨界가 없다

입

   나는 시절을 먹고 토하는 슬픈 입이야 나랑 같이 강가에 갈래? 언 강에 발 담그고 앉아 시린 발 노래 부를래?

   꽃잎은 바닥에서 뒹굴지 저들끼리 손짓하면서 몸 비비면서 울지 신경 쓰지마 떨어진 것들은 아득한 비명, 태워 날려버리자 휘이— 휘, 휘이— 휘 나무아미타불관세음보살

   아이참, 계절도 모르고 속도 모르고 가지마다 꽃이 피었네 죄다 얼어버렸네 먹어볼래? 아삭 아삭 씹히는 것이 맛있어 누가 지려 놓은 눈물인지 달콤해 새콤달콤 쩝쩝 새콤달콤 쪽쪽 그래, 이건 분명 멀미 맛이군

   발이 시려워 시린 발이 서러워 운다 내가 운다 굶주린 계절은 휘황한 눈꽃을 드리우고서
   내가 먹은 시절, 내가 먹은 사랑, 죄다 토하는 슬픈 입을 보았니

   사랑하는 나의 애인아 나 좀 데리고 가 응?
   내 목에 밧줄 묶고서 질질 끌려가고 싶다
   입술을 빨아 공중에 공양하고 싶다

   내 입에 피가 돈다 썩은 피가 한 詩절 먹고 꽃피운
   죄다 토하는 죄다

새벽나무의 노래

동 트면 별은 가장 격렬하게 빛난다 가지 끝 피어오르는 햇빛, 곰팡이 냄새가 난다 앓으면서 진저리 치면서 야위어 가는가 별이여, 어제 죽은 새벽이 오늘 또 죽고 나무는 마른 가지 비틀며 풍경을 바꾼다

나무야 너는 흔들리면서 이파리마다 환한 잠 그늘 지우면서 새벽 공기 당기고 있구나 푸른빛을 떨림으로 기록하느라 아프니 새벽 고요 밀려나는 곳에서 나는 우는데

아픔은 새벽의 광시곡이다 이파리 닮은 귀를 가진 사람은 새벽나무가 연주하는 저음을 기억한다 뒤틀린 가지마다 흘러나오는 음악, 햇빛 떠미는데 고요를 지키면서 안간힘으로 버티면서 숨 막히니 나무야 별은 절정에서 사라지는데

새벽 지나는 동안 나무가 연주하는 침묵을 듣는다 어떤 박자에도 어울리지 않는 나무의 음악, 저녁의 격렬함과 아침의 밝음이 합류하는 곳에서 부르짖는 나무여 어둠 빠져나가는 동안 천지간 피어나는 곰팡이 꽃 아로 새기면서

꽃잎 눈물 꽃잎 당신 낱장을 뜯어 가지마다 담금질하고 있구나 울음으로 솟으면서 고요에 가까운 노랠 부르면서 아침 풍경 준비하는 동안 새벽

지척에서 나는 우는데… 내가 기댄 것은 나무가 아니라 격렬함의 안쪽이었으니 새벽나무는 울분 속에 그리운 사람을 연주한다

김지숙

한남대학교 문예창작학과 졸업 및 동 대학원 박사 수료.
2019년 『시와세계』 시 등단.
2020년 『시와정신』 비평 등단.

전설의 가치 외 2편

거기에 사자가 있었다
갈기의 길이만큼 송곳니로 새긴 듯한
그리고,

몇 번은 덧칠했을 현판이 오래된 마을에 있고
천년이나 더 묵은 공포와 포효는
그들만의 도도한 전설로 살아나는 중이었다

가까스로 조각한 고대문자의 음률은
굵직한 라틴계의 저음,
힉스 순트 레오네스 HIC SVNT LEONES

귀 없는 인류가 몰려오기까지
사자의 이빨은 루비 박힌 금강석으로 자라고
황금 목걸이에 음각한 굵직한 꼬리
소용돌이치는 입술,

사람의 생각이 닿지 않는 유일한 현판은
철벽에 걸린 쇠못처럼

결코 흔들리지 않을 것이다

나는 몇 번 더 씻어내야 하는 걸까

길의 방정식

궁금했었다
길이 어떻게 길을 내는지

마냥 같은 방향으로 선을 긋다
대략 생겨나는 뒷산 오솔길에서
산발적인 추측들 솟아나는 것처럼
길 걷다 길을 떠올리고
겨울에 알게 되는 사소한 일들

목의 핏줄 부추기며
유혹하는 호기심으로
열지 말아야 할 상자 눈여겨 보았다

시간의 종이 상자 안에
그냥 걸어가기만 하는데
그 뒤로 잇는 나는
속으로 묻기만 하고

그러다
눈 위에 겹친 수천 발자국을 보았다

바람 부는 나무

모래로 쪄낸 길이다
뿌리 그 아래 차오른 따스한 숨은
사하라의 생각을 나르는 페이스트리 바람
투명한 안나푸르나 순백의 살결
고고한 천정의 계곡을 가르고 태어난 것이다

양피지에 오래 묵힌 바람은
그 아래 수만 갈래의 배경으로 열어놓은 바람의 길,
겹겹의 결 따라 사이로 끼어들어
기척 없이 들리는 거대한 묵음의 소리

귀가 있어 듣지 못하는 귀를 닫고
결에 실린 나무의 파편, 수도승 떨리는 입술은
흔들리는 태양의 꼭지 그 깊숙한 곳으로
멈추지 않고 흘러들어갔다

숨이 멈추는 법을 배우지 못하고
쉬지 않고 길을 내는 비자나무
그 옆으로 나이테 없이 자란 나는

덧칠한 900년, 바람의 물결 무한정 들이켰다

그 먼 날 원시 하늘까지 품어 왔을
다듬지 못해 거친 기록과 바람의 시간
그리고 내 호흡량보다 결코 적지 않을
나무의 오랜 질량에서 나는,
바람의 근원을 다시 생각해야 했다

김태익

한남대학교 사회문화대학원 문예창작학과 석사.
2021년 『시와정신』 등단.

김혜윤

자화상 외 2편

장판이 성난 얼굴로 나를 노려본다.
저 얼룩은 어디에서 연유되었는가.
얼룩덜룩한 내 얼굴도 가리지 못했는데
얼굴은 대면하며 뭐라뭐라 말을 한다.
장판 위에 반점이 박혔다.
그것이 아름다운 꽃 될지
내 얼굴 갉아먹는 검버섯 될지
그것 모양 피기까지 훔치지 않고 놔두어 본다.
날파리는 방정맞게 날아다니며
나비의 꿈을 꾸는 양,
조잡한 꽃벽지 사이로 날갯짓한다.
쥐어짜진 더러운 피부는 붉고 부풀려진 추함으로
거울대면의 초상화가 된다.

개미

개미가 내 딱지를 이고 간다.
내 딱지를 이고 가 뭐를 어쩔 것인가.
상처 위를 지저분하게 덮어 난 쓸모없는 피부조각이다.
씨언하게 뜯어내고 버려진 그 물건에 무슨 먹이의 충동이 있단 말인가.
끄덕끄덕대면서도 잘도 기어간다.
짓누르려 해도 이미 짓눌린 모양이라 허무해 그냥 제 갈 길로 내버려
둔다.

쓰레기통 위로 개미 한 마리가 지나간다.
투명한 빛을 띠는 맹랑한 것이
달달한 냄새에 더듬이를 굴리며 연신 기어가고 있다.
무감흥으로 휴지로 쓰윽 문질러 버리고 나자 어제도 며칠 전에도
꼭 한 마리씩 쓰레기통 위의 개미가 생각이 난다.
그 개미였을까?
몸은 이미 죽었지만 냄새의 강한 자극에 이끌리던 충동은 여직 남아
환생을 되풀이하고 있는 것이다.

개미는 일평생을 달달한 단내에 이끌려 다니고
바닷가의 조개는 일평생을 바닷물에 쓸리고

아스팔트 위 모래는 일평생을 타이어 바퀴에 으깨어진다.

나는 일평생을 무엇에 이끌려 살아가는가.

비 오는 날

비에 젖은 공사장의 시멘트벽은 일정한 간격으로 붙여놓은
호수의 괴물의 머리로 입을 쩍 벌리고 쌓여 있다.
자신의 잃어버린 머리를 찾으러 안개를 헤치는 괴물처럼
산은 위협적으로 안개 속에 숨어 있다.
비에 젖은 건물과 나무는 신경질적으로 미동도 않은 채 서 있고
크레인의 꼭대기 줄은 시체마냥 힘없이 흔들린다.
도대체 누가 걸어놓은 것인가.
공기 중엔 비 냄새가 묻어나고 비 냄새에는 가로수 냄새가 묻어나고
그 냄새가 온몸 피부로 덕지덕지 달라붙는다.
개 오줌과 질척한 땀이 배어든 이불도
끈적하고 시큼한 냄새를 공기 중으로 흩뿌린다.
쿠션에 조용히 얼굴을 묻어본다.
달착한 담배와 살냄새가 난다.
빗소리를 들으며 한동안 얼굴을 묻고 있다.
습기 먹은 벽지에 시간이, 기억이,
생활이 묻어온다.
세간살림은 비 오는 날이면 그 어느 때보다 조용하다.
그릇 부딪치는 소리도, 삐그덕거리는 경첩소리도, 욕조 안 울리는 물
소리도,
오늘은 들리지 않는다.

모두들 입을 다물고 빗소리에 귀를 기울이고 있다.
거실에는 새삼스레 시계 초침소리가 울리고
액자에 비춰진 비 오는 풍경은 아무것도 새로울 게 없다.

김혜윤

2006년 『시와정신』 등단.

김화순

꿈 외 2편

팔순 아버지의 굽은 등에서
나는 사십 년 전 골목길을 본다

당신의 귀가 시간은 고르지 않았다
버스 정류장에 키 작은 풀로 쪼그려 앉아
흙그림을 몇 번이나 그렸다 지워도
당신의 기침소리 들려오지 않았다
그런 밤이면 강 건너 마을로부터
두꺼운 이불 되어 내 앉은 키 덮어오던 어둠에 갇혀
잇몸 사이로 비어져 나오는 울음 꺽꺽 삼키곤 했다
내 마음의 창으로부터 점점 멀어져가는
당신의 발자국 소리
더 이상 들리지 않았을 때
난 이미 어른이 되어 있었다

아버지의 굽은 등 속에는
그만 아는 팔십 년 비밀한 생이 있다
세월로 가득 채운 둥근 등, 천천히 비워가는

당신이 걸어온 길로 그날의 당신을 살고 있는

내가 걸어가고 있다

가문비나무 속엔 연어가 산다

  남대천 상류, 떼 지어 팔 벌린 가문비나무. 와글와글 치어들 열매며 나무둥치 속 오르내리며 헤엄쳐 다니고 있어요 비늘과 지느러미 속에 아롱아롱 새겨지는 그 나무의 무늬

  2만 킬로 대장정 모천회귀의 대하드라마 끝낸 연어들 여울목 자갈밭에 앵둣빛 미래 낳고 나무 아래 회종회의 생을 묻지요 해산한 여인들의 가을이 오면 숲의 나무들 자르르 윤기 흐르고 살집 통통 오르는데요 보는 이도 절로 환해지지요

  가문비나무 속에 태어난 어족들. 숲은 뭉글뭉글 물비린내 피어오르고 반짝이는 흑갈색 비늘과 뾰족 꼬리지느러미와 분홍의 살 속 등고선 무늬들이 나무의 삶 안쪽에 차고차곡 쟁여지지요

  가문비나무 속엔 연어가 살고 있어요

시간 속에 웅크려 날개를 짜다

　여름 한낮, 잠박에 누워 긴 잠을 잔다 5령의 잠이 끝나면 나를 토해 새하얀 고치집을 짓는다 나바이가 될 때까지 시간 속에 웅크려 너를 찾는다 사각사각 풀리는 명주실소리 섶에 누워 꾸물꾸물 1500m의 꿈길 나긋나긋 더듬으면 은빛 실타래를 푸른 잠의 얼레에 칭칭 감겨든다 60시간 내내 따라가다 놓쳐버린 마른 풍경들 기억 속에 인화되어 달그락거린다 부지런히 변신을 꿈꾸는 나, 언제쯤 아리아드네의 실을 잡고 잎맥처럼 환한 날개 하나 얻어 둥그런 꿈의 동굴 탈출할 수 있을까

김화순

2004년 『시와정신』 등단.
시집 『사랑은 바닥을 쳤다』, 『시간의 푸른 독』, 『구름출판사』 출간.

응달집 외 2편

숲속 개울가에
응달집 한 채 짓고 삽니다

남향집이 좋다고는 하나
그늘에 깃들어 가만히 웅크리고 싶은
아무도 모르는 집입니다

솔부엉이 흐느끼는 달빛 파묻혀
매화 향기 스미는 그 집
양지바른 길을 걷다가도
노끈에 결박된 그림자를 데리고

징검다리 건너서 찾아갑니다
거기 숨어서 한 며칠 지내고 나면
견딜 만합니다, 괜찮아집니다

별무늬 그리는 작은 쪽창을
덜컹덜컹 두드리는 바람 소리
찻잔을 기울이는 탁자 하나, 의자 하나
더 바랄 것도 없는 응달집

가끔 다녀옵니다

나올 때는 문을 꼭 잠근 열쇠를
청단풍 나뭇가지에 걸어두고 옵니다
수도 전기세 내지 않아도 되는
그 집 주인은
말리부 해안가 저택이 부럽지 않습니다

내 마음 기슭
아주아주 높은 곳에
우뚝 솟은 성채가 있습니다

도토리 카페

입추 지난 산허리에서
발길에 톡, 떨어진 햇도토리를 만났다
불볕에 로스팅 진한 갈색 익을 대로 익어
껍질이 윤기 나는 등을 밀어냈나 보다

갓 볶은 원두 향이 밴 온기를 손안에 굴려 보니
빛깔도 모양도 배불뚝이 항아리를 닮았다

종갓집 대를 잇는 씨간장이 샐까 봐
촘촘히 밀봉된 뚜껑
때를 만나면

떡갈나무 한 그루 자라 나오겠지
도토리 우박 풍년 들면
검박한 청설모들 다 먹여 살리겠지

씨를 맺으려면
내 안에 속 깊은 항아리 품어야 하리

쓰다 달다 불평 말고

달빛 꽃잎 띄워서 거품 걷은 맑은 물
한 일백 년쯤 품노라면

잘 익은 씨앗 하나 떨어질 날 있겠지
하산길에 주워 마신 루왁커피 한 잔
인어 세이렌은, 못 만들지

산새들 비바람 드나드는 통유리 산속 카페
모진 세월의 그물을 엮은 손이 만들어내는
떫고도 쌉싸름한 그 맛

홍시를 기다리며

고목 가지 끝 낙엽이 비운 자리
냉큼 앉았다 가는 바람의 무게를
천칭저울은, 여운의 소실점을 맞춘다

휘청거리며 지켜주고 싶은
맨 꼭대기 홍일점
너를 위해서라면

푸른 청춘을 다 버린 어깻죽지
장대로 후려치는 죽비소리
버텨내리라

너는 천천히 익어야 한다
완성은, 깨어지기 위한 고통의 미완성
조바심 내지 말거라

땡감의 떫은 탄력을
땡땡한 아집을 간직하거라

세상과 타협하고 분노를 거둬

네 속이 무를 대로 물러지면
약삭빠른 까치걸음 네 심장을 겨눈단다

껍질이 덜 여문 지금 이대로
동심이 걸어둔 방패연 꼬리를
흰 불 지피는, 별똥별이면 좋겠구나

남연우

2019년 『시와정신』 포에세이 등단.
시집 『푸른발부비새 발자국』 출간.

남원근

겨울 외 2편

인디언들의 足跡을 들판에서 찾을 수 없다
겨울은 마음 깊은 곳에 머무는 계절이라고
지난 가을
저녁으로 쓸 염소의 가죽을 벗기며
아리카라족 인디언은 말했다
겨울이 되면 천막 밖에 쌓인 눈을 녹여
몸을 닦기 시작한다
몇 날 며칠 울긋불긋한 용맹의 문신을 지우고
눈을 털어 낸 나뭇가지로 불을 지핀다
연기가 나지 않게 불을 돋운다
사랑하는 여인은
눈 덮인 저 둔덕 언저리까지 왔다

겨울,
인디언들은
그리움으로 잠시 멸족한다

가을산

등산로 초입 매점에서
생수를 하나 샀다
잔돈 거슬러 받다가
천 원짜리 한 장을 떨어뜨렸다
천 원은 바람에
비탈 쪽으로 날렸다
웅크린 산이 팔을 뻗어
지폐를 주워 주머니에 넣으며
천 원어치의 낙엽을
내 머리 위로 뿌렸다
시월 어느 날
생수 하나와
가을산 귀퉁이를
천 원으로 산 적이 있다

돈대리

여덟 살 빨간 스웨터
누런 콧물 묻은 돈대를 떠났기에
단번 승팔이 아들임을
알아볼 노인네는 없었다
십 몇년 전 막걸리 주전자를
마루 밑으로 내동댕이치며
할아버지와의 삶을 한탄하던 할머니에게
명절마다 돌아가
추억을 한두 개씩 쓰다듬고 오지만
여덟 살 이후 돈대
막걸리 쉰 냄새 가신 적 없다

마른 유성매직 같은 돈대 정류소
버스에서 내리자
키 작고 눈꼽 낀 내 오만날들은 붕대를 풀어
몸뚱이 구석 쓰라린 살을 내이며
네게 호호 불어달라 한다
이제와 여덟 살 행색이다

정년이라 불렀던 냇가는

나를 받아들이기 위해
세월을 지우고
여덟 살같이 네 앞에서
훌훌 옷 벗어던진 나는
오만날의 냇가
네 맨얼굴 어여쁜 냇가로 뛰어든다.

남원근

2006년 『시와정신』 등단.

남정화

행성 외 2편

어느 때, 어디쯤에서
그대라는 행성이
내 삶의 궤도를
지배해 왔는지

그대 행성을 쫓는
나의 위성은
그대 사랑으로만 축전되는
빛 없는 작은 별

억겁의 세월
찰나로 돌려
세월의 처음으로 돌아가도
그리움의 태엽은
그대에게만 감겨지고 있을 겁니다

아버지

사랑 가뭄 들어
지하바닥 깊은 가슴 눈물 서 말 묻어두고
입술에 풀칠하여
배고픔 달래던 어린 시절
딸들 앞에선 늘 하회탈 되셨지

보얀 밀가루에 콩가루 한 줌
주물주물 뭉쳐둔 반죽
안반에 놓고 홍두깨로 얇게 밀어내
첩첩 말아 곱게 썰어낸
엄마표 칼국시 좋아하시던,

옹기종기 모여 바라보는 간절한 눈길
차마 다 썰지 못해 남겨준 국시 꼬래이
아궁이 남은 열기에 올려놓으면
벙그레 부풀어 오르며 내뿜던
구수한 사랑

천국 시민 된 정 좋던 부모님
그때처럼 칼국시 미는 엄마 곁에서

딸들 좋아하던 국시 꼬래이 앞에 두고

언젠가 찾아올 자식들

기다리고 계시겠지

비밀

난
다
알고 있어

달을 사모하여
살포시 내려와
비밀 나누다 간
새벽 별의 금지된 사랑

친구와 포르록거리며 자리 다툼하다가
애먼 잎사귀 바닥에 내려치고
조치 없이 도망간
새들의 발칙한 행위

짝사랑한 바람 쫓아가던 구름
무거운 몸 살짝 쏟아내고
무슨 일 있었느냐
시침 떼는,

노을 볼 고운 새악시

임 기다리며
두레박 그득
사랑 담아 올리는 교태

아는 척
할까
말까

남정화

한남대학교 사회문화대학원 문예창작학과 재학 중.
2016년 『문학사랑』 시 등단.

노금선

만 원의 행복 외 2편

지하철 공짜로 타고 유성으로 장 구경 갔다
남편과 이천 원짜리 잔치국수를 사 먹고
시장을 돌다가
빗방울 들이치는 장바닥에서
두툼하고 바삭한 녹두전 한 장에
마음이 즐거워진다

딱히 살 것도 없어 장을 한 바퀴 돌아 나오려는데
시장 끄트머리에
산나물 한 무더기 풀어놓고
끄덕끄덕 졸고 있는 할머니
주인 못 찾아 시들해진 나물이 걸음을 붙잡는다

할머니 이거 몽땅 얼마예요
그냥 만 원에 다 가져 가유 내가 산에 가서 뜯은 거니께

검정 비닐 봉투에 넣어주는 할머니 손톱이 까맣게 물들었다
묵묵히 장바구니 들고 따라오던 남편
선뜻 이만 원을 꺼내 드린다

어르신 저기서 국수 한 그릇 들고 가세요
주름살 가득한 얼굴에 웃음이 번진다
만 원이 준 행복에 우리도 같이 웃었다

안개역

스크린도어가 열리면 밀려 나오는 안개
얼굴과 얼굴이 환승된다
무덤덤한 표정이 차오를수록
서로가 없어 내릴 곳은 더 멀어진다

흔들리는 손잡이를 붙잡고
이들은 모두 어디로 갈까

좌석을 차지한 이들은
손 안에 세상을 움켜쥐고
손가락만 까닥거린다

안개는 얼굴들을 지우고
얼굴들은 시간으로 우르르 사라진다

역이 또 한 번 열리면 쏟아져 들어오는 액체성 사람들
물방울이 둥둥,
원하지 않아도 서로가 서로에게 엉겨

오늘의 안개를 내려받기해야겠다

전광판을 바라보지만
내려야 할 역이 줄줄 흘러내려

나는 목적지에 도착하지 못했다

받아온 안개가 사라지는 아침

지구 수족관

호텔 로비의 수족관 원통이
어느 순간 펑!
폭발음과 함께 부서져 내렸다
한꺼번에 쏟아지는 물고기들
바닥에서 꼬리를 파닥거리며 몸부림을 쳤다

지구도 거대한 수족관이 아닐까
원자폭탄 32개와 맞먹는 지진으로 튀르키예와 시리아
찰나에 땅이 꺼져버렸다

수많은 사람이 죽거나 잔해에 깔렸다
연일 포탄을 쏘아대는 우크라이나와 러시아,
모든 것들이 잿더미가 되어간다

지구 안에서
열대어들처럼 몰려다니는 욕망들
언제 깨질지 위태위태하다

수족관 물속에 녹아 숨어있는 불안들
끝없는 위기 속에서

하루하루를 버티고 있다

거대한 균열을 막을 수 있는 건
인류의 마음뿐,
오늘도 미지의 시간이 유지 보수를 위해
지구를 살피고 있다

노금선

한남대학교 대학원 문예창작학과 문학박사.
2001년 등단.
시집 『꽃 멀미』 외 4권 출간.
제11회 시와정신문학상, 대전문학상, 한남문인상 특별상, 21회 천등문
학상 등 수상.

노수승

스노우볼 외 2편

여름에 눈이 내립니다

지도 위에 적어 놓은 것들이 각각의 향방으로 유영합니다 물고기의 목적 없는 행보를 보고 길치인 척하는 친구를 생각합니다

길은 조금씩 돌아눕고, 우리가 눈치 채지 못할 만큼 기울어집니다

밤 짐승의 울음소리와 바람소리 들립니다

귀 기울이면, 왜, 아무소리도 나지 않는 걸까요 눈이 길을 점점 먹어치웁니다 어떤 일은 소리 내지 않고 쌓입니다

우리는 달의 심장에서 잠들고 또 다른 우리는 목적지를 향합니다 어둠이 낮의 껍질인가 생각하다 고소하고 아삭한 밤에 대해 생각합니다 밤을 구우면 아침이 터질까요

얽힌 나뭇가지들이 깃을 텁니다 어떤 자세가 새에게 제격일까 고민합니다 새를 날개라고 읽어도 새의 발자국엔 가끔 깃털만 떨어져 있을 뿐 목적지가 없습니다

누군간 발자국을 남기려고 허공을 딛습니다

길

시리도록 푸른 하늘에
사선 하나 휙 그었다
손가락에서 푸른 물이
뚝뚝 떨어졌다

새가
하늘로 날아올랐다
푸른 물이 들었다
돌고래가 유영하듯 파도를 탔다

나는 순식간
바다에 항로를 남기고
새는 세찬 파도 넘어
전신으로
항해하고 있었다

보란 듯이

그 해 여름

플랫폼은
다가오는 것과 멀어지는 것 사이에서
꿈틀대는 침묵이다
누구나 하나의 배역으로 지날 수 있는
여울목이다

비에 젖은 안내방송이
안개처럼 철길에 내려앉는다
기적소리에 담긴 너라는 말이 나에게 달려와
어떤 의미를 꺼내려 한다

비 오는 날에 더 깊어지는 것들이 있다
여느 약속보다 한창이던 설렘은
그 해 여름이 지나서야 잦아들었다
두리번거리던 신호기 위의 새가
빗속으로 날아갔다

오후 햇살이 광장에 자리 펴고 앉자
비둘기들이 뒤따라 쏟아졌다
버스킹의 사랑이란 노랫말이 발걸음 뒤로

치즈처럼 달라붙었다

빠르게 지나간 시간은 다시 오지 않았다
뒤돌아오지 않는 시간에게
이별을 고할 순 없는 것일까

그리움은 끝나지 않은
종소리의 여음으로 여겨지기도 했다

노수승

한남대학교 대학원 문예창작학과 문학박사.
2011년 『한국문학시대』 등단.
시집 『놀리면 허허 웃고 마는 사람』, 『스노우볼』 출간.

류경동

어떤 연대기 외 2편

1.

세상은 답지 뜯긴 문제지. 풀어도 풀어도 난감하기만 하고 도대체 어디서부터 밀려 쓴 걸까. 수상한 바람이 골목을 기웃거리고 문틈에 꽂힌 건 독촉장일까 독침일까. 어려우니 무섭다. 너무 많이 밀렸으므로 문패에 □표 하고 내 이마에 붉은 문신을 새길 것이다. 제발, 건, 건드리지 마, 마요, 으스스 소름이 돋고 모로 누워 면벽한 나를 깨우는 건 아버지가 아니다. 버럭, 낯 붉히는 기억. 단단하고 뾰족하다. 몸 안에 살이 든 걸까. 생각이 허방을 디딜 때마다 아프다.

2.

오래도록 마음은 그늘진 텃밭, 무덥던 시절의 허물만 가득했다. 잠에서 깨어나면 젖은 베개에 이마를 묻고 그대라는 맑은 이름과 삶이 그대에게 보낼 엽서 같던 때를 생각했다. 그 뒤로도 마음은 더 오래 심심했다. 아버지는 자주 사표를 썼고 술이 깨면 찢어 버렸다. 아버지도 출세간出世間을 꿈꾸셨던 걸까. 어머니는 불안한 채소 같았고 나는 늘 무사했다. 배추벌레 같은 조카들을 보고 있으면 나도 배춧잎 포개놓은 강보로 돌아가고 싶었다.

3.

집과 세상 사이로 가파른 기압골이 흐르고 문밖을 나서면 폐가 납작해

저 숨이 가쁘다. 활엽수의 폐활량 부럽기만 한 칩거의 나날. 나는 텃밭에 뿌린 씨앗, 흙을 덮고 잠만 잔다. 애야, 쉽게 버린 날들은 돌아오지 않는단다. 시간이 거느린 미끈한 다리들은 날렵하게 골목을 빠져 나가고, 아버지의 고장난 조로가 마른 기침을 한다. 나는 조막손처럼 말라붙은 노란 떡잎, 장래희망란에 덩굴식물이라고 쓴다. 움켜쥔 주먹을 슬그머니 피고 짚은 곳을 고르고 골라 벽을 오르는, 더디고 더딘 연둣빛 더듬이의 성장. 볕 들지 않는 텃밭에 옅은 초록빛이 흩어지고, 꿈속의 아버지 아빠가 되어 웃네.

4.

늦은 저녁 밥상에 둘러앉은 가족들, 사바나의 초식동물들 같다. 큰 눈과 온순한 식성, 짧고 얕은 잠. 정작 깊은 상처는 피를 나눈 자가 내는데, 어디에 머리 조아려야 하나요? 미안한 어머니와 죄송한 아들, 질기고 질긴 기억의 되새김질. 어쩌다 행복은 오래된 일기에 밑줄 긋기, 죽은 시간에 알록달록 색칠하기가 됐을까. 말랑말랑한 날들은 지나고 세상의 문법은 예외가 넘쳐 외워도 외워도 끝이 없다. 해독이 되지 않으므로 치명적이다. 비긋하면 내출혈을 일으킬 것 같다. 그러나 간혹 시험에 들더라도 필요한 건 자습이 아니다. 조금 더 아프고 조금 더 견딜 것. 이제 갑각의 외투를 벗고 싱싱한 행복을 낚으러 떠나시렵니까?

골목에 대한 단상

골목길, 늦도록 기다리는 곳, 아쉬운 척 돌아봐 주는 곳,
불 꺼진 창 아래서 눈감고 넷, 셋, 둘, 하나, 차마 눈 못 뜨는 곳.
함진아비 둘러싸고 와자지껄 실랑이 흥겨운데
술 취한 동네 형 나타나 드라마 찍는 곳.
간혹 붉은 등 걸리면
형광의 차일 환한 그늘 아래서
이웃의 그릇들 모여 슬픔 덜어 담는 곳.
집 나가 풍문처럼 떠돌다 잠시 머뭇거리는 곳.
밖이면서 안 같고 길인데도 집 같은 곳.
호박넝쿨 우거지고 사루비아 붉게 피는,
기억이 예쁘게도 손질해 놓은 보리밭 사잇길 같은 곳.

골목길, 늦은 밤 세발자전거를 탄 아이
장바구니 든 여인 산책 나온 노부부,
평온해 보이지만 모두 그림자가 없다.
분명 헛것은 아닌데 뭔가에 홀린 것일까,
어디에 잘못 든 것일까, 가만,
오래전부터 같은 곳을 맴도는 것 같다.
발목에 엉킨 실 좀 봐.
초인종을 누르려 해도 손이 닿지 않는다.

입실을 허하지 않을 것처럼 굳게 닫힌 문.

오늘도 집에 들긴 틀렸다.

인적 끊긴 골목길, 텅 빈 행간 같아

나는 적막을 기록하는 감시카메라.

스치듯 지나간 불온한 상형문자들의 뒤통수,

눈 마주치지 못해 표정을 기억할 수 없다.

날카로운 것이 긁고 간 흔적,

무슨 생각에 밑줄 친 걸까, 읽을 수 없다.

골목길, 막다른 골목에서 담배 피는 13인의 아해들,

이젠 내가 무섭다. 아직도 출구를 찾지 못했니?

때 묻은 지친 기색 역력한 이상한 앨리스,

토끼는 엉뚱한 구멍에 들었다가 사나운 개에게 물렸나 보다.

발 잘못 디디면 깊은 구렁으로 떨어질 것 같다.

깊은 밤 옥상에서 누군가 종이비행기를 날린다.

불길하다, 높이 날면 위험할 텐데.

길이 길로 이어져 미궁에 거주하는 사람들,

모퉁이를 돌 때마다 사다리타기 하는 것 같다.

주소가 없으므로 가 닿을 곳 알 수 없다.

선인장

내게로 날아 오련 사막새

외로움이 가시 되어 너를 찌르면

아파하지 마 사막새 다친 날개 핥아 줄게

호오, 마른 입김 불어 줄게

뜨거운 바람 불어 와 목이 마르면

나를 쪼아 보련 사막새

몸 깊이 상처입어도 칭얼대지 않을게

사막, 막막한 마음의 저지대

가리킬 곳 없는 이정표처럼 오래 서 있었어

아이, 간지러운 날갯짓

너를 위해 착한 손바닥 내밀어 둥지 되어 줄게

몸 안의 가시밭 다스릴 수 없어

은둔의 뿌리는 자꾸만 깊어가는데

더운 공기처럼 가벼운 너 머물 수 없다면

잠시 작은 목소리로 읊조려 보련 사막새

아득히 먼 곳에서 전해오는 활엽의 노래

아무도 안을 수 없으므로 내 몸은 나의 謫所

이어야 할 고행의 여정이 남아 있다면

날아가 보련 사막새

석양에 드리운 내 그림자 가리키는 곳

일렁이는 모래언덕 너머 신기루 같은 샘을 향해
너 아름답게 날아가면
푸른 자취 사라지도록 아물지 않는 기억
이별의 아픔 품어 붉은 꽃 하나 피워 볼게.

류경동

2005년 『시와정신』 등단.

민재명

안락사 외 2편

어둠이 오면 어떤 꽃들은 지기 위해서 피어나기도 해요

발갛게 삭아가는 저녁 속으로 심장을 묻은 채 당신께 거친 얼굴을 부빌 때면 퇴색한 노을은 꽃잎처럼 한 장씩 무너져 내려요

시들어버린 구름을 꺾어 당신의 심장에 꽂지요

한동안 숨소리 거칠어지기도 하겠지만 핏줄마다 스며든 어둠이 그 떨림마저 비워버리겠지요

저 멀리 보랏빛 저녁이 괴사하고 있어요

그대 눈길 밟히는 곳마다 초록빛 장미꽃으로 물들어가요

별빛 속으로

자정을 넘어선 밤
발리에라의 손이 가볍게
문을 두드린다

골반은 허름한 반바지를
간신히 매달고 있다
가지런한 살결 위로 별빛이
미끄러진다

잔털을 간질이는 숨소리
달궈진 상체 위로 초조한 물방울이,
3번과 4번
갈비뼈 사이를 지나
바지 속으로 스며든다

410호 이마 위로
굵은 땀방울이 맺힌다
유리창에 가득 끼인
성에를 걷어낸다

그제야 밤이 별빛 속으로 미끄러진다

수평선

바다는 T팬티만 걸친 채 회전의자에 앉는다

잔뜩 찌푸린 고무줄을 튕긴다

기울어진 항구를 슬금슬금 의자에 부빈다

가는 선으로 이어지는 바다 꽃잎 틈에서 벌어져 콧등과 귓불을 스쳐 낮은 구릉에 이른다

허리를 출렁이던 바다는 가볍게 검지를 들었다

그리고 몸 깊숙한 곳 빛의 근원을 향해 달려간다

바다 위로 구르는 굴렁쇠를 관통한다

민재명

한남대학교 문예창작학과 졸업.
2014년 『시와정신』 등단.

박광영

밥과 별과 시 외 2편

손모내기를 한 적이 있다
논물이 종아리 넘도록 들어찬 개흙 바닥
허리를 굽히고 손을 놀려 모를 꽂았다
흙탕물 위에서도 하늘은 파랬다

논물에 하늘이 담겨 있으니
그때 별을 박았던 건 아닐까
하늘에 별과 밥을 심었던 그 후로
적당히 먹고 사는 일에 덜 미안했다

밥과 별이 여태 다른 줄 알았다
밤마다 급하게 걸었던 구둣발 소리
밥을 버는 데는 영 소질이 없어,
그 말에 뭉툭한 손가락이 떨렸던 적도 있다

여름 밤새
별 무리 속으로 끌려갈 듯 들여다보고
혹시 밥이나 별이나
가슴으로 우수수 떨어지지 않을까
고개를 들어 올려다보는 것이다

알래스카 사진사

70대 후반의 사육사가
반달곰 두 마리에 물려 죽었다
곰은 사살되었다
사육사와 반달곰 중 누가 더 불행한가 따져보다
곰에게 물려 죽은 또 한 사람이 떠올랐다

호시노 미치오,
야생 불곰에게 물려 죽은 사람
알래스카의 북극에서
고래, 흰머리수리, 회색곰, 연어, 무스와
이십 년을 함께 살았다
하루종일 해가 뜨지 않는 밤이면
고개를 젖히고 오로라를 바라본 사람
캄차카반도에서 알래스카의 고독한 눈숲까지
오오츠크해의 냉랭한 기단처럼
눈빛을 반짝거리며 야생을 돌아다녔다
그가 아니었다면 잉태하지 못했을 순간들
오직 조물주의 신만이 사는 풍경을
몇 장의 사진으로 남기었다
캄차카반도의 쿠릴호수 옆에서

불곰의 습격을 받았던 마흔네 살
그후로 우리는
북극의 땅에서 일어나는 생명의 신비,
그 야생사진 연작을 볼 수 없게 되었다

오늘밤 나는,
툰드라의 이끼풀밭이 지평선을 무한히 넘어서는 광경에서
회색곰의 습격을 받는 꿈을 꿀 것이다

나무의 방향성

숲길에서 굵은 허리를 가진 고목들과 마주쳤다
흘러나오는 향을 맡으며 그들을 지켜보면
하늘로 곧게 뻗은 우듬지들이 없다
달항아리의 곡면을 따라가는 듯 저 둥치들은
굵을수록 곁가지를 두지 않는다
굳은살처럼 둥치마다 거죽이 쩍쩍 벌어지면 한 세월 견디고 있다
오래 견딘다는 것은 구부러진 자세를 배운다는 것
휘어지면서 자신을 설득하는 기술을 습득한다는 것
저 부신 햇살의 기억을 박제하는 굽은 허리들
손가락 두 마디 들어갈 정도로 벌어진 틈새에
밑동이 굵은 나무들은 뼈저린 향을 내뿜는다

박광영

2014년 『시와정신』 등단.
시집 『그리운 만큼의 거리』, 『발자국 사이로 빠져나가는 시간』, 산문집 『제
대로 가고 있는 거야』 출간.
제7회 시와정신문학상 수상.

박득희

가시 외 2편

고슴도치처럼
바짝 서 있다

무엇 때문에 약이
오른 것일까

아니다 항상 그리
서 있다

긴장된 삶 속에
누군가 허물어뜨릴까
아니면 스스로
무너질지 모른다는
불안감 꼿꼿이
서 있다

뜨거운 사랑을 받는 여름철
눈 내리는 겨울철에도

그 자리에 서 있을 뿐

사랑방

빛 바랜 기억 속을
헤엄치는 빛

가뭄이 시작되면
떠들썩해지는 온동네

수도물 나오던 집도
펌프질 하던 집도
약해진 물줄기에

누구는 주전자
누구는 바께스
누군가는 지게를 메고

동네 가운데 우물가
줄지어 서서
서로의 안부를 묻던 곳

그곳은 그리움의 산실이었다

택배

언제부터 있었을까
자그만 상자

며칠 여행간 사이
집 앞을 지키고 있다

누가 보냈을까

호기심 참지 못해
열어본 상자
봄 향기 가득 미소를 짓고 있다

박득희

한남대학교 사회문화대학원 문예창작학과 재학 중.
2016년 『서울문학』 등단.
시집 『민들레의 고운 꿈』 등 출간.

북회귀선 외 2편

깊어갈수록 말똥말똥해진 별 하나
빈 방으로 들어간다

미세한 음역 차의 난타.

어김없이 이어지는 블랙홀
쓰는 것보다 더 많이 지워야 하는
낡은 시간의 키보드.

홀어미 가슴 한 쪽으로 기운 지구본
가슴 바짝 세워 와이어에 몸을 기댄다
올려다보는 지구본에 북회귀선이 질러간다

북회귀선은 야한 영화 아니던가
스피커를 진즉 꺼둔 채,

홀어미 다이어트를 포기한 지구본
기운 채 불면의 밤을 재운다

늪

그녀가 수면제 먹고 잠들지 못했던 새벽
그녀는 거울 보며 대화를 시작했다
그녀의 눈이 비뚤어졌다는 걸 알게 되었다

거울 속의 그녀는 나를 바라보지 않고
다른 곳만 보고 있었다

그녀는 태생부터 똑바로 볼 수 없는
똑바로 갈 수도 없는 운명이었다
중동 역병이 활개를 치던,

그 해 초여름은
비뚤어진 가뭄이 짙었다

전진밖에 없는 푸른 터널
약품 탄 물로 몸을 소독하고
낡은 몸뚱이를 통과시켰다
고독과 싸우다 긴 터널 빠져나오면
커다란 외로움의 허기가 달려들었다

우화寓話

최후 결정을 내린 후 누울 곳을 찾았지
마지막도 불편할 수는 없는 일,
다리 뻗고 윗옷을 벗어 뭉치는 순간
내 모습 같은 개미를 보았다
어디를 둘러봐도 개미에게는 낯설 세상.
이제 너는 나의 전사가 될 거야
냉큼 집어 오른쪽 귓속에 넣었다
새끼손가락으로 꾹 밀어 깊이, 더 깊이

네가 나의 마지막을 기억할 것이다
네가 그 울음소리 저장할 것이다
네 임무 다하는 날 어딘가에서 다시 만나자

개미가 내 귀를 물고
나는 가려워 웃고
제 할 일도 못하는 멍청이.

그때 불을 켜고
개미는 불빛 세상 한쪽 시체로

굴러 떨어질,

고마운 놈

 **박미숙**

2015년 『시와정신』 등단.

박세아

사막기도 외 2편

걸어도 마냥 그 자리
나타나지 않는 철저히 배제된 몰입
부족함에 결정으로 몰아가는
이 붉은 따듯한 빛
그 고토 속으로 들어가면
사막여우는 전갈의 독을 피해
맛있게 씹어 먹는다

어려운 상황은 더욱 정신을 차리게 하고
어디에나 천적은 존재한다

행복과 감사

오늘은 위대한 사람을 만날 줄 알았는데
아침 베란다에 참새 한 마리를 보내주셨다

온 나라 스며든 추위에 빼앗긴 동토
기나긴 터널을 지나 어느새 봄꽃을 피웠다

병이 낫고 장애가 없어질 줄 알았는데
나보다 더 낮은 자를 섬기라 하셨다

나를 괴롭히는 악한 자를 없애 달라고 했는데
주위에 있는 사람을 이해하고 사랑하라고 하셨다

많은 것이 있으면 행복할 줄 알았는데
가진 것을 나누며 감사를 먼저 배웠다

커피 한 그릇

송림 옆 한적한 수도원엔
밥 한 그릇에도 행복을 느끼며
서로 손 잡고 한참을 걷는다
지푸라기 태우는 냄새
그을려진 얼굴 서로 보며
미소 담은 솔밭 길로 들어간다

이곳은 아름다운 동산
금은보화는 가지지 않았지만
나눌 수 있는 것들이 있어서 좋은
소중하게 가꾸어진 새싹이 돋아나고
울창함이 솟아 나뭇잎 하늘을 가리운
그 숲속엔 모두 다 만족이 넘친다

비틀거리는 걸음은
어려움 속에서 간절한 기도로 바뀌고
찬양은 희망을 익어가게 한다
모닥불이 켜지고 군고구마 향내에
하나둘 불빛에 천막을 밝히면

바라보는 소원은 따듯함 만든다

지금은 어려운 생활이지만
믿음의 실상을 바람으로 일구고
지나가는 따듯한 차량 불빛
세상이 부러워하는 집을 만들고 싶다
노란 은행잎이 떨어지는 계절엔
다가올 겨울을 준비한다

박세아

한남대학교 대학원 문예창작학과 박사 수료.
2003년 『포스트모던』 등단.
시집 『누드언어』, 『지족산 뻐꾸기』 출간.

박소연

숨 한 모금 외 2편

성경소리 찰랑이는 꿈길을 걸어
눈꺼풀 간신히 들어 올리면
할아버지의 기도로 새 힘이 솟던 아침

팔십칠 년 옹이진 복숭아뼈 힘차게
검버섯 핀 바퀴 굴리며 노인정으로
햇살 업고 나갔던 삐쩍 마른 자전거
서녘노을 성화에 넘어져 버렸다

찬바람 스산하고
막차 문 닫는다고 아우성치던 가을
죽는 건 무서운 게 아니란다
노오란 숨 한 모금
마저 채 못 삼키고
영원한 빛자리로 올라가신 할아버지

어제의 햇빛 어제의 바람
지붕 위에 그대로인데
새벽 성경소리 귓가에 여전하고
골목길 돌아 들어설까 길어지는 기린 목
더 이상 자전거 소리 들리지 않는데

잉크

당신이 서랍을 엽니다
앙금 속에 갇힌 반가운 인사
바윗덩이처럼 굳어져
당신이 나를 잊은 후
여러 번 달이 뜨고 해가 졌지요

밤이슬 아련히
기필코 기억해 냈군요
따스한 당신 손길
묵었던 원망이 말랑해지네요
무슨 일 있었나요
낯선 얼굴빛에 회한이 어른거려요

많은 일이 지나갔군요
벙어리 냉가슴에 단단히 박힌 사리
하나하나 꺼내어
당신만의 이야기를 엮어볼께요
온전히 당신만의 보석을 만들어낼께요

나는 오직 당신만을 위한 의식입니다

서랍 속의 너

잊혔던 편지를 들여다본다
누렇게 바랜 사연의 일부
이십삼 년만 더 살고 싶다는
네 얘기가 쓰여 있다

잊혀지기 전 이미
손 놓았던 네가
서랍 속 귀퉁이서 울고 있었다

희미해졌다고 믿었으나
또렷해졌다
멀어졌다고 잊었으나
내 안에 있었다

서랍 속 굳게 잠긴 너의 부름이
어느 날 내 심장을 흔들고
손을 잡아끌었다

너
이십삼 년 더 살고

잘 간 거니

* 한강의 '심장이라는 사물' 오마주.

박소연

한남대 사회문화대학원 문예창작학과 석사.
2020년 『시와정신』 등단.

박송이

소심한 책방 외 2편

짧아지는 연필을 사랑해야겠다는 생각
딱딱한 솔방울을 궁굴리며 궁굴리며
용기의 얼굴을 내밀고 가야겠다는 생각
손바닥 같은 숲속 작은 사람들 곁에서
우산을 펼쳐야겠다는 생각
신앙을 가져야겠다는 생각
첫 시집을 내고 예술가라기보다는
생활인에 가까워졌다는 생각
시집을 팔아야겠다는 생각
깨진 보도블록 탓하지 않으면서
까인 무릎을 껴안아 줘야겠다는 생각
저마다 바다를 띄우고
그마다 닻을 품고
이마다 파도를 버틴다는 생각
쓰러진 볏잎들을 묶어 줘야겠다는 생각
도탑게 도탑게 골목을 돌 때마다
툭툭 솔방울이 떨어지고
작은 시집을 파는 책방이 문을 연다
똑똑 문을 열면 낱말들이 몰려와
슬픔이 무사하다는 생각

새는 없다

우리의 책장에는 한 번도 펼치지 않은 책이 빽빽이 꽂혀 있다

15층 베란다 창을 뚫고 온 겨울 햇살
이 창 안과 저 창 밖을 통과하는 새들의 발자국
우리는 모든 얼굴에게 부끄러웠다

난간에 기대지 말 것
애당초 낭떠러지에 오르지 말 것

바람이 불었고
낙엽이 이리저리 굴러다녔다
우리는 우리의 가면을 갖지 못한 채
알몸으로 동동 떨었다

지구가 돌고

어쩐지 우리는 우리의
눈을 마주 보지 않으면서
체위를 어지럽게 바꿀 수 있었다

우리는 우리의 멀미를 조금씩 앓을 뿐

지구본에 당장 한 점으로
우리는 우리를 콕 찍는다
이 점은 유일한 우리의 점

우리가 읽은 구절에 누군가 똑같은 색깔로 밑줄을 그었다

새들은
위로 위로
날아
우리는 결코 가질 수 없는
새들의 발자국에게 미안했다

미끄럼틀을 타는 동안
우리의 컬러링을 끝까지 듣는 동안
알몸이
둥글게 둥글게
아침을 입는 동안

우리의 놀이터에
정작 우리만 있다

메롱나무

그때는 일몰 중이었고 나는 중학생이었다 그날 새끼고양이는 엄마 발에 목을 밟혔다 발이었다 누군가의 목을 밟는, 누구나 그런 실수를 저지른다 실수라는 단어가 주는 너그러움 새끼고양이는 저녁상을 준비하는 엄마 곁을 기웃대다 변을 당했다 투게더 아이스크림을 삼킨 혓바닥을 방바닥에 게워내고 있었다 미역줄기도 어묵도 동공도 모다 흐물거리는 저녁, 새끼고양이는 죽었다 나는 새끼고양이를 물방울 원피스로 돌돌 감아 뒷마당에 묻어 두었다 누군가의 죽음을 받아내, 묻어 두어야 할 그런 날이 온다 엄마가 죽고 한참이 지난 후였다 고향집 뒷마당에 엄마 원피스를 차려입은 새끼고양이가 메롱메롱 피어 있었다

박송이
한남대학교 대학원 국어국문학과 문학박사.
2011년 《한국일보》 신춘문예 등단.
시집 『조용한 심장』, 『나는 입버릇처럼 가게 문을 닫고 열어요』,
『보풀은 나의 힘』 등 출간.
한남문인상 젊은작가상 수상.
한남대학교 강의전담교수.

박유하

막차 외 2편

저 멀리 빛이 보였다

막차가 들어온다는 기쁨에 우리는 환호했지만
어둠 속 희미하게 보이는 차체에는 모종의 날개가 붙어있었다

이윽고 문이 열렸다 우리는 선택의 여지가 없었다

"혹시 너도 날개를 봤니?"
"아무리 어두워도 날개는 아닌 것 같아. 창문 밖을 보라구"
나는 창문 밖을 보았지만 까만 풍경 때문에 도리어 우리의 경직된 얼굴이 비치어 보였다

비포장도로를 달리는 듯이 버스가 심하게 흔들렸다
차체가 경사지고 있었고 우리는 붕 떠오르는 기분을 느꼈다
"가파른 길을 올라가는 거겠지?"

창문을 들여다볼수록 우리는 자신의 흔들리는 얼굴을 가깝게 바라보았고
우리에게는 균형감이 필요했다

"막차였고 우리는 최선을 다했어"
버스가 눈이 부시게 최대한 빛을 밝혔다

빛으로 지워질 것 같은 우리는 눈을 감았다
어둠을 지켜야 살아남을 것 같은 기분이 들었다

벚꽃 사이

벚꽃 잎들이 우수수 떨어졌다
나뭇가지 사이로 빛이 드러났다, 서서히

그 빛은 나를 응시하며 어느 한구석을 증명했다
그러한 구석은 밝지도 어둡지도 않으며 맨들맨들하다

그때 새 한 마리가 날아와서 그 구석을 콕, 콕, 부리로 쪼았다
구석이 터질 것 같았다

한 번도 태어난 적도 없이 구석은 잔뜩 알을 배고 있었다
나는 새를 쫓아내다가 균형을 잃고
나뭇가지 사이로 쏟아지는 빛을 어지럽게 받아냈다

어디선가 구석의 알이 쏟아지고 있다는 듯이
나는 어둡지도 밝지도 않은 빛 속에 놓여 있었다

귀가

지우개 가루를 모아 문지르고
문질러진 지우개 가루를 긁어 다시 문지르기를 반복하며
나는 어룽어룽한 색이 까매지도록 빛 놀이를 한다

한 번도 지우개를 끝까지 써본 적이 없다 지우개는 자신이 다 닳아 없
어지기 전에 도망쳐 버리는 것이다 그러한 지우개의 생명력을 예감하는
일도 먼빛이 스미는 일이다

그리고 썼다 노트를 꽉 메우고서야 마음에 남아 있는 한 방울을 직감했
다 흩어진 지우개 가루를 뭉칠 때는 이 한 방울을 흘려보내는 속도에 맞
추어 반죽해야 한다

다 완성된 지우개 똥을 손가락으로 조몰락거리면 스멀스멀 소화되듯
이 몰려오는 빛

톡, 지우개 똥을 날리면 증발되는 한 방울

무르지만 단단한 피부를 가진 지우개를 골라야 한다 피부가 때처럼 밀
려 나가도 한 방울을 이해할 수 있는 지우개

책 사이에 낀 지우개 가루를 털면 건조한 생활을 통째로 들킨 기분이
든다 그리고 쓴다 한 방울 찾기 위하여

한 방울은 지우개 가루의 얼룩을 문지르고 문지르게 하면서
빛의 조수 간만을 만든다
그 넘실거림으로 지우개 가루를 모아 문지르고
문질러진 지우개 가루를 긁어 다시 문지르기를 반복하며
나는 동그랗고 까맣게 형상화되는 한 방울의 흔적을 즐겼다

박유하

한남대학교 문예창작학과 졸업.
2012년 『내일을여는작가』 등단.
시집 『탄잘리교』, 『나는 수천 마리처럼 이동했다』, 『신의 반지하』 출간.
이민호문학상, 한남문인상 젊은작가상 수상.

박인정

우렁이 색시 외 2편

간밤 누가 다녀갔는지
밥상 위 한상 가득
아파 누웠을 적
손수 지은 도시락 챙겨
외로운 배 채워주던
오래도록 기억되는 손길
그땐 우주가 움직여
우리들 마음속으로
흘러 들어오는 것을 느낄거야
그 따스한 손길과 함께

명이나물

배고팠던 시절
울릉도 사람들
명命을 이어주었다는 나물
엄마의 마음
바다 바람에 실어
비탈진 밭 나물 잎 속에서
몇날 며칠 같이 자라
끼니가 되었다죠
이토록 아름답게 빛나는
목숨들이기에

백일홍은 또 피었다

문둥이 남편 소록도 가기 전날 밤
들기름 고추장 비빔국수 한 양푼
뭉그러진 손 달그락달그락
젓갈숟갈 부딪치며 입술에 피운 백일홍
아내는 한 잎 주고 두 잎 받고
그 날 밤 기차소리 문지방 넘지 못하고
보름달빛도 창호지 너머 엿보지 않더라.

구멍난 창호지에
추석 전 옛 바람 우우 울고 있어라.

박인정

한남대학교 대학원 문예창작학과 석사.
시집 『입술에 피운 백일홍』 출간.

박일우

흰 두루마기 외 2편

시냇가 몽둥이로 흠씬 두들겨 맞은 몸통이
마당 한가운데 새끼줄에 걸린 으슥한 저녁에는
맞잡은 사지 위로 망나니의 뿜어대는 이슬에
기다란 목을 내 놓는다

뻘건 숯불이 오가는 쭈글쭈글한 광목천에 길이 나고
아론의 수염에 흘러내린 백부의 새하얀 동전
자정을 넘긴 하품이 신의 마당으로
검은 망건을 뒤로 반쯤 감은 눈동자도 덩달아 조아린다

엄숙한 다리미도 수십 년의 골동품으로 녹슬고
연보 궤에 들어가는 천 원짜리 지폐를 전기 아이론으로 곱게 다듬는
과부의 좁은 문은 세상의 대도무문大道無門이 아니었다

때 묻은 촌부의 동정童貞을 쉽게 흘려보내지 않는 좁은 문
가득 실은 낙타의 바늘귀를 꿰는
허우적대는 날개가 비틀대며 빠져나가고 있다
변색한 하천의 꽃가루 사이로
경이로운 나비와 벌이 도망하고 있다

영생하도록 기쁘고도 즐거운 굶주림이
두려운 두루마기 한 쪽을 서둘러 펼쳐 보인다
금칠한 경전이 쓰러지는
바랜 삼베쪼가리를 더듬어

두루미도 찾지 않는 논둑에
모두가 외면한 도랑물에서
엄숙한 세수를 한다
두루마기의 섶을 단단히 여민다

비블로스의 이시스

그발 강가에 떠내려오는 오시리스는 부활하였는가
바이블은 한산 여인의 이빨 사이를 오가는
모시 올 한 필에 삼는 허벅지에 한 바가지 피를 쏟고
부드러운 비단 병에 찌든 마음을 쪄서 먹는다
파피루스와 리넨을 바꾸는 백향목은 누구의 오른팔에 세우는가
토막 난 마음을 눈코입귀피부로 이어 붙이는 부활의 아침

어쩔 수 없이 베를 짜고 있는 나라
웃통을 벗은 홀로 찌든 빛의 그림자는 알고 있다
젊은 십자가에 바치는 늙은 빛들의 흔들림
불피동不被動의 사동자使動者가 뜨는 아침에는

병든 판정으로 번창하는
약방과 병원의 공생이 기숙하는 도시에서
길 떠난
하늘 보고 옆을 보고 물을 쪼아 먹는 병아리 때 애처로운
떨림과 울림이 분류하는 건물이 즐비하다

그 여름의 사진

바랜 빨랫줄
너의 고집이 널려있는
빳빳하게 펄럭이는 휘파람
팔다리가 허우적대는 흔들림으로

묵언의 뒷덜미를 치고 가는
꼬들꼬들한 햇빛이
잠자리의 뒤꿈치를 뽀송하게 물들일 때까지
안부가 궁금한 개미들이 부뚜막을 들락거리는
그해 여름

함께 허우적대는 엘리베이터를 오르는
먼 시간의 조그만 빌딩이 가까운 반 지하로 차오른다.

박일우

한남대학교 대학원 문예창작학과 박사 수료.
2019년 『시와정신』 등단.

박종영

발골작업 외 2편

전화 한 통화로 즐기는 배달의 민족
간편하고 신속하다
예리한 손놀림이 분주한 세상
치열한 생존경쟁의 전쟁터다

먹히고 부숴 발라내는 삶의 현장
정형화된 치아와 능숙한 손놀림의 조화

숙성된 기간을 즐기는 쫄깃함
뼈에 사무친 삶의 내력을 우물거린다
불맛으로 가득한 입방정

주먹밥으로 똘똘 뭉친 삶의 현장
붉은 조명 아래 사체들 즐비하게 눕고
알맹이 없는 뼈만 수북하게 쌓였다

눈꺼풀이 무거워지면
포만감이 난무하는 현장
둘러앉아 사체발골에 열중인 가족들
발골현장은 한마디로 처참했다.

눈

다리가 푹푹 빠지는 하얀 꿈속
가늠할 수 없는 깊이로
제 몸뚱어리 바람에 풀풀 날리며 내게 왔다
어제도 내리고
오늘도 내리고
이렇게 찾아주는 것만으로도 고마운데
너무 자주 오는 네가 불편했다

처음엔 생소한 느낌으로 한 발짝씩 다가왔었지만
이 땅에 오래 머물지 못하는 줄 알면서도
내게 다정다감하게 하얗게 웃어주던 아름다운 모습
시간이 흘러 추하게 변해도
질척대는 모습은 보이지 않았으면 좋겠다
그냥 녹아 사라져 버리는 게 좋지 않을까

겨울비가 하염없이 내리던 날
찬바람에 온몸이 꽁꽁 얼어버리기 전
네가 지상에 찾아온 이유를 묻지도 않았는데
너는 날카롭게 춤을 추며 내게 왔다

이제 와 생각하니 네 몸은 하얗고 눈이 부셨지

너의 뽀얀 모습이 하늘거리며 춤을 출 때
이 땅은 온통 축복이었어
다음에 올 때는 너를 위해 촛불을 켜둘게
소리 없이 사뿐사뿐 내게 다가오렴.

대충 살기

비록 철딱서니 없이 굴기는 해도
반듯하게 살아왔다고 자부하는 인생입니다

가르칠 자격은 없어도
배울 자격은 갖추고 사는 놈입니다

아무렇게나 사는 듯 보여도
나름 뜻대로 올바르게 살고 있습니다

다 사장만 하면 종업원은 누가 합니까
종업원이 되어 사장같이 살겠습니다

바람은 풍차를 돌려 전기를 생산하지만
전기는 세상 사람들에게 빛이라는 엄청난 선물을 줍니다

세상살이가 녹록하지 않지만 먹고 살기 위해 발버둥칩니다
남들이 보기엔 대충 사는 것처럼 보이지만 대충이 참 어렵습니다

힘들어도 악착같이 버티고 있습니다

남에게 신세 지지 않고 평범하게 대충 살기로 했습니다

대충 산다는 것이 얼마나 좋은지 모르시죠?
편하고 참 좋습니다

박종영

한남대학교 대학원 문예창작학과 박사 수료.
2017년 『시와정신』 등단.
시집 『서해에서 길을 잃다』, 『우리 밥 한번 먹어요』 출간.

박한송

소금 아빠 외 2편

사람들은 우리 아빠를
너무 짜다고 해요
개미처럼 일하고
모으기만 한대요

누가 뭐라 해도
바다 마음을 가진
짠 내 나는 우리 아빠,
싱거운 인생은 살지 않으려고
열심히 뛰어 다녀요

그 마음 아는지 모르는지
할머니는 매일매일 그래요
애들도 커 가는데 더 아껴 써야지

엄마의 집

엄마는 집이다

엄마가 일하러 가는 날은

집이 텅 빈 것 같다

어쩌다 엄마가 야간 근무하는 날은

시간이 멈춰 있는 것 같다

엄마가 있는 주말은

집이 꽉 찬다

집은 엄마가 될 수 없지만

엄마는 우리 집이다

할머니 맷돌

바닷물이 짠 이유는
보이지 않는 깊숙한 곳에
소금을 쏟아내는 맷돌이 있기 때문이래요
우리 집에도 맷돌이 살고 있어요

드르륵,
드르륵,

할머니는 버무리기만 해도 맛이 나요
조미료는 그냥 장식품이래요
손 안에 든 맷돌은 소리 없이 돌면서
좋은 맛을 만들어 내고 있어요

조물 딱,
주물 딱,

박한송

2015년 『시와정신』 동시 등단.
동시집 『엄마는 집이다』, 『아빠는 잔소리꾼이다』 출간.

박희준

종이의 무덤 외 2편

당신의 책상은 아무렇지 않나요, 쓸 때마다 닳거든요 연필은

당신은 연필을 깎아요 쓰기 위해서, 종이는 당신의 피부에요 껍질이 벗겨진 상처마다 오늘을 새겨 넣어요 거친 살의 음각을 느껴봐요 언제나 쓰이는 것들은 힘이 없어요 단지 기다릴 뿐이죠

우리의 사전에는 자음만 가득해요 읽고 싶은 페이지를 골라 읽을 순 없어요 숨이 막히거든요 사전 속 칼은, 냉정해요 베거나 썰거나 깎는 도구거든요 다른 어떤 것도 할 수 없어요 칼은 칼이니까요

아직 완성되지 않은 단어들이 문장이 될 때, 그때 떠날게요 단단한 살갗을 뚫고 나온 손톱이 연필을 꽉 쥐는 순간

닳아 없어져요, 루머처럼

푸른 번식 2

이것은 지문입니까

네모 속엔 또 다른 네모가 가득합니다

나는 당신의 방에 갇혔습니까

창문은 필요 없습니다 네모는 이미 충분합니다

당신은 가까이 있습니까

견고한 레고 블록, 무너진 모래성

우리의 지구본에 찍힌 수많은 지문들은

파도에 휩쓸려 갔습니까

당신의 눈썹 속 점처럼 까맣게,

술래 없는 숨바꼭질 같이

속고 속이는

이것은 얼굴입니까

나는 자주 역을 지나쳤다

그리고
터널 속에 터널이 있다
궤도를 이탈한 의자의 모서리들
손잡이는 뒤틀리며 휘어지고

흩어지며 포개지는 사람들
발바닥의 맥박이 들린다면
우리가 터널 밖으로 나간다면
또 다른 의자를 만들 수 있을까

사이의 감정과
사이의 얼굴과
사이의 반복과

바퀴에도 각이 있다
나는 준비되지 않았을 뿐
아무도 알아보지 못할 것이다

거대한 그늘 밑
비행을 준비하는

앞뒤가 없는 활주로

나는 자주 책상을 지나쳤다

박희준

한남대학교 문예창작학과 졸업 및 동 대학원 석사.
2023년 『시와정신』 등단.
시집 『안 봐도 비디오』 출간.
현재 《강원도민일보》 편집국 편집부 기자.

억새 외 2편

강둑을 거닐었습니다.
하얀 꽃송이 무덕무덕
햇살이고 잔치를 열고 있습니다

이런저런 상념에 젖어
줏대 없이 흐느적거리며
강둑에 사는 건 아닙니다.

황홀한 저 꽃길 함께 걷다
서걱대는 칼바람에 사라진
상혼傷魂의 그림자 닿을 듯 닿을 듯
가신 님 붙잡으려고 찾아 나섭니다

한여름 무성하게 읊었던
사랑의 연가는 아니지만
은빛 출렁이는 황혼이라도
하르르 몸살 앓는 철부지 같습니다

초록이

    울도 담도 없는 나의 놀이터 너는 가꾸어지지 않은 흙이다 작은 꽃씨 하나 그곳에 숨어 입을 여는 초록이 흐드러진 더위에도 살아남은 파란 그림자의 양지 초록이 손이 닿지 않는 곳에 네가 서 있다 나 말고 가고 싶은 꽃길 살피는 씨줄 날줄이 엮여 네 몸에 기댄 너의 열매는 그림자의 색이다 풍성하게 뒤덮는 초록바람이 지날 때마다 어떤 단어를 먹고 자랄까 꽃씨 하나 그리워 동그랗게 밤을 키운다 콩알만 한 꿈을 품고 있는 나는 아프다 파란 그늘에 심어진 동그란 밤이 머무는 놀이터 초록이는 매일같이 나보다 훨씬 넓은 가슴으로 품어 안는 이유를 달지 않는다 그림자가 남기고 간 양지에 푸르른 헛바늘이 돋는다

습한 무명옷 냄새

그 이름 하나만 불러보는 것만으로
속 깊은 곳에서
새벽 강물이 흐릅니다
습한 무명옷 냄새
어머니 냄새
아직도 종달새 지저귐이 들리는 미루나무 아래
고향을 떠나 도시를 방황할 때
어둡고 싸늘한 방
새우잠을 자는
내 걱정 늘 하시던 어머니
들판 가득 피어난 코스모스가 환영할 내 고향
밤마다 달려가는 내 마음을 받아줄 어머니
허름한 바지를 입고
아직도 걸레질하는 어머니
양푼에 열무김치 비빔밥
생각만 해도 꿀꺽 넘어가는 그 맛
뜯어진 창문 틈으로 들어오는 햇살이
등 떠밀어 돌아온 고향
어머니 품에 안기니 다순 어머니 냄새
무슨 일이든 상대와 사전 약속이나

소통 없이 행동할 수 없는 삶의
원칙이 필요 없는 무조건 사랑
다순 품을 열어주시는 어머니
습한 무명옷 냄새가 좋다.

백명자

한남대학교 사회문화대학원 문예창작학과 석사.
2007년 『문학세계』 등단.
창조문학상 시 문학대상 수상.

저녁강 외 2편

할머니 뱃가죽 같은 구기자 열매
겨울 눈 속에 붉은 점으로 매달려 있다

버스를 기다리는 사람들
모두 똑같은 방향을 보고 있을 때
바삭거리는 낙엽을 발로 툭툭 차고 있는
오직 한 사람 있다

저녁이 이울면 검은 그림자들 모여든다
목젖이 떨리도록 소리내어
울고 있는 강

울음을 보듬고 흐르는
발가락 끝에는
붉은 돌기가 문어발처럼 돋아나 있고
함께 쓰리어 가는 저녁이 있다

메타세콰이어의 슬픔

사열하듯 서 있는 메타세콰이어 가로수
배꼽 아래 혹 하나 내민 나무가 있다
증발하지 못한 몸속 눈물
종유석처럼 한 방울 한 방울 쌓여 굳어진 살갗
생장점을 앞에 두고 물관으로 오르지 못해
종양이 되어버린 저것

가끔 바람이 빈 가지 끝에 머물다 속살거려도
남루 들키지 않으리
껍질 더욱 단단해진 슬픔덩어리
그 나무 끌어안고 한참을
가슴으로 문대다 가는 사람 하나 있다

첫눈

눈 쌓인 언덕에서 뒤돌아본다
누군가 사각사각 따라오다가 멈추고 발자국만 남았다
새삼 이것은 영혼의 무게라고 믿어지는 새벽이다
나는 눈처럼 가볍고 성당 가는 길은 아직 한참 남았다
그런데 저만치 장갑 한 짝 눈 속에 떨어져 있다
바닥 쪽 붉은 고무를 댄 작업 장갑 주워 들고
아무도 없는 길 위에서 탁탁 눈을 털며 이렇게 물었다
저 흐릿한 발자국으로 나보다 먼저 새벽을 간 이는 누군가
가족의 생계를 위해 땀나도록 뛰었을 발
새 아침을 움켜쥐기 위해 길 위에 벗어 두고 간
당신의 장갑과 그 발자국이 아닌가

백혜옥

2010년 『시와정신』 등단.
시집 『노을의 시간』, 『동백꽃 박음질』, 『자작나무 숲에 들다』 출간.

변선우

복도 외 2편

　나는 기나긴 몸짓이다 홍건하게 엎질러져 있고 그렇담 액체인 걸까 어딘가로 흐르고 있고 흐른다는 건 결국인 걸까 힘을 다해 펼쳐져 있다 그렇담 일기인 걸까 저 두 발은 두 눈을 써내려 가는 걸까 드러낼 자신이 없고 드러낼 문장이 없다 나는 손이 있었다면 총을 쏘아보았을 것이다 꽝! 하는 소리와 살아나는 사람들, 나는 기뻐할 수 있을까 그렇담 사람인 걸까 질투는 씹어 삼키는 걸까 살아있는 건 나밖에 없다고 고래고래 소리지르는 걸까 고래가 나를 건너간다 고래의 두 발은 내 아래에서 자유롭다 나의 이야기가 아니다 고래의 이야기는 시작도 안 했으며 채식을 시작한 고래가 있다 저 끝에 과수원이 있다 고래는 풀밭에 매달려 나를 읽어내린다 나의 미래는 거기에 적혀있을까 나의 몸이 다시 시작되고 잘려지고 이어지는데 과일들은 입을 지우지 않는다 고래의 고향이 싱싱해지는 신호인 걸까 멀어지는 장면에서 검정이 튀어 오른다 내가 저걸 건너간다면… 복도의 이야기가 아니다 길을 사이에 두고 무수한 과일이 열리고 있다 그 안에 무수한 손잡이

비세계

들판에서
닭들이 원을 그리며 돌고 있다.
그것은 눈동자가 되고 있으므로, 나를 응시하고 있다.

자꾸 들여다보고 있다.
나는 비세계에 있으므로, 우리 사이에 커튼이 있다.

닭 한 마리는 돌다가 탈주하고 있다.
숲속으로 사라져버리고 있으므로, 닭 한 마리가 덩달아 좇아가고 있다.

숲속이 조금 더 빽빽해지고 있다.
커튼은 세차게 펄럭거리고 있으므로, 나는 들통나고 있다.

닭들의 눈은 모두 마흔세 개.
아니, 팔십하고 여덟 개…….

숲속에서 전쟁은 개시되고, 세상은 평면이 된다.
도무지 정지하지 않는 평면.
평평해지지 않는 평면……

유체들

이 속을 헤매세요

갈던 먹은 놓으시고
입장은 번복하세요

나는 이름이 아닙니다, 와 같은

이어지는 무늬들

문지를 수 없는 피부들

그릇을 용서하세요
도장은 내포하시고

꼬리는 부인하세요

과도로 당구공의 껍질 벗기다
울어버린 사람을 지나쳐…

우리는

진종일 돌고 있습니다

앞뒤는 지우시고
얼음을 봉인하세요

육즙을 훔치세요
우리의 사이가 미개와 문명의 차이라고

거리를 빚어보세요
거리를 잊어보세요

변선우

한남대학교 문예창작학과 졸업 및 동 대학원 석사.
시산문집 『타이타늄』 출간.
서울문화재단 창작지원금, 대전문화재단 차세대아티스타 선정.

빈명숙

고향바다 외 2편

파도가 가슴으로 밀려오면
기다리는 먼 소식도 없이
섬을 실고 오던 그 시절의
연락선은 보이지 않네

오늘도
무심한 쌍발이 바다에 서서
배를 타고 놀던 친구 생각
그 이름 하나
푸른 물결에 적어본다

고향은 이제 타향이 되어도
낯선 풍경들이 길을 묻고
장터는 생계의 아우성만 남았다

물고기는 옛것이나 옛 맛이 아닌데
어린 날 갈대밭은 고층아파트 되고
갯마을 끝 섬에서 길을 잃고 서성거렸다

Christian poetry

돌아가게 하소서
코로나 왕관을 쓰고
공중권세를 누리는 어둠의 세력은
이제 노년을 찬송하며
그 지는 별의 때가 다 된 것을 안다

진리를 찾아서 나선 곳이 고향
밤이면 호롱불 아래 모여
마당의 우물에서 달을 건지는 곳
그 동네는 아직
나팔소리가 들리지 않았다

영혼이 기쁜 자연 속으로
잡초 난 교회당이 허물어지고
말씀도 길을 잃었다

기도하게 하소서
노을 지면 조용히 늙어가는 저녁
아침이 오기 전에

도시의 신부여

가자 신랑이 기다리는 향기 속으로

동백꽃고향

동백꽃고향에 사는 이는 행복하다
겨울바다가 추워도
물새가 찬바람을 몰고 와도
눈 속에서 동백꽃 피는 것을 보는
남쪽 고향은 아름답고 그립다
철따라 싱싱한 물고기가
시장바닥에 눈요기로 선보이고
이 섬과 저 섬이 육지로
떠다니기 때문이다

빈명숙

한남대학교 사회문화대학원 문예창작학과 석사.
1993년 『문예한국』 등단.
시집 『야외사막』 등 출간.
대전 한글유공자상 외 문학단체상 8개 부문 수상.

빙현희

여름 외 2편

탱자꽃 하얗게 피는 계절
천지사방 휘몰아 달리던
어릴 적 마당 모퉁이 서 있다

울타리 사이 봄바람 불어
이웃집 동갑내기 처녀 총각
고운 인연 맺었습니다

탱자나무 울타리 그 집
우물가 노란붓꽃 무리 짓고
우리들 작은 꿈 푸르러갔다

어머니 칼국수 해주던 날
우물 퍼 올려 함지에 담아
더운 기운 식혀 먹던 기억
빈 가슴 채우는 마중물 되고
탱자꽃 추억 익어가는 시간

아버지 논에서 돌아와
윗옷 벗으시고 어머니 물 부어줄 적

우리는 마냥 좋아서 눈 마주치며
하하 호호 웃음 웃던 여름날,
그 여름은 가고 없는데

정원

너의 이름 불러본다
바람도 닿을 수 없는 아득한 곳
손 내밀어 보지만 만질 수 없다

꽃잎 흐드러지게 피어나
비바람에 떠밀려 흩어지다
너의 모습 찾을 길 없고
강물만 고요히 흐른다

짧은 봄만큼 곁에 와
머물다 간 너
아무도 열지 않는 비밀
침묵하는 정원

감추어진 기억 저 편
사무치게 보고 싶은 날
흰 손수건 높이 달아
지상의 안부 전하다

사과꽃 향기

봄밤 피어나는 사과꽃 향기
아리아리한 우리 엄마 닮았습니다
어젯밤 꿈속에 엄마 만났습니다

엄마 웃음은 사과꽃 향기입니다
그곳에는 아무것도 필요 없다는데
엄마는 내게 말했습니다

습진으로 손이 가렵다
약국 가서 사가겠다 했는데
꿈이 끝나버렸습니다

낼 모래 엄마 기일입니다
그곳에도 택배를 보낼 수 있으면
얼마나 좋을까요

빙현희

한남대학교 사회문화대학원 문예창작학과 재학 중.

서지석

맛있는 홍대와 베이커리 음악들 외 2편

얼굴이 노릿노릿 익어나오네

선반에 전시된 얼굴들 나를 노려보고

소보로 빵, 피자 빵, 크림 빵, 레게풍 음악이

귤껍질 같은 얼굴들 사이로 스미네

넌 슈크림에 찍어먹으면 맛있겠다

전에 사갔던 게 아직 있나? 속살 베어 먹고 싶은데

빵은 빵일 때가 제일 안전한 법

애인 얼굴 뜯어먹고 살다 빵 터질 때도 있지

얼굴은 얼굴을 서로 알아보기 때문

다들 빵을 뒤집어쓰고 빵집에 가네

빵집에서 만나는 사람들은 모두 빵빵하지

빵만의 맛은 아니라는 것

물에 불은 빵을 뻔뻔하게 먹고 싶지 않으면

팥 앙금인지 딸기 쨈인지

속을 뒤집어 까 내면을 들여다볼 만한 일

그 속의 내 얼굴은 어떤 맛일까

누가 날 저녁노을에 찍어 먹으려 쳐다보고 있네

　얼굴은 얼굴을 낳고 얼굴은 빵이 되고 빵을 뜯어먹고 요리조리 손을 보고

　화려한 조명 아래 전시되고 있는 빵들에게

실탄 가득한 총 겨누어 신나게

빵!

빵!

온 국민의 경마게임

우리는 마권을 쥐고 있어요
말을 타고 만주벌판 달리던
뜨거운 피가 몸속에 흐르고 있나 봐요
경마가 시작되면
돈다발 움켜쥐듯 아버지 멱살 잡고 달려요
태어나서 돈을 먼저 잡았다던데
운명은 버릇처럼 맨몸에 구워지는 무늬
구두에 발을 맞추어 달려볼래?
명심해, 우리는 모두 마권을 쥐고 있어
경마장을 나오면 꽝 먹은 것들이 순진하게 구겨져 있지
이번에도 아버지를 잘못 골랐네?
광활한 평야를 열심히 달리자, 만주를 넘어 시베리아 벌판으로
초원을 가르고 태양을 가르고 저 하늘 끝에서
아폴로의 태양마차를 몰아야겠어요
7번 아버지를 골라볼까요? 이랴!
채찍을 힘차게 휘두릅니다
여기저기 울부짖는 소리 들려오네 히잉
매일 밤 병원에서는 마권을 찍어요
날이 따뜻해지면 경마장에서 고함을 힘껏 지르자
죽고 싶은 만큼, 살고 싶은 만큼, 룰렛을 돌려요

세상에서 제일 아름다운 음악

그림과 우리가 맞춰지는 놀라운 소리

기도하며 찬란한 건배

셔틀콕은 포물선을 그리며 수시로 옆모습이 바뀐다
나는 연달아 스윙, 훅! 스윙, 훅!
그럴 때마다 새로운 얼굴로 스치듯 안녕

번지점프 앞에서 다시 되돌아가는 발걸음은 경쾌해
떨어지는 순간 0.1초마다 겹쳐지는 세계들

우리의 추락은 찬란합니다

검은 구름이 시작되는 굴뚝으로부터 희망찬 생명이 태어나고
우리는 어떤 추파도 날리지 못하면서 깨끗한 혈통을 골라내는 기술
이 있지
하느님 아래 모두가 평등하다니까요?

프라하 거리를 건너 까를교에 서면
왜 사람들은 넋 놓고 하늘을 산산조각 내는지
주일마다 꼬박 교회에 나가 왜 이루어지지도 않는 기도를 드리는지

쉼 없이 발로 차고 높이 던지고 열이 나도록 뛰는 건
아직 셔틀콕을 믿기 때문

원의 방정식으로 나를 털어내도 아직 심장이 뛰기 때문

우리가 배드민턴을 칠 때
이를테면 떨어진 얼굴들을 다시 주워 메리 해피 건배!

서지석

한남대학교 문예창작학과 졸업 및 동 대학원 석사.

서희경

수박 외 2편

내가 단짝이라 해놓고
수빈이랑 짝해버린
거짓말쟁이 민지처럼
수박도 겉과 속이 다른가 보다

땅속에서 자랐어도
초록풀이 아니라고
검은색 매직으로 굵게
밑줄까지 쳐놓고
둥글게 웃고 있는

네 마음 얼마나 열렸니?
똑똑똑 노크하면
둥글게 둥글게 열렸다 대답하지

한여름엔 나는 사실
민지보다 네가 좋다
솔직히 고백하면
너도 속마음 열어 보이지

부끄러운지

해님처럼 발개져서

수줍다고 내 입 속으로 살며시 숨으면

내 속이 다

시원해진다

돼지저금통

꿀꿀꿀
너는 배고프다 울지 않는데
나는 너에게 밥을 주고 싶다.
배가 불러도
내가 주는 밥을 잘도 받아먹네!
그래서 너는 돼지인가 보다.

오늘은 특별식이야.
엄마에게 용돈을 받았거든
부드러운 천원짜리 종이밥을 줄게.

아차!
동전밥은 씹으면 딱딱해서
소화를 못 시켰지만
입에서 살살 녹는다
부드럽다고
소화를 시키면 어쩌지!

소화시키면 안 돼!
자꾸 눈을 부릅뜨고
돼지저금통 속을 들여다본다.

수사슴

내 머리엔 분명 나무가 자라는데
사람들은 나를 사슴이라고 부르고
다른 사람들은
나를 외계사슴이라며 놀려대지.
사슴벌레 보듯

그럴 때 나는
나무숲을 이룬 내 머리를 들이밀고
으르렁댈 줄 알지.
사람들은 내 머리에서 나오는 뿔이
암컷 사슴에게 자랑거리라고 하지만
그런 게 아니야.

사자에게 잡히면
곧 쓰러지고 마는 짧고 슬픈 삶보다는
오랫동안 행복하게 사는
늘 푸른 나무가 되고 싶어
소중한 꿈이
내 몸 중에 가장 중요한 머리에 자란 거라고.

하지만 머리에 자랐던
나무가 되고 싶은 꿈들은
1년이 지나면
툭 떨어지고 마네.

그치만,
나는 꿈을 포기한 게 아니야.
나무가 되고픈 꿈이 끝난 게 아니야.

내년 봄이 되면 다시 자라날 거야,

완전한 나무가 될 때까지
아무도 내 꿈을 막을 순 없어.
왜냐, 내 나무는
꼬리가 아닌 가장 중요한 머리에서 자라나니까.

아이야,
너도 늘 푸른 나무가 되고 싶니?
내가 너에게 내 꿈을 줄게
내 꿈은 깊어서 봄이 되면

다시 자라나니까.
내 꿈을 마시렴.

서희경

2007년 『시와정신』 동시 등단.

성은주

코끝의 도시 외 2편

창가에 놓인 화분처럼 앉아서 우린 구부러진 골목을 바라봤지요

이삿짐 트럭 옆으로 배달 오토바이 옆으로 가로등이 켜지고
보이지 않는 것들이 보이기 시작해요

우리 여기서 살 수 있을까요

살아남은 책장 한 모퉁이에 널어놓은 빨래가 다 마를 때까지
거기 누구 없나요
외쳐도
열리지 않는 이웃집 대문이 있어요

꾹 눌러놓은 빨래집게 같은 사람들

내 것이 아닌데 내 것처럼 보이는 열쇠를 쥐고
고층으로 올라가 구멍 찾는 흉내라도 내야죠

한쪽으로 휩쓸려 가더라도 겁내지 말고 옆에 앉아요

나 없이 너는

폭우가 쏟아지는 날
교문에 너를 내려놓고 사라지는 뒷모습을 본다

지느러미 흔들며 헤엄치는 물고기처럼
계단 위로 튀어 오르다 미끄러진다

흙탕물에 젖은 옷 부여잡고
이러지도
저러지도 못하다가
종소리가 울린다

복도 걸으며 뚝뚝 떨어트렸을 자국
조용히 마르는 동안

예측할 수 없는 교실에 앉아
인양되지 않는 수학 문제 풀기 위해
손가락을 구부리고 있겠지

나 없이 너는
물로 그린 세상이 모두 마를 때까지

다 알고 있는 길에서도
자주 넘어지겠지

무심하게 날은 개고
마취에서 풀린 햇빛이
무수히 쏟아지면

나 없이 너는
바다로 가서 무거운 가방을 내려놓겠지

카이트보드

바람이 다림질해놓은 모래언덕을 걸었어요

아무것도 갖지 않은 맨발 끌고 아파도 아픈 줄 모르고 뜨거운 모래 알 갱이를 털지 않은 채, 휘청거리다가 눈 꼭 감으면 어른이 되었다고 해요 생각해보면 어른을 모를 때가 더 짜릿했죠 모르는 게 많아도 더듬고 다 녀도 한 칸 한 칸 휩쓸리며 열리는 삶

기울어진 발목 아래 작은 집 하나 얹고
짐작할 수 없는 속력을 내요

사막에서 보는 해는 나를 지켜보는 눈동자 같아서 더 멋있게 포즈 그 리며 펄럭펄럭, 가벼운 꿈에 온몸 맡기니 가끔 공중으로 끌어올려주네요 팽창하는 삶이 그런 걸까요

익숙해지기 싫어요
능숙한 것들은 징그러워요

쉬운 길은 너무 진부해요. 구불구불한 길처럼 서툰 숨소리가 꿈틀거리 는 고음과 저음 속에서 팔을 휘젓고 싶어요 쉬운 길이 아닌 험난한 길도 괜찮아요 어디든 키 작은 언덕이 있어 새를 따라 끝까지 달려가면 닿을

수 있는 미지의 숲처럼

사각사각 발 굴릴 때마다
모래언덕이 일그러지는 게 좋아요

성은주

한남대학교 문예창작학과 졸업 및 동 대학원 문학박사.
2010년 《조선일보》 신춘문예 등단.
시집 『창』 출간.
현재 한남대학교 강의전담교수.

손경선

어머니 외 2편

만약 하나님 흉내를 낼 수 있다면
가을 날 투명한 파란 하늘에
작은 창문을 하나 내었으면 좋겠다

한 걸음 한 걸음 천천히 다가가서
작은 창문이 열리기를
평생토록 문밖에 서서 기다리다가
꼭 보고 싶은 주름진 얼굴이 있다

다시 하나님 흉내를 낼 수 있다면
가을 날 투명한 파란 하늘에
널찍한 창문을 하나 더 내었으면 좋겠다

다시 한 걸음 한 걸음 소리 없이 다가가서
널찍한 창문이 열리기를
또 평생토록 문밖에 서서 기다리다가
꼭 잡고 싶은 거친 손이 있다.

바닥 2

바닥이 다른 바닥을 만날 때 자국을 남긴다
우뚝 선다 해도 맨 아래 자리한
발바닥만이 땅바닥에 흔적을 만든다

높은 산맥도 한때는 바다의 바닥
조개껍질 사리 몇 과 가슴에 품어 산줄기로 자랐다

진정한 감사는 바닥을 바라보는 절
바닥을 바라볼 때
다시 일어설 힘이 생긴다

생의 바닥들이 서로 맞부딪치면
선승의 가르침을 어긴
숫눈 위의 개발자국 같은 발자국
깊다

바닥이 모두 담아낸다.

대숲의 전언

늘 속을 비워 몸을 가볍게 하여
끊임없이 흔들거리란다

흔들지 않는다면
바람이 찾지 않았다는 것
흔들리지 않는다면
참새조차 찾아오지 않았다는 것

오늘, 흔들리는 당신
누군가, 무엇인가 기꺼이 찾아왔기에
결코 혼자가 아니라는 것
그리하여 외로움에서 지켜준다는 것
흔들려야 제 할 일 제대로 하는 것이라는
흔들리는 대숲의 전언이다.

손경선

2016년 『시와정신』 등단.
웅진문학상 수상.
금강시마을 회원.
손경선내과 원장.

손 미

사람을 사랑해도 될까 외 2편

사람이 죽었는데 사람을 사랑해도 될까. 밤을 두드린다. 나무 문이 삐걱댔다. 문을 열면 아무도 없다. 가축을 깨무는 이빨을 자판처럼 박으며 나는 쓰고 있었다. 먹고 사는 것에 대해 이 장례가 끝나면 해야 할 일들에 대해 뼛가루를 빗자루로 쓸고 있는데 내가 거기서 나왔는데 식도에 호스를 꽂지 않아 사람이 죽었는데 너와 마주 앉아 밥을 먹어도 될까. 사람은 껍질이 되었다. 헝겊이 되었다. 연기가 되었다. 비명이 되었다 다시 사람이 되는 비극. 다시 사람이 되는 것. 다시 사람이어도 될까. 사람이 죽었는데 사람을 생각하지 않아도 될까. 케이크에 초를 꽂아도 될까. 너를 사랑해도 될까. 외로워서 못 살겠다 말하던 그 사람이 죽었는데 안 울어도 될까. 상복을 입고 너의 침대에 엎드려 있을 때 밤을 두드리는 건 내 손톱을 먹고 자란 짐승. 사람이 죽었는데 변기에 앉고 방을 닦으면서 다시 사람이 될까 무서워. 그런 고백을 해도 될까. 사람이 죽었는데 계속 사람이어도 될까. 사람이 어떻게 그럴 수 있어? 라고 묻는 사람이어도 될까. 사람이 죽었는데 사람을 사랑해도 될까. 나무 문을 두드리는 울음을 모른 척해도 될까.

잘게 부서지는 컵

수색역에서
너는 나를 두고 갔다
나는 내 앞에 앉았던 너를 자르고 잘라
컵 속에 넣고 마셨다

그러니 다시 온 너는 허상이다

여름에 나는 너에게 헌화했다
추모식은 고요했고
나는 가루를 넣고 커피를 저었다

컵들을 창 밖으로 던진다
이제 컵을 던져도 너의 등에 맞지 않는다
아무에게도 닿지 않는다

부서져 가라앉은 너를 밟고
내가 걸어간다

바닥마다 네가 찍혀 있다

깨고 나가면, 깨고 나가면,

열리는 걸까

컵처럼 걷는 사람들
톡 치면 와르르 깨질 것 같이

매일 아침 컵 속에 얼굴을 숙이고
이게 뭐지?
이게 뭐야?
고여 있는 제 눈과 마주치는 사람들

오늘이 정말 마지막이야
컵을 사이에 두고 마주 앉은
사람들이 테이블을 쓸어
손바닥에 묻은 가루를 털었다

매일 사람을 죽인다
플랫폼에 서 있는
사람을 매일 매일

잘게 부숴 마신다

꽃을 컵에 담가두면
목이 분질러진다

너의 목은 안전할까

마시고 내려놓았는데
다 마셨는데

바닥마다 네가 찍혀 있다

가라앉은 가루들
뒤척일 때마다 등에 달라붙는
나의 피부들

위층에서 컵 떨어지는 소리가 들린다

정말 너의 목은 안전할까

물의 이름

수영을 한다
내가 찔러서 물이 아프다

발전소에서 솟구치는 수증기처럼
나는 나를 밖으로 빼내려 해 보았다
그런 연습만 하는 하루도 있었다

해변에서 맨발로 걸었다
내가 닿아서 네가 아프다

어떤 여름엔 화장실에서 자주 울었다
유령선이 떠내려오고 있었다

땡그랑 땡그랑
배수관을 타고 이쪽으로 온다

하루에도 몇 번씩 세수를 한다
얼굴을 가리면서 오는
물의 속을 뒤지면

내가 만져서

물이 아프다

깜빡 깜빡 불이 꺼진다

몸을 씻을 때
등을 톡톡 치는 물방울

거기 누가 들어있나

맥박이 뛰어서

두드리며
이름을 불러서

끌려나오는
모든 물이 아프다

손 미

한남대학교 문예창작학과 졸업.
2009년 『문학사상』 신인상 등단.
시집 『양파 공동체』, 『사람을 사랑해도 될까』, 산문시집 『삼화맨션』,
산문집 『나는 이렇게 살고 있습니다 이상합니까』 출간.
김수영문학상 수상.

손상아

조각보 외 2편

후미진 뜨락 한편에서
석류가 빨갛게 익어가고 있다
맑고 달콤한 향기로
나를 깨문다

포도잎 사이를 오가는 바람 타고
청자 빛 하늘 나는 새들
가벼운 날갯짓 펴는 호랑나비들
당신이 짜던 솜씨 안에는
기다림이 꿰매진 내 어린 시절이 웅크렸다

파란색
노란색
곱고 작던
내 꿈의 조각보
석류 속의 노을이 흘러넘친다

이슬방울

오늘 일기
맑음
곳에 따라 눈, 비
내일은 모름

나뭇잎 위에 맺힌 이슬방울
이른 아침에 찾아온 손님
날 철들게 한 눈빛

손 꼭 잡고 데리고 가던 햇빛
내 손 슬그머니 빼고
떠나가는 작은 발자국

가는 길 묻지 않는
늦가을에 철든 어른

갈 길 재촉하는
내가 미운
아침 일곱 시

비눗방울 마르지 않은

그때가 언제였던가
여리디 여린 시절
나는 논둑길 걷고 있었다

즐거운 5월의 아침
발등엔 이슬방울 조롱조롱
방울 마르지 않은 내 꽃신 같은

어머니 모시 적삼
사각거리는 소리
가만히 실려와
온종일 나를 울리고 있었다

생의 가을 저녁
온 들녘에
추억의 바람은 불어와
기억 속에서
앗아가던 그 소리
내 마음 깊은 곳에 다시 찾아와

오래 오래 그윽하다

나 여기 누추한 생활이라도 좋아
행복하지 않아도 된다
척박한 땅에 서서
그 시절
그 노래
귀 기울이고 싶을 뿐이다

손상아

2017년 『시와정신』 등단.
미국 로스앤젤레스 거주.

손혁건

최고의 높이란 외 2편

앨버트로스는 최고의 높이에서 비행을 한다

장대비가 내린다
빛을 사냥당한 한낮의 거리는 별들이 굴러다닌다
별은 자동차 바퀴에서 튀어 올라
방황하는 걸음들 사이에서 불꽃처럼 폭발한다
별나라를 비행하는 내 우산은 어느 높이인 걸까

앨버트로스가 날개를 폈다

보이는 것과 보이지 않는 것이 명확해진다
중요한 것은 하늘은 다 가려지지 않는다는 진실이다
비를 피하는 대신 하늘을 볼 수 없고
비를 피하지 못하는 대신 하늘을 볼 수 있다면 어떤 선택이 진리일까

나에게 달려들던 자동차 불빛이 잔상을 남기며 빗물 속으로 흘러간다
빗속에서 방향지시등은 방향을 잃고 뒤로 흐른다
횡단보도 앞이다
별을 밟고 건너야 할 때이다

최고의 높이란 앨버트로스의 뒤통수를 확인하는 일이다

밥상머리

봄 텃밭에 핀 개망초꽃이 보기 좋아 그냥 두었습니다 텃밭은 상추 오이 토마토 대신 훌쩍 키를 키운 개망초 바다가 되었습니다 파도 속에서 여름이 자라며 햇볕을 모읍니다 햇볕이 가득 차면 하늘이 없어지거나 땅이 솟구쳐 오르기도 합니다 수평선은 별이 드나드는 입구입니다 은하수에서는 물고기 떼가 금세 몸집을 키웁니다 고래상어나 혹등고래가 헤엄쳐 다닙니다

무더위를 털어낸 찌르레기 소리가 저녁 밥상에 차려집니다
밥 먹을 때마다 먹거리 푸성귀가 아쉽다며 잔소리를 즐기는 아내와 어머니 성화에 계절의 끝자락이 들썩거립니다

"일은 미루면 안 된다."
"게을러서 큰일이다."

목이 긴 고무장화를 신고 개망초 바다에 잔소리를 미끼삼아 날 서린 낚싯대를 던졌습니다 놀란 바다가 경계를 허물면 하늘 한 수 낚아 그곳으로 텃밭을 옮겨야겠습니다

시간의 숲

다다른다는 것은 왜 끝이라는 착각이 들게 하는 걸까 새벽이 면도날에 베어질 때마다 일출은 턱에서 시작했다 그런 날은 출발부터 삐걱거린다 네게 가는 길은 상아의 무덤처럼 은밀하다 도굴꾼의 손톱처럼 검다 태풍에 뭇매를 맞던 갯벌처럼 삐뚤한 발이 빠져 있다 다다를수록 맨발 맨손의 알몸 걸음은 깨금발 노출된 것들이 숲이다 더 이상 움직일 수 없는 것들이 숲이다 숨어 있는 것들이 숲이다 습관처럼 길을 잃는다 끝이라는 건가?

네가 숲이듯 너에게 나는 숲이다

버스정류장에 걸려 있던 주인 없는 기다림이 내 것이 되어 따끔따끔하다

손혁건
한남대학교 대학원 문예창작학과 박사 수료.
2005년 『문학세상』 등단.
시집 『동그라미를 꿈꾸며』, 『흔들리는 꽃 속에 바람은 없었다』,
시사진집 『길을 나서면』 등 출간.
국제시사랑협회 회장, (사)한국문인협회 이사, 대전문학관 운영위원.
2023년 전국 계간문예지 작품상 수상.

위대한 얼룩 외 2편

얼룩만을 고르는 사내를 만났다
윤기 가신 오렌지 눈과 귀 어루만지며 십자가이듯 가로쳐진 검은 얼룩들
가슴 속 죄목을 더듬으며 자아를 소중히 참회하는 아내
이슥한 귀가길 서러운 웅달 속 내 어둠도 함께 고개 숙인다
하루의 안쪽 그가 주워 담은 젖값은 얼마나 많은 세월의 허허로움이었을까?
가로 세로 빗나간 껍질 50% 확률
시거나 달거나 떫거나 맹맛
사내의 허기가 곧 인생의 속내이므로
아둠이 손등 위에 내려앉듯 날마다 까무룩한 시간이었기에
주름 잡힌 그의 미간에 희미한 미소가 잡힌다
그가 고른 얼룩 한 다발이 거리의 가드를 넘으므로
애써 주워담은 얼룩은 마지막 남은 궁구의 힘이란 걸

나도 비틀거리듯 그의 절반 확률을 안고 집으로 향한다

사방 불빛보다 검은 비닐봉지 속 어둠이 더욱 빛난다

또 하나의 계단

그 계단을 딛는다는 것 헛발길질에 불과하다
뒤꿈치를 들고 계단을 올라보면 알 수 있지
그것은 피아노 건반을 씌울 덮개거나 방울토마토 하우스 비닐에 지나
지 않는 것을

계단 속에 또 다른 계단이 웅크리고 있다니

늦게 귀가하는 헐렁한 신발들을 알아 본다
쿵쿵대는 심장 위로 假橋를 건너듯
무수한 발길들이 공명으로 다가오는 것을
허허로운 구름 솟대로 펄럭이는 것을
배반의 입술 대신 쉬운 감정의 서정성을 택하셨나요
때로는 안전한 애인인 양 하이힐 통통 튀어오르다가
허공에서 발목이 휘청댄 날 있었다
언젠가 이곳에 고양이의 찢어진 육탈을 묻어주었거나
오르지 못할 꿈의 오랜 連帶를 새겨 놓기도 했었다
한 생애를 다해 올라야 할 고독한 광대 같은
또 하나의 계단
할 일 없어 은행잎, 갈참잎 밑창에 붙이고 돌아오는 신발은 알아본다
모르는 이와의 인생이 엮이듯
계단을 스치는 환한 이 예감!

생각이 길어질 때

계단은 꼭 오르는 것만이 아니었네

가끔 생각이 길어질 때
나는 지금 엉거주춤 어떤 건반을 누르고 있는가

나도 나를 모를 때가 있어서

우수 지난 어느날 뿌리 내린 당신과 나 일상의 기억이
셋잇단음표로 해체되는 것을 접고자 했던 길, 단순한 꿈이었을까
갑자기 떠오른 희망이 어둡거나 서로의 얼굴이 그려지지 않을 때
어떤 소문의 진원지를 알 수 없다고 딴전을 부리고 싶을 때

그래도 생각이 길어지면 누를 비상벨 하나 없고
귓전에 익사이팅한 절규만이 가득할 때
허름한 오르간 페달에게 남은 후주를 부탁해도 되려나

계단은 꼭 내려가는 것만은 아니라고
뒤따라가던 저 좁은 등허리가 기억나지 않아서
모서리 계단을 포기하고 허공에 기댈수록 내 길은 변심하고

상상의 뇌관을 쫓아가는 동굴 속

생각이 길어질 때면

침묵의 부력 여러 줄기 빛으로 모여들어

나는 지금 어느 쪽 페달을 누르고 있는 것인지

송계헌

한남대학교 사회문화대학원 문예창작학과 석사.
1989년 『심상』 등단.
시집 『하루의 정전』 등 출간.
충남시인협회상 본상 수상.

신규철

나의 강으로 외 2편

주방에서 한약을 달이며
문득 떠나신 어머니를 생각한다

쑥과 망초의 알싸한 내음 속에는
어머니의 먼 강이 있다

여치와 먹딸기를 찾아 가시덤불을 헤치고
송사리, 버들치, 모래무지를 좇아
질펀히 헤매던 강

빨랫줄처럼 신작로가 펼쳐져 있고
물고기 비린내, 온몸에 감겨오던
저 미끈거리는 녹색말 모래사장
긴긴 여름, 뱀인 듯 휘어진 외나무다리 위로
뜀박질하던 어린 날의 섬강

해질녘 허기진 배를 안고
동구 밖에 들어서면
반갑게 달려들던 매캐한 저녁연기
어머니가 부르는 소리

돌아가야 할 나의 강이었다

이제는 빈방, 창 밖에는 밤비 내리고
주방에선 한약이 끓고 있는데
어디선가 자꾸만 섬강 물소리 들린다

언덕길

운연동 농장으로 가는 길
꽃들은 다투어 피어나는데
분봉하는 벌들 어지럽게 하늘을 나는데
목줄에 매인 개 한 마리
마당 한 쪽 디딤돌에 턱을 받치고 졸고 있다

소래산이 눈을 뜨고 기웃이 내려다보듯
텃밭까지 내려온 곤줄박이 슬픈 귀를 대어보듯
얼레지 보랏빛 언덕길로 숨을 몰아가다
긴 호흡으로 눈꺼풀이 무거워진 바람

그 바람의 눈동자를 들여다보면
파라오의 비밀처럼 하얀 속살
부피도 무게도 없이 내 손등 위에 떨어진다

저만치 때까치 소리에 놀라 잠 깬 개울물
산허리 꽃길을 따라 깊게 흐르다가
어느새 내 눈언저리에 그렁그렁 고인 소래산 언덕길

억새꽃 겨울

원주 가는
버스를 타고
깔딱 고개 산마루 몇 굽이 넘어서니
어느새 유년의 강, 어머니 젖가슴이다

가재골
참새 떼 재잘대던 평장리의 여름은
치악산 똬리굴을 빠져나와서
한껏 높아지다 낮아지고
다시 긴 울림으로 여전히 남아 있다

세렴폭포 너럭바위를 지나서
사다리병창 가는 길에는
맑고 고운 하늘
가을의 긴 꼬리를 잘라내고
이파리 다 떨어진 억새만이 무성하다

감나무 가지에
까치밥 하나 매달아 놓고
아궁이에 불을 지피던 당신의 거친 손등

그 부뚜막에서 피어난다

가지마다
붉어진 열매 다 떨군 뒤에도
평장리 하늘은 끝내 말이 없고
빈 마음이 어우러져 빛나는 겨울
억새꽃은 바람에 쟁이고
노을은 뒤란 장독대에서 쟁여진다

신규철

2018년 『시와정신』 시 등단.
시집 『낡은 의자에 앉아서』, 수필집 『소래포구 해안길』 출간.
제물포문학상, 인천펜문학상 수상.
한국문인협회 회원, 국제펜 한국본부 자문위원.

신영목

새해 외 2편

　연말의 긴 여행 끝나 피곤한 몸 이끌고 토요일 출근했다 어머님께서 찾아오시어 아들아, 오늘 함께 점심식사를 하자 예 어머님 그렇게 하지요 어머님은 곰국을 맛있게 끓이고 아버님께서 형님과 기다리고 계셨다 형님이 부모님께 말씀드린다 우리 부모님 참으로 행복하신 분들입니다 이 시대는 부모 찾지 않는 자식 많은데, 이렇게 부모님 집에 와 함께 식사하고 가끔 손자 손녀 찾아오니 말이지요.

　이런 말 들으시면 잘못된 세태를 향해 벼락처럼 호통치고 역정 내시던 아버지 오늘은 왠지 그래, 참으로 행복하다 말씀하시어 놀랐다 아버지께서 어머니께 말씀하신다 당신도 참으로 행복하오 혼자 사는 노인들 많지만 나 이렇게 건강히 당신 옆에 있으니 행복하지 않소.

　아버님 말씀이 맞습니다 지금 혼자 사시는 노인들 얼마나 많으신데요 어머님 아무런 말씀 없으셨지만 행복한 미소로 감사하다는 표정 지으셨다 형님이 아버님도 어머님에게 감사하셔야 합니다 어머님 여든이 넘으셨지만 건강하시어 이렇게 맛있는 음식 만드시지 않으셨습니까 그래, 요즘 너희 어머니에게 감사하다는 말 자주 한다 나는 다시 또 놀랐다

　아버지께서 어머니께 감사하다 표현하신 적 없었기에 나는 정말 행복했다 나도 나이 들어 자녀들과 이런 대화 나눌 수 있을까 오랜만에 즐거운 점심식사 부모님과 함께 하니 기쁘고 새해가 두루 밝다 오늘따라 부모님 얼굴 가득한 주름살도 웃는다.

빛으로 또 하루

길고 긴 밤이 지나고
변함없이 새날이 찾아왔다.
창밖의 자작나무에 새소리
새 생명을 부어주듯 쏟아진다
다시 돌아오지 않을 이 하루
힘들다고 게으름 부리지 말자
어렵다고 포기하지도 말자
진실하고 성실하게
이 시간을 소중하게 보내자
농부가 눈물 뿌려 씨를 키우고
기쁨으로 한 아름 꽃을 거두듯
부족하고 볼품없어도
감사함과 큰 기쁨으로
오늘 또 하루를 가꾸면
숨소리도 들리지 않는 이 밤은
빛으로 또 하루를 열어주리라

사랑은

사랑은 멀리 있는 게 아니다
식탁에 놓여있는 베고니아 화분처럼
늘 우리와 함께 한다

기쁠 때나 슬플 때나
따뜻하게 맑은 얼굴
미소로 조용히 다가서는 것

그대 등진 그늘에도 빛을 키우며
우리 짐 진 그림자에 희망을 재우고
모하비 사막에도 가시풀 자라게 하는

하나님이 우리에게 주신 축복
아무도 빼앗을 수 없는 큰 선물
땅속 뿌리들이 간직한 빛의 소망

 **신영목**

2010년 『시와정신』 등단.
미국 샌프란시스코 거주.

신영연

가자 외 2편

가자!
밥줄에 연연하지 말고
한 번쯤은 내 뜻대로
펀치를 날려보자

빨간 줄 파란 줄
내키는 문장에 덧칠도 하고
군중의 발소리 멀도록
어슬렁거리기도 하다가

어둠의 엉덩이서 태어나는 해의 산파도 돼보는 것이다

과감히 쳐버린 동어반복과
당신이 들려준 줄거리와
어젯밤 꿈을 편집해 만든 색동저고리 입고
서른여덟 번째 계단에서 피리를 분다

뼈로 서고 귀가 열리거든
소리야 가자
메마른 방죽에 단비로 가자

산비탈 피어난 캄파눌라 향기로 가자
찍히지 않은 새살에 손금으로 가자

아직은 백지 위를 뛰어도 될 싱싱한 시간이다

그리고 여섯 시

기다림만 무성한
빈 들녘으로 할머니 앉아 있다
공기의 분자가 쪼개지다, 거두어간
소리의 고요로 할아버지 서성인다

수분이 빠져나가 주름진 밭두렁,
노부부는 서로의 얼굴인 듯 자꾸만 어루만진다
새야새야 우지마라 새야새야 파랑새야

녹두꽃에 앉았던 메뚜기가 점프를 한다
착지의 무게로 들판이 흔들린다
한 손으로 땅을 진정시키며
노부부는 쌓아놓은 볏단에서 한잠이 든다

구름문이 닫히고
날개를 접고 있던 두루미
하늘 한 자락을 물고 와 가슴 언저리를 덮는다

노을이 타서 서쪽을 넘도록
노부부의 들판은 점화되지 않는다

꽃길에 나는

창문이 온몸을 흔들어 가뭇한 겨울을 배웅할 때
나는 하얗고 노란 나비였는데
앵두입술 닮은 봄과 나란히 꽃구경을 나갔더랬다

천방의 지축은 도솔레미 높이에서 줄넘기를 하고
아지랑이 대지에 온기를 지피고 있을 때는
모락모락 토끼의 낮잠 시간이었다

가파르게 날아온
새의 발자국이 고목의 가지에 잎으로 찍혔다

푸르릉 푸르릉 흔들리며 잎사귀로 자라는 동안
시곗바늘은 두 시 사십 분을 향해 달려가고 있다

짙어가는 색의 합창은 계속될 것이기에 향기로 버무려질 오후에는
집으로 가는 문을 찾아야 한다

허공으로 기지개를 펴는 질감의 박자에 톡톡톡 꽃문 열리는 소리,
산도 들도 다람쥐도 사장조로 어깨를 들썩인다

바람이 중음으로 스치자

노래가 문으로 열리고 나는 배경으로 찍힌다

신영연

한남대학교 대학원 문예창작학과 문학박사.
2008년 『시에』 등단.
시집 『안녕이 지만치 걸어가네』, 『바위눈』 출간.
한남문학상 젊은작가상 수상.
한남대 강의전담교수.

신현자

일탈 외 2편

낙원에서 추방된 아담은

배가 고팠다

몸에 두른 떡갈나무 잎 외엔 아무것도 지닌 게 없었다

그렇게 친절하던 뱀은 잘 가란 인사도 없이 돌아섰고

새들은 저들끼리 기웃거리며 비웃고 있었다.

용서하소서

선악과는 너무나 아름답고 먹음직스러웠습니다.

당신의 뜻을 거역하려는 게 아니었어요

진실을 토로해도

노여움은 서쪽을 향했고

풀어진 머릿결이 부끄러운 눈물 자국을 가려 주었다

맨발의 발가락은 물가를 찾았다

물고기들은 이브의 배고픈 접시가 먼저 알아보았고

접시들은 물고기들이 누울 자리에 별들과 바람을 불러 모았다

덤불은 이미 그들의 집이 되고 있었다

바람은 이불이 되어 하늘을 쏟아내고

죽음은 우리 일이 아니야

별은 낙원이 아니어도 불평 없이 반짝였다

밤이 지나면 뜻이 무엇인지 기대하며 잠들었다

내일은 그들의 해가 뜰 테니

뱀이야 듣건 말건
배고프지 않고 심심하지 않으면 되니까

빗물

오롯하게 영근 물방울
통증처럼 매달린 잎새 끝 투명한 방울
나뭇잎 사이로 바깥세상 보이고
작은 물방울에도 하늘이 담겼다

문득 바람이 일어
먼지 하나도 물 위에 뜨고
물속 하늘 멀리 날아가는 꿈
구름 사이 헤엄치는 물고기들

풍선 가득 실린 꿈 하늘 날고
시시콜콜 커져만 가는 상념
찔러볼 용기조차 점점 투명해져 가는데

물방울 고향은 뿌리 깊은 느티나무
거대한 녹색 안개 기둥,
아직 시작과 끝은 선명해
꿈은 늘 바다로만 간다

장마

아침 비에 젖어 찾아온 이웃집 아주머니
비닐우산 접어 털며 다급한 목소리로
무섭게 물이 불었어요, 다리가 위험해요,
나는 마루 끝에 서서 칫솔 물고 하늘을 본다

활짝 핀 우산 꽃들 알록달록 줄지어 가고
빗물에 지워지는 발자국
늦을세라 허둥대며 숨 가쁜 통학 버스
긴 다리 끝에 멈춰 서 있다

강둑 양쪽, 즐비한 버스와 걱정스런 얼굴들
검붉은 세찬 물살에 떠내려가는 나무들
닭, 돼지, 가축들도 가구와 뒤엉키고
짐승을 건지려다 강물에 휩쓸리는 사내

비 개인 둑에 난장처럼 모여든 사람들
여전한 강물 위로 나룻배를 띄워놓고
꽹과리 북 장구 징소리 꽃 무당 울음소리, 펄럭이는 만장

숨겨간 혼령 건지는 한풀이 굿 펼친다

금강 흐르는 물에 혼령들 울음 말발굽 친다

신현자

한남대학교 대학원 문예창작학과 문학박사.
2009년 『한울문학』 등단.
시집 『당신은 누구신가요』, 『꽃잎이 진다고』 출간.
인터넷 문학상, 서구문학상 등 수상.
대전문화재단 창작지원금 수혜.

하얀 볼 외 2편

내리치면 치는 대로
고스란히 얻어맞고
공중으로 치솟았다가
거친 땅으로 곤두박질쳐야 하는

그때마다
필드에서 터져나오는
군중들의 큰 함성

최후의 영광을 위해서
하얀 볼의 몫은 따로 있다

반항하지 않고
만신창이가 되어도
순응해야만 한다는 것

군중의 시선을 한 몸에 받으며
펄쩍펄쩍 뛰기도 하고
때로 온몸 상처투성이가 되어도

그는 어린양이 되어야 한다

짧은 버디펏을 놓치고
한숨으로 난색을 표하며
희열이 환멸로 바뀌는 그 순간
아낌없이 몸 던진 그분을 생각한다

최후의 영광 앞에서
반항 없는 굴욕의 행진으로
마지막 18홀
쪼그만 구멍으로 굴러가는
하얀 볼

그 한 순간을 위해
그는 큰 목숨을 다 바쳐야 한다

가을 부채

여름철 사랑받던 너
가을 되니
한구석에 처박혀
찬밥 신세가 되었다

철 지난 물건이 어찌 너뿐인가
에어컨이 대세라지만
또 내년 여름을 기다리고 있다

백세 세상에
이제 칠십 남짓
새로운 희망에 들떠 있다

가을 부채
인생의 황혼기
너는 내 곁에서
새바람을 일으켜다오

학다리 소반

빨간 댕기 순이가
학다리 소반을 들고
돌다리를 건너 간다
일꾼들 새참을 머리에 이고

학다리 소반
구부정한 긴 다리와
육각형의 나무 상

민초들의 소박한 소반
상다리 부러질 일 없다
일꾼이나 과객에 만족
손님상은 넘보지 않는다

강대국들 앞에
담대하게 맞서왔던
학다리 소반이 그리워진다

심송무

2019년 『시와정신』 등단.
미국 텍사스 거주.
텍사스 문협회원.

아 은

오독 외 2편

    너는 정지된 듯 벽지의 한 점을 응시한다 어둠은 선뜻 들지 못하고 창밖에서 기웃거린다 어디선가 들리는 고함소리에 놀란 방안의 묵묵함이 책장에 부딪쳤다 떨어진다 너의 숱한 지문에 책상 위 유리컵은 실금이 가고 질문처럼 회전하는 선풍기는 끝날 기미가 없다 책 한 권을 꺼내든 너는 생각의 껍질을 벗기듯 책장을 넘긴다 몇 페이지쯤 밑줄 쳐진 문장, *오독의 본질은 즐기는 거야 나를 즐겨줘 늘 새롭게 혹은 권태롭게.* 낱말은 공중에 떠다녔다 알 수 없는 불안에 너는 어깨를 움츠린다 잠자던 바닥의 기하학적 무늬 위로 한 문장이 툭 떨어진다 펼쳐진 페이지를 접자 검은 글자들 위로 예기치 않은 장면이 튀어나올 것 같아 책을 덮는다 이안류 같은 어둠이 밀려들며 사람들의 소란스러움이 사라졌다

이상한 날

우리는 저녁을 머리로 뚫고 나아갔다
낮 시간도 밤 시간도 없었다
- 프란츠 카프카

보고 싶은 H

방금 엽서를 받았어 기괴한 그림이군 구덩이에 사람이 누워있고 흙으로 반쯤 덮인 몸 위로 안개 안개가 안개처럼이랄까 어쨌든 그는 편안한 얼굴을 하고 있어(여자인지 남자인지 알 수 없지만) 누워있는 몸에 뿌리가 자라고 있어 엎드린 자세로 아니 웅크린 자세로 뿌리는 땅과 단단하게 엮여 있어 자석처럼 말이야 납작하게 기고 있는 걸까 그의 등에는 버섯이 자라고 있어 갈라진 게딱지 같은 버섯 말이야 주변에는 7개의 장기가 서로 엉켜 지렁이처럼 꿈틀대고 있는 그림 모든 게 이상한 그림이야 난 피곤해서 버터가 듬뿍 발린 빵을 씹었어 씹다 보니 시간이 빨리 지나고 있네 너의 냄새를 닮은 구름이 창가에 맴돌고 있고 바람이 몰아쳐 커튼이 부풀어 올라 찢어질 것 같아 먹구름의 그림자로 깜깜해진 날씨가 좋아 나는 눈을 질끈 감았어 얼마나 바쁜지 얼마나 많은 사람들이 아픈지 너는 모르지 열대에 사는 동물처럼 생활하고 있어 창 아래 벽을 타고 뱀이 저녁을 물고 들어올지도 몰라 창을 닫고 싶은데 닫히지 않네 너의 환한 웃음이 필요해 보고 싶은 H, 너는 언제 오니?

그림자 아이*

모르는 길이다
모르는 길은 앞서가도 모른다
길이 나를 향해 미끄러지고

갯벌이었다

크고 작은 구멍이 떼 지어 다녔다
구멍에 빠지듯 해가 지고 새들이 불꽃처럼 날아올랐다 새들이 날아오
르는 동안 나는 떨어지고 지나온 길이 새들과 부딪혀 바다 속으로 가라
앉았다

갯벌에 빠진 한쪽 발을 빼려 할수록 나는 내 안에 깊이 박히고

갯벌이었다

남아 있는 발도 무수한 구멍이 잡아당겼다
어둠이 저 멀리 미끄러져 가는 배를 휘감아 소리를 질렀다 메아리는
닿지 않았다

구멍이 구멍을 삼켜 무너지는 구멍들

구멍 밖의 나는
어제의 나에게 발이 걸린 듯 요동치는 칼바람의 머리를 쓰다듬었다

갯벌에 남아있던 내 구멍 속으로 들어갔다

* 상처 입은 내면의 아이

아 은

한남대학교 사회문화대학원 문예창작학과 석사.
2022년 『시와시학』 등단.

안성덕

섬 외 2편

소나기 뛰어간 하늘이 깊다
아파트 옥상에 조각구름 몇 점 떠 있고
무료한 나는 등대처럼 하품이 잦다
친정 사촌오라비 댁 혼사에 간
아내는 돌아오지 않는다
퉁퉁 면발은 불고 베어 문 단무지가 조각배 같다
냉장고 속 열무김치를 꺼내 올까, 그냥 먹는데
텔레비는 자꾸만 자지러진다 저희끼리 낄낄거린다
하품하듯 한 번쯤 웃어줘야 할 텐데
도무지 끼어들 틈이 보이지 않는다
재방송처럼 늦은 점심을 먹는 휴일
선풍기가 뚝뚝 목을 꺾다가
절레절레 고개를 흔든다
사무실 자판기 커피 생각 간절하다
내 잠든 뒤에나 막배로 돌아와 그녀는
널브러진 짜장면 그릇 두런두런 치울 것이다
아직 용돈이 남아있는지 아이들은
한 마디도 없다

가마우지

아내가 묶어준 넥타이를 바짝 조이고
비상대책확대영업회의에 참석한다
목이 조여 파닥거리다가
돌아와 미수금대장을 패대기친다
한바탕 졸린 목을 푼다

물 말아 맨밥을 몇 술 삼킨 그가
사무실을 나서며 넥타이를 매만진다
끝내 사장의 행방을 모른다는 거래처 미스 박 면전에
미수금명세서를 들이대며 콕콕 쪼아대다가
유난히 긴 그녀의, 목걸이도 안 한
허술한 V존을 흘끔거린다

아내가 기다릴 생일선물은 글렀다
스카프라도 한 장 둘러줘야 할 텐데
게워 줄 거라곤 아침에 넘긴 미역국 뿐
잔고 없는 급여이체 통장 뿐

늦은 귀가를 한 그가 졸린 목을 풀어 놓는다
내일 아침 아내는 만 원짜리 한 장을 쥐어주며
허전한 목에 또 넥타이를 묶어 줄 것이다

빈 들판

단위농협에 갑니다
잠뱅이 걷어붙이고 이슬 차던 그 길입니다
구시렁거리던 참새 떼도 사라졌네요
타타타타 콤바인 툴툴거리던 들판
허수아비 모르게 대출금 갚으러 갑니다
빈들을 질러 온 바람이 우우우
우황 든 소처럼 웁니다
터벅터벅 단위농협에 갑니다
발자국 소리에 송사리떼 소스라칩니다
하늘이 유난히 시푸르네요

된서리에 고음이 익어 갑니다
우물거리던 자잘한 생각들
가슴 속 먹먹하네요
코스모스 한들거리던 들길로 부러 돌아갑니다
씨앗 다 내려놓고 벌써 꽃잎으로 묻었군요
타박타박 단위농협에 갑니다
돌아와 저녁나절엔 남은 보리갈이를
더 이상 미루지 말아야겠습니다
무국 달큰할 것 같은 저녁밥상에

두런두런 마주앉겠습니다

* 가마우지 ; 중국 계림지방 어부들은 가마우지 목에 끈을 묶어 낚아챈 물고기를 게워내게 한다.

안성덕

2008년 『시와정신』 등단.
시집 『몸붓』, 『달달한 쓴맛』 출간.

콘크리트 샤워 외 2편

오월 그 하루의 노동
푸른 벌판 한가운데 도로공사 현장
다리 건설 철근 위에 뜨거운 햇살 쏟아지네
콘크리트 펌프가 헐떡이고
타설기는 요동을 친다
그것을 잡고 철근 위로 쏟아붓다가
처음 하는 일이라 한 순간
콘크리트가 내 가슴, 얼굴 위로
쏟아진다 흐르는 땀 위로
아아 이대로 서서 콘크리트 석상이 된다면
대통령의 삼형제가 신문의 첫주름을 잡던
오월이 지나 겨울이 오면
서쪽으로 끝없이 펼쳐진
이 길 위로 달리리라
내 사랑하는 두 딸과
저녁노을 속으로 순금의 바퀴 굴려
이 도로를 아빠가 건설했다고 소리치며 달리리라
그때 후드득 비가 친다
작업반장은 재촉한다
비가 더 세차게 내리기 전에

타설을 마쳐야 한다고
나는 허겁지겁 물로 얼굴을 씻고
쓰린 눈을 뜨고 빗속으로 걸어간다

높은 달

안개가 두꺼운 공원 보안등 아래
고양이가 있다
입가에 피를 앞다리로 훔치고
고개를 외돌려 늘어진 버드나무 사이로
하얀 입김을 흘리는 하늘의 달을 본다
고양이 목을 간질이는 게 어찌 버드나무잎 뿐인가
우우 바람에 몰려다니는 안개 따라 벌레소리들의 높낮이
흔들리는 달빛이 핏내음을 나눈다
올려다보는 하늘의 희뿌연 달도
은은히 은가루 뿌리는 보안등도
검푸른 안개 속에 외로운데
강아지가 어찌 배부른가
사냥은 한낱 상난일 뿐
빛이 그리운 고양이는
보안등 아래서 눈을 치켜뜨고
저 하늘 높은 달의 숨결을
꿈꾸듯 깊이 들이마신다

새

달력에서 날고 있는 새
넓은 하늘을 날고 있다
날개의 힘인가
눈빛의 힘인가
새는 한 순간 멈춰
달력 속에 있다
멈춰 있는 저
놀라운 힘
나는 오래 눈을 멈춰
살펴볼 수 없다
흔들리는 나의 눈
흔들리지 않는 새

안창현

2004년 『시와정신』 등단.
시집 『외계행성으로』 출간.
평송신문, 평택시민신문 문화부 기자 역임.
새물뿌리문학 동인 활동.

남향 고을 외 2편

개들이 짖는 쪽 찾으려
별은 목을 길게 빼다
개 짖는 소리
다시 지나지 않고
깊은 밤만 서너 번 눈을 끔뻑거렸다

작은 오솔길 참깨밭
반쯤 발 들여놓은 채 잠들고
애들의 잠 덫에 놀라
나무 잎새는
숨 가쁘게 몰아쉬었다

달은 하늘 높이 시성이고
나무 그림자
어제 마무리 못한 상념들
모두 꺼내 놓고
지그시 눈 감았다.

노루귀

그렇게 봄이 가고 있다
턱 밑에서는 얼룩말처럼
목이 긴 노루귀꽃이 피고
발길을 넘길 때마다
풍뎅이가 꿈틀댔다

학림산방이 노루귀꽃 향기에 잠기면
이웃집의 문도 활짝 열리고
불안한 예감이 코 끝에 왔다
향내가 반딧불처럼 깜박여도
터널 끝 보이지 않을 것이다
다리를 타고 오는 소름이 차다
그리하여 봄은 가고
앞마당이 붉은 바다로 변하고 있다.

여

이렇게 바빠
돌아갈 길이었네
삼백예순 날 너를 끼어 안고도
텅 빈 가슴이었다

길모퉁이마다
뭉텅 빠지는
말목을 움켜잡고
뒷걸음질 치던
많은 날들이었다

서쪽새 울지 않아도
국화꽃 여전히 피고
매미 울 때마다 잎은
몸을 떨었다

어쩔 수 없이 널
떨구어 내는 날은
말간 하늘이었지

창가에 뽀얀 입김을
불어넣으면 파랗게
불거지던 아픔이었다

하얗게 내리는 눈발 속에
너를 뿌리며 너를 그리며
너에게로 가는
아쉬움의 문
조용히 닫는 중이다.

안후영

한남대학교 사회문화대학원 문예창작학과 석사.
1999년 『한맥문학』 시 등단.
시집 『바람에 흔들릴 때』, 공저 『옥천의 마을 시』, 『옥천의 역사문화 인
물』 출간.
충북문학상 수상, 옥천군민 대상(문화부문) 등 수상.

양안나

호미 놓고 기역 외 2편

한국의 호미
아마존과 만났다

멋 부린 기역자
슴베*에서 휘어진 날의 선線
불가마 오가며 담금질된 몸매가 수려하다

뭉텅한 날이 전부인 줄 알았더니
태평양 건너온
저 날렵한 몸
손에 착착 감겨 씨 뿌릴 봄날을 일군다

동백은 자갈을 밀고 허리 펴고
옥잠화는 발 뻗는다
죽은 듯 흙 속에 묻혀 있던 아보카도 씨앗
새순이 꿈틀거린다

꽃밭 모퉁이에 세워 둔
휘어진 기역자

새 한 마리로 후두둑 날아오를 듯하다

• 자루와 날을 연결하는 부분

아직도 연못이라 부른다

눈 맑은 사슴이 찾아오는 곳
새벽 별 집으로 돌아가기 전 발 담그던
언덕 아래 조그만 연못

캘리포니아의 가뭄으로
국물 졸아든 냄비 바닥 같은 지면
연꽃 뿌리 쓰러지고
물고기 박제되었다

사라진 수면 위로
풀꽃 몇 송이 올릴 때
누군가 귓속말로 속삭였다
It's ok, it's ok

젖은 흙 냄새 잊지 않은 마른 풀꽃들
풀씨를 퍼트렸다

물 한 방울 비치지 않아도

사슴이 찾아오는 곳

나는 아직도 그곳을 연못이라 부른다

산타페의 코코펠리*

나 떠나온 후에도
상점 앞 문설주처럼 서 있나요?

등이 굽은 그대가 피리를 불면
농부는 풍작을
자손이 없는 자는 아이가 생긴다는
원주민의 전설
사람들은 그대에게 입맞춤하지요

코코펠리,
아직도 산타페 다운타운 거리마다
피리의 구슬픈 선율이 흐르고 있나요
비 오는 황톳빛 골목을 거닐다
네온 사인 아래
쓸쓸히 서 있는
시인인 그대를 만나기도 했지요

정들었던 도시 한 켠에 마음 걸어 두고
철새처럼 이삿짐 묶어 사막을 건너올 때
붉은 산 끝에서 반짝이던

하얀 별 하나

가슴에 품고 안심하며 왔습니다

* 미국 남서부나 뉴 멕시코 원주민의 전설 속 인물

양안나

1989년 도미.
2022년 『시와정신』 시 등단.
버클리문학협회 회원.
미국 샌프란시스코 거주.

대숲 돌그릇 외 2편

산자락 휘감은 운무 속
바가지박 속 긁어낸 모양으로
움푹 패인 돌그릇을 만났다
겹겹 시퍼런 대숲 흔들리고
산책로 섶섶 타들어가는 갈잎들
바스락 바스락 몸부림치고 있었다
한 여자,
기필코 돌그릇에 엉덩이
대고 앉아 보았다
살갗 도돌도돌 일어서는 짜릿함
오호라,
수없는 세월 대숲의 일렁임으로
날마다 바윗돌 조금씩 패였구나
댓잎 바슬대던 그 소리 내치지 못한
안타까움으로 제 살 깎아
저 돌 마음에 우물로 고였구나
운무 덮인 날 아무도 몰래
대나무 늘씬 휘어져내리는 그곳에
푸른 몸뚱아리 적시고
그날, 그 여자 낭창낭창한 몸놀림으로

시를 읊고 있었다

댓잎 푸른 칼날 부딪는 소리로

거기 돌그릇 안에 저를 저미고 있었다

옷이 나를 입다

가을이 되어
여름내 입었던 옷을 빨아
어떤 것은 다림질하고
어떤 것은 재활용으로 보내고
더러는 걸레로 쓰기로 했다
한 계절 나를 대신해
나의 이름으로, 나의 색깔로 사느라
바래고 해어지며
옷과 나 한몸으로 살아온 세월,
쓰러지고 허물어지려는 내 삶을
옷들은 잘도 보듬어 주었다
물론 주름지고 헝클어진 세월도
차분히 다림질하고 개어놓으면
색 바래도 다정한 기억들로
생의 들뜬 보푸라기 잠재울 수 있겠지
그렇게 가는 계절의 쓸쓸함 잊을 수 있겠지
커피 한줄금 쏟았던 얼룩
향락스 한 방울로 지워버리듯
오늘 내 생의 한 갈피
옷장에 차곡차곡 자리를 잡는다

삶의 색색 지층들
낮달 속에 월궁月宮처럼 들어앉았다

감꽃 속에 여자가

도독도독 불거진 나무 껍질에
검은 나무줄기들
여리게 삐져나오는 연초록 잎사귀가
아기 손가락 첫마디쯤 물 올랐더니
어느날 무성한 이파리 사이
감꽃이 피었다
만져보면 살이 오르고 제법 통통한 모습
떨어질 때 무거운 소리를 낸다
투두둑, 팟
실하고 모양 반듯한 씨받이인가
앙증맞게 터질 것 같은 것들과
확 퍼져 자신을 추스르지 못하는 것들이
나무 아래 수북하다
어린날 비바람 몰아친 뒤
젖은 감꽃 삼태기에 쓸어담으며
한꺼번에 다 떨어지라 발길 내지르던
그때는 몰랐었다
저 감꽃 여자인 나를 닮은 줄,
비 갠 여름의 문턱에서
감꽃을 주워들고 불혹의 여자가

삶은 지금부터라고
삶은 여기부터라고
젖은 감꽃처럼 중얼거린다

양희순

2003년 『시와정신』 등단.
한신전기 에너지 대표.

혼밥존 외 2편

사거리 행복식당 혼밥존에는
여러 명의 혼자가 밥을 기다린다
번호표를 쥔 당당한 손

혼밥은
끊어진 말들을 잇지 못하고
서로 다른 입맛에 발을 흔들어
심장의 무게를 덜어내도
숟가락 든 손이 왼손인지 오른손인지 헷갈려도

내가 완성되는 모노드라마

한쪽에 놓인 수족관 열대어들은
군무를 이루는데
하얗게 질린 구두코는
구석에서 움츠려든다

혼자를 모셔주는 혼밥존이
우리 밖에서 나를 감싸준다

이곳은 혼자가 모여 우리가 되지 못하는 모래밭

혼자면 어때
혼자 있게 내버려 둬
혼자여서 좋고
혼자여도 좋다

우리가 될 수 없는 혼자가 혼자를 부른다
가림막은 생존을 위한 방패일까
씹을수록 질겨지는 공복이
개밥바라기별이 되었다가
구부러진 낮을 두드려 편다

다림질

외롭지 않으려는 산의 주름이 허기로 들썩일 때
구겨진 하루 안에 나는 갇혀 있다
얼굴 위 주름을 까치발로 서 있는 봄볕으로 깁는다
나의 주름은 바닥에 놓여 있다
나는 나를 풀어 놓아야 없어진다
펴지지 않는 베일은 수치스러워도 바닥에 내려놓을 수 없다
살점이 떨어져나간 주름의 상처들은 뼈가 된 뒤에야 바닥에 펴진다
손아귀에 힘을 준다
주머니의 미련을 털어내 보지만
담아둔 어제는 서서히 죽어간다
손아귀가 주름을 잡아 누이자 치익칙 치익칙
뜨거운 이빨들이 주름을 씹어 삼킨다
내가 다려지고 있다
주름 지운 곳에서 색은 가벼워질까
젖은 색이 마르면 가벼워진 내일들이 떠다닐 것이다
아이의 오줌 지도 같은 노란 농담의 파문이
깊어져가는 골 사이 뜨거움만 키운다
매캐하게 바스락거리는 허밍
주름이 석화石化된다
셔츠가 타버린 몇 갈래의 틈에서

바닥에 떨어진 맨몸의 내가 발각된다
맨살이 달궈진다

쉰 목소리는 날이 서지 않는다

새벽 우듬지는 밤이 벗어 놓고 간 허물을
뒤적이고 있다
부리에 쪼여 숨어든 방에
닭의 울음소리가 가시를 들어올린다
아침을 울어야 하는 닭은
달이 뜬다고
별이 뜬다고
울어대다 목이 쉬어버렸다

잠을 깨우는 소리는 날카로운데
마당 숫돌에 갈아도
밤새 쉰 목소리는 날이 서지 않는다
청동 하늘을 닦아 놓으니 별만 빛나서
행선지를 잃은 아침이 담벼락에서 삭고 있다
모르는 발자국은 닭의 목소리로 돌아오지 않는다
나의 그림자가 껍질을 벗으려 할 때
먹어치운 살점들이 구설수로 스며들어
얼룩진 나를 삶는다

거품으로 우러난 새벽을 거르다

참회할 새벽이 오고 말았다
표백제 한 스푼 털어 넣어
아침을 끌어당긴다
익명의 뒤꿈치가 슬리퍼를 끌고 간다

.

엄경옥

2018년 『시와정신』 등단.
시란 동인.

스며드는 자전거들 외 2편

내수자전거포 앞에 층층이 쌍자전거철재고물탑

분해된 부품들 붉게 녹슬어가네

스며드는 거지 어디든

안장은 갯버들로 핸들은 뿌리로

각들은 다 꽃이 되는 거야

날아가는 바퀴들의
북향,
어디쯤이라서 바퀴는 그 먼 나라를 안답니까

깜빡깜빡 구부러진 작은주홍부전나비 별자리 떼

뻐근한 관절들 힘껏 페달을 밟는

달 아래로 자전거들 끼룩끼룩 날아가는

내수자전거포 층층이 쌍자전거철재고물탑

어디로 붉게 굴러가나

금성동 산5-1번지

서가였다 그의 사기史記를 구워 쌓아 놓은
어느 권을 빼서 펼쳐도 그 장이 그였다
일목요연하게 정리된 벽돌 연대기
사람들은 무덤의 서가를 들여다본다
무엇이라고 읽어낼까 저 구워진 연꽃문양을
무문無紋도 무늬라고 기록했다면
왕가와 민가의 기록은 어느 것이 무문이어야 하는가
나는 능의 주인을 불러내 능 밖 어느 카페에 가 앉아
어르신이여 아메리카노 한 잔 하시지요
무문의 잔을 그의 앞으로 밀며 물을 것이다
황금신발과 그 귀걸이와 팔찌와 목걸이의 출처에 대해
능지기의 무례한 대작
무문의 사람들은 역사의 한 귀퉁이처럼 지나간다
그의 잔은 둘 데 없이 식어가고
나는 서가를 나와 바라본다
공주시 금성동 산5-1번지
지천인 쑥, 쑥처럼 살아 붙은 무문의 미기록들
너나 나나 이 땅의 능지기가 아니겠냐만
능지기가 있어 한 왕조로 기록된 저 서가의 봉분
연꽃문양 위에 무문의 무늬가 끼워 맞춤된

꽃다지

그곳에 꽃다지가 마을을 이루고 있더이다
우리 먼 조상님네들이
산골짜기 어느 능선 아래서 화전을 일구고
사람 사는 이야기를 엮어가듯
집집이 노란 꽃등을 걸고
어둠을 밟고 돌아올 아버지와
아버지를 기다리는 어머니가 있었다는 이야기
부엌에서 우물로 마당에서 사립문 밖으로 나가
봄밤 별 아래 서 있던 기다림이 꽃이 되었다는 이야기를
듣는 것입니다
꽃마다 귀를 기울이면 산 아래를 돌아오는 워낭 소리
소쩍새는 산산으로 빈 솥을 채우느라고 애가 타고
허기진 밤하늘엔 하얀 옥수수 알갱이 같은 별들
꽃마을을 지나다가 나는
그 노란 꽃 속을 걸어가는 사람들을 보았더이다
흰옷에 조선의 얼굴을 한 아낙과 사내와 아이들과
봄이면 먼 산골짝 외딴집 마루에 걸리던
등불 하나
모여 앉아 웃는 조선 사람을 보았더이다

내수 초정 가는 어디

벚꽃나무 아래 눈물 같은 총상꽃차례로

마을을 이루고 있었더이다

엄태지

2018년 『시와정신』 등단.
시집 『문의 가는 길』 출간.

여진숙

못은 비밀을 무는 버릇이 있고 외 2편

한쪽 발을 빠뜨렸다
주르륵 딸려오는 연못의 외마디
벗겨지지 않는다

나의 신발은 이력이 두텁고
못은 비밀을 무는 버릇이 있다
바람이 불 때마다 뒤채는 물의 등살
날선 구간이
대가리 치밀고 쇳도막을 던진 밤이 나를 돌아본다

틈마다 못을 낳고 잡아먹은 세상을 구덩이에 뱉을수록
발은 흥건해졌다
비를 타고 내리는 못을 향하여

자꾸 나만 틀리나요
목이 휘나요

흔들리는 발목으로 물살을 키우면
어려운 대목에서 흠이 자랐다

아름답게 잉어의 등처럼

돌아온 날들을 흘려 보낸다
거리마다 절룩이며
받은 용서가 많아
나머지 한쪽 발이 젖어야 할 때
못들은 척하며 구멍을 지운다
물은 물음을 덮는다

큐*

잎들이 단장한다
입술마다 열리는 담소
거리 사이 사이 다정을 켠다

* cue: (연극에서 배우의 연기 시작을 알리는) 신호 [큐]

유등에서 대평원을 부르다

경사가 날 거라는 소문이 돌아
물길 따라가니 삼천교였다
강변에는 생기가 차고
초대의 문장을
너울너울 두르고 선 버들은 천상 버들아씨다

저들은 분명 귀골임이 분명한데
그럼에도 불구하고 버들은 늘 정중하다
가지 세운 나무들 위로 향할 때
초연히 잎사귀 적셔
발목까지 기울이는 저런, 버들은
뿌리를 물속에 심었나 보다

바람이 든다 물살이 풀리는 소리

나는 물의 신 하백의 딸이었지
원추리, 갈대보다 아름답던 나는
그러나 그들만큼 엽렵하지 못하여
그만 사랑을 하고, 그만 뭍사람이 되었어
덕스런 자태 금빛 호위 받던 시절

나의 부리는 뾰죽한 잎사귀였고
휜 가지로 시위를 당기던 나는
알을 품고서도 대평원을 키웠지

너른 들로 한바탕 바람이 돈다
빛줄기에 궐闕이 열렸나
소매를 가다듬고 짙은 새잎 두르니
낭창한 휘추리도 살을 채운다

큰 땅의 가운데로 무대가 선다
좌우로, 건너편에 풍성하게
거느린 풍모
사랑이 모여들어 뭍을 덮으니
물 닿은 평원은 버드내였다
소문난 잔치 한밭에서 일어
우발수로 섬진까지 명가의 대열이다

여진숙

한남대학교 대학원 문예창작학과 문학박사.
2019년 광수문학상 대상, 2022년 동서문학상 가작.
한남대학교 강의전담교수, 심리상담가, 평생교육상담사.

오영미

접시꽃 외 2편

능소화만 그런 줄 알았더니
동백만 그런 줄 알았더니
너도 그렇더라
너마저 그렇더라
모가지 뚝 뚝 떨어지더라

목요일의 모래언덕

신두리 사구에 갔었어
사막처럼 능선이 펼쳐져 있었어
그 길을 나란히 걸었었지
어쩜 내 피부와 같이 부드럽고 고우냐고
나는 당신도 그렇다고 맞장구를 쳐줬지
내가 쌓은 성은 단단하지
월화수목금을 가지고 싶었어
시간은 점점 줄어
목매달 수 있을 만큼 멀어졌어
오, 목요일의 모래언덕
그 능선만큼 멀어진 당신
보드랍고 고운 나의 모래여
단단했던 나의 성이여
오늘 나는 신두리 사구로 가네
당신과 내가 걸었던
목요일의 모래언덕을 보러 가네
이제 월화수만 챙기리
그리고 멀어진 금토일을 갖겠어

오늘도 나는 술래

이 나이에 가야 할 곳이 마땅치 않다면

당신은 나를 어떻게 생각하시겠습니까?

내 처지가 벼랑 내세울 것 없고

가진 것 넉넉지 않아

친구를 불러들일 자신도 없습니다

그렇다면 나는 무엇을 해야 합니까?

오로지 당신을 바라보는 이 나이에

어쩌다 나는 갈 곳이 마땅치 않게 되었을까요

나는 주말이 싫어졌습니다

남들은 주말만 기다린다는데

나는 진짜로 주말엔 별 볼 일 없습니다

도로가 막힐까 봐 걱정이고요

돌아올 걱정 미리 하게 되고요

그 걱정 때문에 머리 아프고요

그 스트레스로 짜증이 나서 싸우게 됩니다

난 주중이 좋아요

남들 다니지 않고 일할 때

골라서 놀러 다니려고요

어떡하면 편히 인생 즐길 수 있을까

그러려고 매일 술래잡기 놀이에 매달려요

오영미

한남대학교 대학원 문예창작학과 석사 수료.
2015년 『시와정신』 시 등단.
시집 『나를 위로하는 말이 안 들릴 때』 외 9권 출간.
2021년 전국 계간문예지 작품상, 한남문인상 젊은작가상 수상.

태양 하나를 낳았다 외 2편

날개를 살짝 접고 내려앉은 새의
깃털에 이는 푸근함처럼
밤은 나를 어루만진다
어둑신한 밤,
이슬 먹은 여름밤의 말간 몸이
나를 감쌀 때 나는 느낀다

땅의 온기가 나를 데워옴을
희부연해질 때서야 나는
소멸의 아름다움,
흰 어우를 놓치며
해가 솟기 위해
꿈틀거리는 지구의 몸,
어지럼 섞인 황홀감에
홀연히 대지에 엎드렸다

별들은 낮에도 눈 뜨고 있다는 사실을
나만 홀로 알고 있어야 하는
외로운,
비밀이 하나 생긴 것이다

밤새 새들은 어디에 있는가

한 장의 밤으로 커튼을 쳤을 뿐
누군가,
밤새 잎이 무성해진
나무 곁에 엷은 바람을 심어 놓고
총총히 떠나간다
언덕 아래 인가들이
아침안개 속에 다시 태어났다
나는 밤과 몸을 섞어
눈부신 태양 하나를 낳았다

포정의 칼

말을 시퍼렇게 갈고 있다

단칼에 베어 아픔을 느끼지 못하도록 떨어진 제 목을 보고 환하게 웃을
수 있도록 내 말이 바람처럼 날렵해 내 말에 베이지 않도록 포정의 칼처
럼 갈지 않고 평생을 쓰도록 나는 나의 말을 하늘빛처럼 갈고 있다

모래에 스미는 물처럼, 말의 무게를 덜어내고자 무디어진 나의 마음을
새파랗게 벼리고 있다
푸른 하늘에 새털처럼 부드러운 율동, 빛과 같은 속도로 꽂히는 한 마
디 화살처럼 천리마가 날고 있다

이미 뒷모습만 보이는 말, 말은 자욱이 먼지만 남기고 사라져 버린다
고삐를 단단히 잡지 않으면 굴러 떨어지거나 제멋대로 날뛰기 일쑤인 말
인 것을,

나는 말을 버리기 위해 말로써 말을 버린다

주름 하나 없는 길

바퀴를 굴리며 골목을 빠져나간다
자전거를 탈 때면 공기의 힘을 만질 수 있어
살아 있는 공기에 마음을 씻는다

휘파람 불며 빛의 결을 따라나서면
가득한 가슴, 주름 하나 없는 길,
비탈길 아래로 매끄러운 바람의 상상
내 몸이 페달이 되어 저 홀로 굴러가면

땅의 탄력에 솟아오르는 뿌리의 힘을 퍼 올려
발은 땅에 뿌리를 엮게 하고
머리칼을 나무의 가지가 되어 출렁이게 한다
대지에 몸을 던지면
공기가 몸 속으로 폭포처럼 흘러든다

지평선까지 따라가면
길들이 솟아난다
가라앉은 세상이 강물처럼 출렁인다
가파른 길을 올라
저만치 내가 보이면 그 때

내가 끌고 온 길 너머
저기 투명한 길, 투명한 공기
바다까지 나가서
고래를 한 마리 잡아 끌고
집으로 돌아오는 것이다

우종숙

한남대학교 사회문화대학원 문예창작학과 석사.
2001년 『애지』 등단.

원양희

다듬는 일 외 2편

시장통 한참 벗어난 모퉁이
소쿠리마다 푸성귀만 내다놓는 할머니

늘상 파는 일보다
다듬는 일에 열중이시다

나물들 속에는
상념의 빛이 스며 있는 것 같다

흙먼지 잔뿌리 걷어내고 나면
제 기운을 꺾고
수굿이 포개지는 나물들

나물 다듬는 일은
마음을 매만지는 일 같다

풀풀거리는 숨이 죽어야
무침도 절임도 되는 것

엉키고 부푼 시간

가지런히 누이며
할머니 오래 마음의 이랑 갈고 계신다

열 손가락 끝
새까맣게 물들도록

아주 먼 옛날에 만나요

수취 불명의 적적한
우편물만 쌓여가네요
낡은 복도 지나 층계마다 놓인
화분들 곁에 가만히 몸 기대면
자잘한 식물처럼 시들어갈까요

누구에게나 무엇에게나
절명絶命의 순간 있겠지요

시간은 넌출거리는 곡선처럼
무한대로 우릴 데려갈 거에요
이제 막 드리운 햇살까지
동봉하려는 이 편지는 오늘부터
천 년 쯤 전으로 도착할지 몰라요

버들개지 고요히 떨리는
언덕에 앉아 먼 산,
먼 산의 이마를 보듯 당신,
눈부시게 저를 알아보겠지요

무덤 위로 눈발 날리고

무덤 쓰러지고

풀들이 싱그럽게 솟고

무덤자리인지 모르고 지나는 사람

드문 드문 보이는 아주 먼 옛날

그때 만나요

섬과 새와 안개와 달과 항아리가

　　전남 신안군 안좌도 화가 김환기金煥基의 고향이라는 섬에서 하룻밤 지샌다 섬이라는 말이 새처럼 입술을 떠나자 잠들지 못하고 뒤척인다 쟁쟁거리는 달빛이 이불 속까지 들추고 섬에서는 젖무덤 향기가 난다 화가의 아내는 한때 한 시인의 아내였다 하는데, 살면서 생애를 거는 사랑이 단 한 번이 아니라는 것은 참으로 다행하고 아름다운 일, 새와 안개가 사슴과 구름이 달과 항아리가 섬광처럼 서로에게 빠져들 것이다 첩첩 섬들이 천 개의 젖가슴으로 달빛을 향해 솟아오를 것이다 시간이 무너지고 순간은 불멸이 될 것이다 어디서 무엇이 되어 다시 만나랴* 천 년 만 년 몸 바꾸어 만날 인연에 아득해지기도 할 것이다 내내 흐르는 저 달빛이나 물살처럼 뒤척이는 이 몸이나 밤새 몸 속 안테나를 섬세하게 키우고 있는 것들은 아마도 간절히 닿고 싶은 곳이 있어서다 깊이 사지를 뻗으며 곁에 와 눕는 파도소리처럼

---

　　* 어디서 무엇이 되어 다시 만나랴: 김광섭의 시 「저녁에」 중. 김환기의 작품 제목이기도 함.

원양희

2016년 『시와정신』 등단.
시집 『사십계단, 울먹』 출간.
제13회 요산 김정한 창작기금 수혜.

유선영

파주 외 2편

날씨를 피해 숨고 싶다

나는 깊은 우물이 자라는 곳을 안다

화산은 부드러운 욕심 폭발음을 베고 잠들면 평야가 내릴 거라는 기도 우물처럼 퍼부어진 사람들 땅 아래 우산처럼 펼쳐진 세계가 둘 여섯 여덟 뻗어나간 길은 광대의 관절이다 원치 않는 세계 누군가의 환호가 메아리로 돌아와 입술을 때린다 환호는 다시 입에서 입으로 울려 퍼지고 나는 암석이 된 사람

그가 오래된 파편이라는 뉴스 당분간 비는 오지 않을 거다 메마른 데린쿠유는 깊은 우물이다 수천 개의 방문을 열어도 그는 없다 더 깊은 곳으로 열린 문이 있을 거다 나는 일곱 번 꺾어 걷는다 어떤 부패도 없는 땅굴 매일 은밀하게 접었다 펴지는 길 비가 오지 않아 마디마디 하얀 각질이 일었다 숨어든 사람들에게 갈증을 삼키는 법을 배웠다 나는 우물을 끌고 되돌아가야겠다 그가 썩지 않길 바라는 마음

이곳은 제8의 세계 머리를 터트리면 더 내려갈 수 있습니다 모국어로 써진 안내판을 믿는다 사랑하다 죽은 이들은 어떤 종교도 필요 없겠지 나는 다만 우물의 테두리를 뜯는다 환기구를 만나고 증발하면 사랑을 지키다 죽은 이들만 그곳에서 녹스는 것이다

해남

당신이 길을 잃을까 걱정이다 문은 열어두었다

신발을 한 방향으로 정리하면서
이건 꼭 당신과 잠을 잘 때의 기분이다

발들은 어디로 가나 이제 막 당신이 도착할 거다
타버린 길 위에 또 길, 길이 자라나고

어디에 있어?
공중에 서신 한 장
나는 아무데서나 잘도 울었다

잠에서 깬 사람들이 걷기 시작한다
마중하고 있다 땅 끝으로 끝의 끝에서
웃음이 영근 사람들

찢어진 우비 사이로 당신이 우는 것을 보았다
제자리걸음하는 그림자를 보았다

아무 것도 쏟아지지 않는 구멍

처음 당신 만났던 시간은 여기서 어깨를 내밀었을 것이다

꿈을 꾼 것이 실수였다

빈 방

어디서 왔을까 콩의 시간

콩이 벌어지는 소리를 듣지 못했다 아무 것도 살 수 없는 곳엔 빛이 없다 콩이 자라는 곳과 닮았다

방은 키에프 시와 멀지 않다 떠나는 방 벽이 사라진 체르노빌에 벽이 세워졌다 머리가 쪼개진 식물이 자랐다 돌연 다리가 세 개였다가 눈이 없다가 항문이 붙어버린 동물들만 죽어가고 있었다

콩 몇 알 섞어 쌀을 씻었다

사라진 콩들은 어디로 갈까 콩이 길어지는 소리를 듣지 못했다
하수구에서는 아무것도 자라지 않았다 콩이 자라는 곳과 닮았다 밤이 지나면 Happy Deathday 문은 열리지 않았다

당신이 사라진 거다

유선영

한남대학교 대학원 문예창작학과 석사.
종로문화재단 재직.

잠이 안와요 외 2편

자꾸 배가 나와요
먹은 것도 없는데
점점 부풀어 올라요

안 먹기로 했는데 잠이 안와요
내일 출근해야 하는데
자정 12시에요

침대는 혼자 자지 않아요
잠 못 이루는 나를 깨워요
따뜻하게 우유를 데워 먹어요

그래도 잠이 안와요
식탁에 있는 빵과 컵라면이
서로 기다려요

아침이 왔어요
보름달 얼굴이 슬픈 걸 보니 식탁이 깨끗해요
밀가루 먹지 않기로 했는데

옆구리도 튀어 나왔어요

이젠 내 몸이 아니에요
남의 몸에 내가 살아요
밀가루 탓이에요

택배

별이 닿은 주소의 눈빛 통로
건물 칸칸이 공간 내어 문을 만들고
얼굴 다른 눈빛 상품 주고받는다

나는 매일 진품으로 치장해 보여도
쇼핑, 쇼핑 인터넷 쇼핑
가치로부터 외면당한 세상에 놓여 있다

검색 선택 결정 몇십 번 반복해도
상품 장애 배송지 장애 반품 장애
언제나 비장애로 살아지지 않는다

결정 장애로 늘 망설이는 선택
비싼 비용 지불하는 손끝의 떨림도
비어가는 주머니 새 상품으로 찬다

어김없이 누군가 또
내 이름 부르며 도착을 알리고
눈 맞추며 고개 숙여 너를 안으면

벽 안쪽이 궁금한 설렘으로 밀물져온다

반품 장애 없는 새 상품
굵은 문장으로 찍혀 있는 오늘
당분간 우리는 비장애로 살아간다

내 안에 네가

내 안에 네가 살고
네 안에 내가 넘치면
우리 눈빛 어디에 가닿을지

그만큼 우주는 둥글어서

곧은 길
절벽 물
숨은 바람
원으로 오고 가며 만나지

그만큼 우주는 살아 있으니까

우물은 구름을 안고 차오르고
어둠은 별빛으로 내려와
항아리 가득 부어놓고 가지

허공 가득 웃음 넘친 손길로
물 한 모금 깊이 마시면

시름인 듯 사라지는 그 자리 서늘함

우주는 우물만큼 깊고 깊은 기다림이라서

유인선

한남대학교 사회문화대학원 문예창작학과 재학 중.
2023년 『시와정신』 등단.

바늘과 실 외 2편

믿는다

우리는 서로를

혼자는 사랑도 미움도 할 수 없기에

옷감 위 신나게 파도칠 때

갈매기들은 수평선에 내려앉아 우리를 응원한다

할머니는 중매쟁이

돋보기 쓰고 침 발라 기어이 바늘구멍 꼭 넣어 주고야 마는

우리는 사랑의 춤으로 보답한다

이불 위에서, 청바지 위에서

실타래에 꽂힌 빈 바늘

서로를 잃지 않기 위해 꼭 안아준다

우리는 결코 떨어져서는 안 될 사랑의 부부

우리는 서로를

그리워한다.

붓꽃 편지

먼 산 앞자락
지나가는 저 비야
쉬었다 가렴

여우비 시집가듯
구름비 지나가듯

빗방울 연주
연못가 피지 못한
붉은 사랑

흔들리며 쓴
붓꽃이 적은 노래
자색 편지

호랑이 장가가듯
바람비 지나가듯

먼 산 앞자락

지나가는 저 비야
내 마음 좀 전해다오.

초로初老

진종일
지구 한 바퀴
돌다

고개
숙인 해바라기

긴
그림자

그리움의
씨는 누가 거두나.

육근철

2016년 『시와정신』 등단.
시집 『물리의 향기』, 『사랑의 물리학』, 『길을 묻다』, 『야생화 농장』. 넉
줄시집 『반쪽은 그대 얼굴』, 『설레는 은빛』, 『처마 끝 풍경소리』, 『봉곡
리에서 온 편지』 출간.
넉줄시 동인 회장, 공주대 명예교수.

윤선아

꽃밭 외 2편

똑똑 노크도 없이
비집고 들어오는
따사로운 햇살

고깔모자 요정들
무지갯빛 꽃밭에
물감 뿌리고 있어요

꽃씨들아
어디서 날아와
둥지 틀었니?

밝은 미소
춤추는 친구들아
나도 함께 놀자

엄마 말랑말랑 웃음꽃
양파 동글동글 비밀꽃
개구리 팔딱팔딱 장난꾸러기

따사로운 햇살 찾아온

우리 집 꽃밭

사랑도 활짝 피었어요

숨바꼭질

개굴 개굴 개구리
누굴 찾나요

파란 연못에 모여
개굴 개굴 개굴
어디 숨었나

건널목 기차 시끄럽다고
꽥 소리 지르며
달려가는데

물방개
말은 못하고
물방울만 뽀르르 뽀르르

보고 있던 연꽃
그 꼴 우습다 참지 못하고
까르르 하얀 웃음 쏟아놓네요

거미네 아침

눈부신 아침 햇살
보드라운 줄 타며
노는 아기거미

아장아장 아기거미
엄마 줄 타면
꽃향기 몰려와요

풀밭에서 바람도 솔솔
신이 난 아기거미
출렁출렁 그네를 타요

매운 고추잠자리
친구하자며
앉을 듯 말 듯
말 건넬 듯 말 듯

거미네 아침

엄마는 아침 짓고

아가 노느라 정신없네

윤선아

한남대학교 대학원 문예창작학과 박사 수료.
2004년 『시사사』 등단.

윤진모

변방의 별 외 2편

어둠 서서히 고개를 들자
하늘에 별이 스며들었다
정이 깊어질수록
마음에 떠 있는 별은 하나씩 죽어갔고
흔적의 무게는 슬픔 속으로 흘러간다
깨어진 질서
먼저 죽은 자들은
남겨진 영혼을 달래본다

남의 땅
이곳이 내가 살아야 할 하늘이라면
받아들이리라
그리고
사랑하리라

길을 걸었다
거리는 채울 수 없는 갈증으로
낯설어 쓸쓸했고
삶이 자갈처럼 차갑게 부딪칠 때
흙먼지로 덮인

이방의 그림자 늘 휘청거린다

그럴 때마다
변방의 별은 상처 입은 영혼
밤의 끝에서 외로이 사라져 버린다
온몸으로 태우는 저 별
비틀거리는 아픔 알고 있는지
오늘도 약속한 듯 제 살을 깎고 있다

수련회에서

한 평 남짓 좁다란 방

태어날 때부터 장애를 선고 받은

두 명의 천사들

내 옆에서 곤히 잠들어 있다

뜨거웠던 한낮의 소란

고이 잠들자

지친 몸 벽에 쓸쓸히 기대

커튼 사이로 스며든 불빛에

잠시 마음을 적신다

창문 밖 송이송이 별들이 쌓여 갔고

상처 입은 영혼 눈물 하늘에 박혀 있다

그 중, 닿을 수 없기에

그리움 유난히 떨리는 저 별

백혈병으로 세상 떠난 어린 눈동자 같다

한때 너를 생각하며 눈물로 새긴 언어

다독일 수 없는 우울한 마음 얼룩지고

엉긴 슬픔의 무게 짙은 그늘 드리워

나를 지배했던 아픔과 그리움

이제 깊어가는 밤하늘 떠나보내고 싶다

깻잎 소녀

들녘에서 태어났다
가진 건 몸뚱아리 하나뿐
밤마다 소녀는 탈출구를 생각했다
도시로 상경하는 날
소녀는 지폐 몇 장 어디론가 팔려갔다
그을린 촌티를 벗고자 욕조에 물을 받고
수차례 몸을 씻었지만 여전히 지울 수 없었다
붉게 물든 녹색 천으로 몸을 가린 그녀
오늘도 누군가 기다린다
뽀송한 솜털과 몸에서 풍기는 향이 좋다며
일 년 전부터 호흡기 질환 앓던 김노인
겨울 되자 다시 그녀를 찾기 시작했다
혁대를 느슨히 조이며 술과 고기 냄새 풍기는
배불뚝이 남자 어둠 깔리자 허름한 935호로 들어간다
아침이면 소녀는 세상의 법칙을 알아간다
눈가에 늘어나는 비루한 삶의 주름 뿐이라는 것

윤진모

2010년 『시와정신』 등단.
한의사.
미국 필라델피아 거주.

이경희

시손님 외 2편

시가 좋아 시를 짓겠다고 찾아온 손님
마다않고 이리저리 어지러운 의자에 앉으세요

차림표도 변변치 않은 작은 골목 선술집
부침개라도 내오려면 주문을 해야지요

깡소주를 먹겠다는 손님을 부득불 말리고서
고추장찌개 안주라도 드시지요

권하는 입술 위에 노래 한 젓가락씩 얹어주면
흥건하게 취기 오른 밤분위기 흔들거리며
오늘도 달이 밝은 밤이에요

시 한 술 더 뜨고 가라고 소매깃을 붙들고
소맥에 말아드시면 어떨까요 아양을 떨다가도
엄숙한 표정으로 여기서 이러시면 안됩니다

요염한 손가락으로 입을 막고 까르르 웃음을 터트리는
늙은 요부들이 모여 산다는 시짓는 선술집

어른아이

어른은 어린이가 만든 상상의 성이다

혼자만의 방에서 세상에 벽돌을 쌓고 놀다가
마침내 갇혀버린 크고 단단한 껍질

흔들리지 않는 견고함에 안도하다가
작은 균열에도 예민하게 반응하는 겁쟁이

어른은 어린이 같아서 별이 박힌 하늘을 좋아한다

어른은 가끔 말을 타고 전쟁에 나가고
무척 근엄하고 차가운 표정을 지을 수 있다

해가 저물도록 쉴새없이 병정놀이를 할 수 있고
허물어져 가는 성을 지키는 노병이 될 수 있다

환상이 사라지면 다시 어린이로 돌아와 벽돌을 쌓고 놀다가
그러다가 잠이 들면 진짜 별이 되기도 한다

미지의 방정식

엑스축과 와이축의 영역이라 말하지 않기로 하자

다만 요란한 감각들의 호소를 매만져 밑도 끝도 없이 솟구쳤다가 구부러지고 갈라진 감정을 후벼넣어야 열리는 좌표였다

만질 수 없는 화이트보드로 상상의 좌표를 더듬고 올라가 미지근한 관계를 가늠한다

수의 세계를 가르쳐 달라고 한 적도 없다

숫자를 하얗게 드러내 보이고 순진하게 웃는 목젖이 너무 직설적이다

부끄러운 표정을 애써 감추며 열린 수평선 틈으로 바깥세상을 엿보는 문장에 마침표를 달았다

언어의 교차점에서 슬픔에 무뎌진 사람과 물음표를 열고 공존할 수 있을까

어떤 이에게는 웃음이 터지겠지만 어떤 이에게는 칼날이 후비는 통증이 올라온다

나침판이 헛도는 어둠의 동굴에서 다시 태어나기를 고대했다

탯줄을 목에 감고 나온 아이처럼 파랗게 질려, 오늘의 온도는 몇 도인지 도통 모르겠는 숫자를 누구에게 하소연할 수 있는가 난감하여 고개를 숙였다

송곳같은 시선을 내리꽂고 너무 소극적인 태도는 곤란하다며 손을 흔
드는 몸짓은 수평적인가 수직적인가 질긴 운명의 끈은 왜 수직으로 내
려오는가

이경희

한남대학교 대학원 문예창작학과 문학박사.
2020년 『시와정신』 등단.
시집 『별에 걸린 페이지』 출간.

이근석

시계의 마음 외 2편

나는 토끼처럼 앉아 형의 작은 입을 바라보았다. 그 입에선 미래가 흘러나오고 있었다. 형한테선 지난 여름 바닷가 냄새가 나, 이름을 모르는 물고기들 몇 마리 그 입 속에 살고 있을 것만 같다. 무너지는 파도를 보러 가자, 타러 가자, 말하는

형은 여기 있는 사람이 아닌 것 같다.

미래를 이야기했다. 미래가 아직 닿아있지 않다는 사실이 형을 들뜨게 했다. 미래는 돌 속에 있어. 우리가 아직 살아보지 못한 미래가 번져 있어. 우리가 이 돌을 미래로 가져가자. 그때

우리는 서로를 바라본다.

그동안 우리는 몇 번 죽은 것 같아, 여름, 여름 계속 쌓아올린 돌 속으로 우리가 자꾸만 죽었던 것 같아. 여기가 우리가 가장 멀리까지 온 미래였는데 보지 못하고 보이지 못하고 우리가 가져온 돌 속으론 지금 눈이 내리는데

내리는 눈 이야기를 하기 시작한다. 내리는 눈 속으로 계속 내리는 눈 이야기, 어디로 가는지 모르고 우리가 우리들 속으로 파묻혀가는 이야

기들을

우리가 했다.

전화벨이 울렸다. 계속
전화벨이 울리고 있다.

생비량

양천에는
살사리꽃
곱다 진 냄에
고개 숙인 남강
진주장 노새 끌려간
강 두른 마을길
시린 허리춤에
타는 곰봇달
싸늘한 물가로
가는 걸음에
자꾸만 보채는 애 울음소리
붉게 스민 닭볏만
쫓아내리는
거룩한 마당

4월

나비의 뼈에 찔린 꽃잎 같은 것

구름의 모서리 같은 것

그 부분만을 모아 벌이는 구름의 장례식 같은 것

하루동안 돌잔치와 장례식을 번갈아 들어서는 사람의 초상 같은 것

이제 막 트이는 숨의 윤곽 같은 것

탄생과 함께 돋아나기 시작하는 주저흔 같은 것

내가 태어난 골목 같은 것

그 순간부터 낙오되기 시작하는 골목 같은 것

그런 골목만을 생각해 온 버릇 같은 것

점점

그리고 혁명 같은 것

불안이 빚어내는 신앙 같은 것

기도하려 모은 손의 환한 빛 같은 것

기도하려 모은 손과 손 사이에 맺히는 어둠 같은 것

빛이 자아내는 저 어둠 같은 것

대장장이의 사라진 손 같은 것

그가 만든 어두운 칼 같은 것

기미가 없다가 갑자기 내리는 비의 이유 같은 것

그런 이유에 대해서 내가 말했던 것 같은 것

내가 말하지 않았던 것 같은 것

그리고 나의 증후 같은 것

나의 증후로 만들어진 너의 증후 같은 것

실패한 말장난 같은 것

실패한 실패를 계속 생각해보는 사람 같은 것

내리는 비가 만들어내는 풍경 같은 것

내리는 비가 내렸던 비가 되기까지 우리의 기억 같은 것

그리고 내리는 비도 만들어내지 못한 풍경의 무게 같은 것

이근석

한남대학교 문예창작학과 졸업.
2021년 《동아일보》 신춘문예 등단.
한남문학상, 한남문인상 젊은작가상, 윤동주대학문학상 수상.

왕십리의 봄 외 2편

내 몸, 뼈와 뼈 사이 허당이다
오랫동안 비어 있던 물렁뼈에
한나절 연둣빛 햇살을 수혈 받는 왕십리

기차가 가끔
시원하게 기적소리 토해낼 때마다
내 초원에도 갈기 세운 말이
뜨겁게 내달린다

계절의 경계를 넘어 온
어린 민들레
침목을 베고 누운 철길 밀어 올리며
다리 힘을 키우는 삼월

오늘은 선로 끝 붉게 내려앉은
하늘 담장 슬쩍 넘어가
태양의 관절 몇 개 훔치고 싶다

算筒

홈플러스에 점집이 문을 열었다
신년운수 평생운수 사주 관상 궁합
푸짐하게 차린 메뉴에
반액 할인 카드결제 환영 무료 이벤트까지
가난한 사람들 슬금슬금 잡아당긴다
같은 옷 입고 나란히 앉아 교대로
산통 흔드는 보살님들 대목이다
이곳에 줄을 서면
취업과 진학 승진까지 무릎 꿇지 않고도
불안한 생 위안받을 수 있는지,
잠긴 삶 여는 간절한 눈빛 뒤에
나는 어떤 열쇠 기대하고
마른 침 삼키며 줄을 서는가
연애소설 꼴깍꼴깍 넘기던 다락방에
캐럴의 방울소리 들어차고
공연 티켓처럼 빠르게 거래된
점괘가 사라지면
다시 허공을 향해 신들린 듯 웃다
탁,
관객 앞에 휘청 내리꽂히는 산통

湯安居

수면 위로 연꽃송이 떠올랐다
수건으로 앞가슴 가린 스님 너댓 분
순간, 목욕탕 안이
물 끼얹은 듯 고요해진다

풀잎 위로 이슬 구르는 사이
천정의 물방울 떨어지는 사이
멈춰 섰다
높낮이 제각각인 플라스틱 바가지
알몸 위로 쏟아지는 물줄기가
쪼그린 곡선을 타고 흐르는 비누거품이

동안거 하안거 닦으신 몸도
때가 되면 구숭구숭
탕안거를 거쳐야 비로소 개운해지시는가

탕 속에 들앉아 진득하니 수행을 마치면
주변의 온갖 시끄러움
뿌연 배경으로 밀쳐놓을 수 있으신지

중생들 흐린 물에 고요히 잠겨

산안개 잘랑거리는 풍경소리 듣는,

이덕비

2008년 『시와정신』 등단.

입춘첩을 내걸다 외 2편

늘 드나드는 문
문에다 입춘첩을 내걸자
말없이 지켜보고 있던
눈들 발끈한다
깊숙한 산골짜기는
퉁퉁 분 시위대로 들끓는다
한동안 참고 있던 바람도
덩달아 썰썰거린다
푸른 눈들은
각기 다른 모습으로 번진다
바깥출입 뜸했던 사람들도
묵혔던 기지개를 켜고
문밖 뜨락으로 내려선다
모두 힘껏
푸른 촉 밀어올린다
언제 저렇게 달아올랐지
입춘첩 내걸린 문으로
두문불출하던 봄이
급하게 다가온다

풍선

바람에 들뜬 나는
가는 줄에 의지했어

허공을 떠다니며
춤사위도 놓았어

모두들
내게 하는 말
헛바람이 들었다나.

그래도 그게 어디야
아이들이 마냥 좋대

가끔은 너무 들떠
툭 터져 버리지만

근본은
떠도는 거라
속상해도 참는 거지.

산사

정갈하게 닦은
흰 고무신에

개미 한 마리
선 긋고 지나간다

노승은 차마
어찌할 수 없어

맨발로
뜰에 선다

이명식

한남대학교 사회문화대학원 문예창작학과 석사.
2007년 『시와정신』 등단.
시집 『옥천장날』, 『개밥바라기』, 시조집 『풀꽃』, 『아버지의 그늘』, 동시
집 『쇠똥냄새』 등 출간.
공무원 문예대전 행정안전부장관상, 한국문학신문공모 시조대상 등 수상.

이미화

달을 캔다 외 2편

어릴 적 또래 동무들과
환한 달밤 감자서리 갔다
감자밭 군데군데 흰눈 내려앉았다
꽃 소담스럽게 핀 밭두덕
여기저기 줄기 찾아 잡아당기자
흰 꽃 심장 떨리듯 흔들며
땅속 달 환히 떠올랐다
그 달 내 가슴 속 비추어
망태 가득 달을 품고 돌아온다

호수 속 새 날아간다

운암호수 내려다 보이는
언덕 위 빨간 레스토랑
마당 벚나무 위에 하얗게 서리 치듯 꽃 터졌다
벤치에 앉은 연인들 다정하게 꽃술 병을 딴다
이름모를 새들도 꽃 속에 앉아
구슬 깨무는 소리로 운암호소가 맑기만 하다
언덕 위 마당 호수에 잠겼다
여인들 안주삼아 꽃잎 따서 물길 내자
그 꽃잎 입질하는 빙어 떼
나무젓가락으로 호수를 건져 올린다
물속에 놀던 새들 입속의 구슬 호수에 빠뜨리고 날아간다

봉숭아꽃

긴 장마 뒤 해가 세수하고 나온다
베란다 햇살에 앞치마를 널고
상쾌한 마음 호수 길을 달린다
우연히 비포장도로 올라서보니
문의 뒷산 중턱에 빈 초가집
대청호 내려다보고 있다
장독 옆 봉숭아꽃 해시계 되어
달력을 넘기고 있다
뜰팡에 검정 장화 흰 고무신
주인 따라가지 못하고 나뒹굴며
잔주름 잡힌 채 산그늘 잠겨 있다
산중턱의 봉숭아꽃을 옮겨와
베란다 화분에 심었다
봉숭아꽃 낯선 도시생활에
칠월 갱변 황소 꼬리처럼 늘어져
시들시들 숨 고르고 있었다
이삼 일에 한 번씩 물 주고
마음속으로 굿을 했더니
지금 제 몸에서 푸른 양산 활짝 피고

시원하게 그늘 일구어

거실이 온통 그 그늘 속에 누웠다

이미화

2005년 『시와정신』 등단.

이봉직

나의 선언 외 2편

나는 앞으로
뭐가 되려고 하지 않겠습니다

이제 나는
누구를 닮으라거나 본받으라는
그런 껍데기만 남은 길은
따르지 않겠습니다

나는 이미 내가 되었습니다
나는 나를 완성하겠습니다
나는 나를 이루겠습니다

높은 습관

상수리나무와 도토리나무는
들녘에 풍년이 든 해에는
열매를 조금만 맺고
흉년이 든 해에는
열매를 많이 맺는 습관이 있대.

도토리랑 상수리 주워 먹고
배고픈 동물들 겨울 나라고
도토리묵 만들어
사람들도 굶지 말라고

나무가 사람보다 높은
습관을 가지고 있다니!

산모퉁이에 서 있는
상수리나무와 도토리나무
새삼 존경스러워
가만히 올려다본다.

나는 요즘

나는 요즘
별이 몇 개 더 다가설 수 있게
마음을 넓히는 중이야.

비좁은 곳에
하늘을 들이는 일 쉽지 않아
며칠 시끄럽겠지만

고래 몇 마리 더 헤엄칠 수 있게
내 마음에
바다를 가두는 중이야.

이봉직

한남대학교 사회문화대학원 문예창작학과 석사.
《동아일보》, 《매일신문》, 《대전일보》 신춘문예 동시 등단.
동시집 『어머니의 꽃밭』, 청소년시집 『요즘 애들, 밥보다 밥』 등 출간.
대전광역시문화상 등 수상.

상사화에 체해 외 2편

명치끝 찔러
뒤척이며
샌
긴 밤 길

하필 이 염천에
긴 목 빼고
애달픔
등에 지고
천년 사막을 걷는
낙타의 운명

곧 져버릴 기다림
곧 져버릴
기다림에

더
야위는
사랑한다는
말

씀바귀
– 차마 부르지 못할 이름들

아픈 이름은 꽃으로 핀다

바다에서도
골목에서도
술 취한 차 바퀴 아래서도

이 땅에서 순박한 시절에
졌던 그 이름들
다시는 사람으로는 오지 말라던
쓰디쓴 어미 창자 녹던 울음
끝내 씀바귀 꽃으로 다시 왔구나

메마른 봄판 어디든
촉만 닿으면 피는 생
결국 사람의 목숨 살리는 꽃으로 피어
짧았던 생 지천으로
놓았구나

차마
부르면 입 부르틀 그 이름

진액 마저 쓰디쓴 세상 대신
짊어지고
환하게 거친 땅 밝히는
아픈 이름들

어미 가슴 다칠까
씀바귀 꽃으로 왔구나
생은 어디서든 멈추지 않고
흘러가면 되니

아픈 이름은
꽃으로
핀다

사랑 비

느린 기차를 타 본 사람은 알리라

하품하며 뜨거운 해 해산하는
아침은
심장 얼마나 뒤척이는지를

꽃비 앞장서
이별하는 저 연인 얼마나 애틋한지를

다시는 헤어지지 말자 잡은 손
연리지처럼 얽혀 흐릿한 전설 쓰는 동안
졸아든 몸 속 피 붉다 못해
진초록 되어 끓고

추억은 필름처럼
동그랗게 웅크려
기억할 때마다 올올이 풀려
습기처럼 번져올 테고

봄이 갔다고 전언하는

능수버들 늘어진 가지에 얹힌
낭창낭창 바람 불 그 길

사랑아
느린 기차처럼 아직 도착하지 않은
내 뜨거운 사랑아
기다리는 사람 돌아서지 않게
녹우綠雨처럼 달려오라
내 사랑아

이비단모래

한남대 사회문화대학원 문예창작학과 석사.
1999년 『조선문학』 등단.
시집 『비단모래』, 『특히 그대』, 『꽃잠』 등 출간.
2021년 대전문학관 시화산시민운동 공모선정.
대덕문학상, 진안문학상 수상.

이성숙

봄에는 프리지아 외 2편

창 앞에서
부딪쳐오는 바람과 마주 섰다
집을 나섰다

일생을 두고 하고픈, 여행
그러나,
아낙의 꿈은 꿈으로 시들고
아파트 단지나 휘이 돌아올 뿐

화원 앞
프리지아 한 단 천 원
비좁은 화원 안에 한 발 디밀고
꽃과 주인을 번갈아 본다

예전보다 한 줌 더 작아진 다발을 안고
인플레이션을 체감하는 여인의 근성

살다 보니
체념의 기술이 느는 걸까
보지 않고도 아는 게 많아진 건지

여행은 무슨, 이젠 돌아서야지

오래도록 방치해 두었던 철제 받침 위에
프리지아를 꽂고 향을 마신다
청록의 오브제는 우리 집에 올 때부터
프리지아를 담고 있었지
여동생은,
봄이면 프리지아를 산다면서

넓지 않은 거실에
진노랑 향기 속속들이 끼친다
봄이 다시 찾아왔다

꽃길

흙 냄새, 물 냄새
꽃 냄새

길가엔 귀화한 베고니아
장막을 치고

덤불 속 무리지은
개망초 강아지풀

소도 먹지 않는다고
너무 예쁜 애기똥풀

구비를 돌자 나서는 북상면에는
탐욕 모두 날려 버린 도라지 꽃

허영이 나를 유혹할 겨를이면
내게 이 꽃길 상기시키렴

난 그제야 정념을 벗어놓고

도라지 꽃물로
시를 지어 입어야겠다

그런 날

바람 불면 떠나야 할 것 같다
비좁은 화분에 갇혀, 철사줄에 묶여
간을 맞추며 살아가는 분재가 안쓰러워

사방 한 뼘도 되지 않는 흙 속에
뿌리 내리고 꽃 피우는 탱자나무
벚나무 보리수 소나무까지,
친정아버지 멋스런 취향인 줄 알지만
그들의 팔에 감긴 그늘 풀어주고
산새 오가는 숲에 놓아주고 싶다

새도 물도 바람도 없는
온실에서 꽃 피우고 열매 맺으니
사람의 이기심 대하는
그들의 무심에 경외감이 들 뿐

바람이 광기 몰고 오면 친정에 가야겠다
온실 문 활짝 열어 좁쌀 한주먹 뿌리고
골목 안 참새 비둘기 불러 들여야겠다

팔다리 비틀어져 숲에 살지 못해도
온실에도 새 울고 바람 분다고
살다보면 그런 날도 있을 것이라고

이성숙

2016년 『시와정신』 등단.
미국 크리스천헤럴드 편집국장 역임.

이성심

오래된 밥상 외 2편

오래 쓰던 밥상을 버렸다
벗겨진 옻칠 위로 놓여 있던 생계가
여기 저기 이 빠진 채 마른 밥알처럼 흩어진다
무거운 짐 내려놓고 헐렁해진 몸
그 낡고 망가진 것의 삐걱거리는 소리가
세상 한 쪽 배경 속으로 사라진다.

한 끼의 삶을 위해
바람으로, 비로
떠돌다 지쳐 돌아오면
따뜻한 밥 한 끼로 허기를 채워주던
엄마는 우리를 키워낸 밥상이었다
일흔을 넘기고서
마른 저수지처럼 기억의 바닥을 드러낸 엄마는
하루에도 몇 번씩 밥상을 차리라 했다
먹어도 먹어도 채워지지 않는 허기
옻처럼 온몸으로 붉게 번지는 저, 독성
그 지독한 죽음의 냄새를
쓸모 없어진 밥상처럼 지우고 싶었다.

버려진 밥상 위로
나무 무늬처럼 번지는 얼굴 하나
거기 엄마를 닮은 오래된 밥상이
가뭇없는 얼굴로 또 하나 들어있다는 걸
오랜 길 걷고 돌아와서야 알게 되었다.

풍선

바람에 들뜬 나는
가는 줄에 의지했어

허공을 떠다니며
춤사위도 놓았어

모두들
내게 하는 말
헛바람이 들었다나.

그래도 그게 어디야
아이들이 마냥 좋대

가끔은 너무 들떠
툭 터져 버리지만

근본은
떠도는 거라
속상해도 참는 거지.

우곡사 은행나무

우곡사에 오르면 수많은 벌레들 키워내고
텅 빈 늙은 애기집 드러낸 은행나무를 본다
바람이 스쳐갈 때
몸속을 빠져 나온 소리 크게 울릴수록
뻐개질 듯 순풍순풍 열매를 밀어 올리던 기운은
누렇게 뜬 얼굴처럼 점점 쇠잔해지고 있다

같은 아파트에 사는 현이 엄마는 딸을 내리 넷을 낳고 용한 방법으로
아들을 낳더니만 애기집에 탈이 났는지 밤이면 아랫배 움켜쥐고 응급실
로 달려간다 이놈의 애기집 들어냈으면 좋겠다고 푸념이라도 할라치면
힘 좋은 가물치를 푹 고아 머리맡에 밀어 넣는 덕팔씨
　- 아들 하나는 더 낳아야제

아랫마을 수은행나무 훌쩍 자란 후
우곡사 은행나무 얼굴색이 환하다
밤새 정반이한 소문이 행여 퍼질까봐
올해는 은행 알을 조금만 매달았다
애기집에 감추어 둔 수많은 열매를

내년에는 가지가 휘도록 알알이 낳겠다

• 우곡사 : 창원시 동읍 단계리 정병산에 위치한 사찰

이성심

2007년 『시와정신』 등단.

이성혜

고요한 작업 외 2편

- 누드: 박영선(1910~1994)

한 겹 또 한 겹 여자는 낯선 눈빛 앞에 옷을 벗는다
바닥과 벽을 이어 눕는다, 왼손은 젖무덤을 감싸고
오른손은 얼굴 전면을 지나 무성한 머릿단에 둔다
살짝 도톰한 아랫배와 탄력 있는 엉덩이, 흘러내릴 듯한
선율로 두 다리선을 들어 벽면에 대고 왼발은 약간 내린다

두 다리 사이 여밈 부분 그늘이 깊다
바닥에 던져져 신음하는 창백한 짐승,
이마 위로 올린 팔목이 가늘게 떨린다
방광이 팽팽해진다, 자세는 물론 한 치의 표정변화도
허락되지 않는다 이를테면 심장 없는 인간이 되어야 한다

순간순간 박제되어 가는 초침 따라 한잎 두잎 흩날리는 꽃잎
화실 가득 연필 스치는 소리 사각사각 나신을 덮어간다
윤기 흐르는 음모 아래 홀로 깊어가는
늪

여자는 모델료와 또 보자는 약속 사이에 고요하게 누워 있다

나폴리 다방 2

뱃고동을 드높이며 외항선이 들어온다, 오랜 해풍에
빛바랜 깃발처럼 펄럭이는 뱃사내들 허기진 욕망이 터질 듯 급하다
싸구려 향수 풀풀 날리는 향로집 꽃순이들 격렬하게 밀리는
밍크담요 모란꽃숭어리들이 쪽방 구석에 흐드러져 뭉개진다

나는 이 안묵호를 떠나고야 말 거다
팬티에까지 찌든 생선비린내 벗어버리고 도시로 가자
거기 가서 취직하고 적금도 붓는 거다……, 울컥울컥 밀려드는
멀미에 꽃순이 영애는 담요자락을 움켜쥔다

오늘도 맹인걸인, 나폴리 다방 찾아 안묵호 나왔다
웬일일까, 세수한 얼굴에 머리 갈라 빗고 새신랑이 되었다
판장횟집 여편네가 눈먼 애비 버린 딸년이 돌아왔다 했다
동해 건어물네는 과부촌 떼과부들이 하룻밤 신방 차리려
멀끔하게 씻긴 거라 낄낄거린다

향로집 돼지 엄마가 콧방귀 거세게 날린다
―우리 집 영애년이 지 애비 돌보듯 했던 거라, 그년이 아래는
팔고 살아도 심성은 하늘님 부처님인 거라

나폴리 다방 1

동해시 안묵호엔 나폴리 다방이 없거나 도처가 나폴리 다방이다

–나폴리 다방이 어디요?
어디서 흘러든 걸까, 백년이 다녀간 듯 적막한 얼굴로
중얼중얼 나폴리를 외고 다니는 맹인걸인이 있다

관장에 패대기친 물 간 생선 같은 몰골, 땟국 흐르는
허리춤을 거머쥔 채 절대 옷을 벗지 않으려는 외통고집, 그런 그가
큰 배 들어오는 날 방파제 너머 멀리 뱃고동이 울리면
할할 달은 알몸으로 묵호 시내에 나타난다

외항선을 타던 남자는 커피배달 나간 제 여자가
다른 놈과 눈 맞아 사라진 후 명태덕장 말뚝에
목을 매달기도 했다는데

시간은 눈바람에 비루먹어 덜컥거리는 북어가 되었어도
기억의 칡넝쿨은 무성히 뻗어 나폴리에 얽혔다

그는 오늘도 짝짝이 젖꼭지를 가진 옛 여자를 찾아란다
임연수어 구워 경월소주 곁들인 따끈한 밥상, 비틀린 입가에

미소가 흐른다 희멀건 눈동자에 수평선이 달려온다
폐선박 조타실 같은 휑한 가슴으로 여자가 와 안긴다

타닥타닥, 사내의 흰 지팡이는
오늘도 머나먼 나폴리를 찾아 떠나는 중이다

이성혜

2010년 『시와정신』 등단.
제6회 시와정신문학상 수상.

돌의 족보를 누설하다 외 2편

돌에도 족보가 있다
본과 항렬이 있어 땅속에서도
서열을 알고 묵묵히 자리를 지켰다
뒹굴고 부딪쳐도 본분을 잃지 않는 건
대대로 내려온 혈통 때문이다

채석장 암벽에서 사막의 모래알까지
빠짐없이 수록된 돌의 내력,
망치로 정을 내리치면 알 수 있다
쪼이고 파이고 깎일지라도
출신을 포기하지 않는다는 것을

둘러보면 끼리끼리 집성촌을 이루고 있다
냇물에 놓인 디딤돌이나
돌로 섞어 지은 토담집이나
절벽 위 바위마저
모두 경륜을 채워가고 있다

작은 돌멩이 하나에도
눈 비 햇살과 구름을 스쳤던 기록이

단면에 무늬로 새겨져 있다

좌대에 앉혀놓은 수석이
오늘 시詩 한 자락 붙잡고 끙끙거리는 나에게
얼마나 깊이 새겨 왔느냐고 묻는 듯하여
내 시의 족보가 부끄러워
공손히 돌을 닦아주었다

미련한 미련未練

오랫동안 쓰지 않는 물건은 버리라는 아들의 말
언젠가는 요긴하게 쓰일 거라고, 아깝게 왜 버리냐고
고집하며 끌어안고 살았던 가재들
구석구석 꺼내 놓으니 집안 가득 무잡하다
바닥은 가위 눌린 꿈을 꾸고 있을까
구닥다리 짐을 챙기다 내다버린 물건들
쓰레기 더미에서 쿨럭이고 있다
이삿짐 내리는 소리 덜꺼덕덜꺼덕
함께한 시간을 기념하듯 흠집 난 물건들이
얽동여 실리고 있다
십여 년, 아롱다롱 손때 묻혀 살던 집
추수 끝난 들판처럼 휑하여
괜스레 허리춤만 치켜올렸다
까치가 서운한 듯 깍깍 배롱나무를 흔들어댄다
5톤짜리 탑차 뒤를 따라가는 나도
이삿짐이 되어 덜컹거리는데
집 앞 버려두고 온 물건들이
내안에서 욱신욱신 저울질한다

진원지

소문의 무게는 각각 다르다
눈과 귀와 입이 한데 섞여 어우러진 숲에서
자고 나면 쏟아지는 입, 입, 입
숲에는 적재 창고가 있어
종잡을 수 없는 새들이 카더라를
예다제다 물어 나른다
주장과 의견과 경험을 자양분으로 숲은 날마다
새로운 먹이로 채워 나갈 때
새들은 활자처럼 우르르 날아든다
힘없는 나무들은
벌목꾼에 의해 베어지거나
더러는 안간힘으로 버티기도 한다
사람들 조심스레 숲을 걷지만
들꽃을 보다 길을 잃거나
늘어진 가지에 걸려 넘어지기도 한다
어둡고 축축한 이야기들 틈에서도
가끔 훈훈한 미담이 귀퉁이 숲에 걸린다
가령 쓰러진 나무가 약한 나뭇가지를 치켜 준다던가
오솔길에 그늘이 되어준다던가
달달한 소문일수록 출처는 금방 드러나지만

새들이 온갖 것을 물어 나르는 숲의
진원지는 어디인지 알 수가 없다

이윤소

2015년 『시와정신』 등단.
시집 『귀를 두고 내렸다』, 『고요한 물음표』 출간.
시낭송가, 동화 구연가, 한국문인협회 회원.

이윤지

하품 외 2편

그들은 하얀 것이다

선잠에 들었다 깨면 어떤 날의 계절이 바뀐다는 것
하얀 것이 알려준 비밀이다
시간이 되면 빛을 뿜는 울음은 어김없이 아름답다
잠들기 전 베개 밑에 심어놓았던 씨앗이 커져가는 소리는 고요하다
간밤에 머리카락은 길어졌다

하얀 것은 살아 있다

펜을 쥐고 한 편의 시를 쓴다
문장이 늘어날수록 마른 침을 삼킨다
빼곡한 종이에 코를 묻고 잉크 냄새를 맡는다
그 사이 종이는 젖고 찢겨져 없던 것이 된다
하루를 꼬박 샌 하얀 것은 떠오르는 해의 냄새를 맡는다
그때 찢긴 시의 구절을 떠올린다

타버린 심지가 하얀 것에 갇혀 있다

곧게 뻗쳐오르는 심지의 영혼은 포근하다

내일은 여름 아니면 겨울
하얀 것이 말해준 비밀을 생각한다
사라진 시의 날씨는 바닥에 흩어져 있다
미동 없는 캔들이 딱딱해질 때
하얀 것은 심지를 품고 깨어난다

간밤에 우리는 좋은 꿈을 꾸었다

연주

우리는 나란히 앉아
음률의 모습을 하고
멀어져가는 소녀를 보았다

발밑에 가득 찬 그림자
나무배에 실어놓은 풍등
딛고 오르기도 전

빠를수록 이상한
음성의 빛에
주저앉은 소녀를 보았다

계절 없이 내린 눈에
발이 푹푹 담겨 허우적거리는
소녀를 구하지 않았다

우리는 나란히 앉아
소녀를 지켜보며
아무 것도 하지 않았다

야광스티커

우주가 피어납니다

떠다니는 구슬의 행방
입김에 팔랑거리는 문짝
영롱한 목구멍이 부르는 세계에 빨려갑니다

궤도를 떠돕니다

행성의 콧방귀에
별이 잘리고
매달린 타잔은 경계선을 이탈합니다

타잔의 비명이 들려옵니다
누군가의 소망이 이루어진
아름다운 비명

우주의 목구멍은 알맹이를 뱉어냅니다
알에서 태어난 코끼리,
껍질을 뚫고 혀가 파닥거립니다

코끼리는 지구로 가는 열차를 탑승할 수 없습니다
달토끼는 수레를 끌고 와
어설픈 앞발질을 해댑니다

삐딱한 이음새에
반짝거리는
별에 박힌 코끼리

이윤지

한남대학교 국어국문창작학과 졸업.
2023년 『시와정신』 등단.
한남문인신인상 수상.

시계의 마음 외 2편

어느날 문득 멈춰선 시계

잠시!

얼마나 사력을 다해 달려온
자의 기록인가, 저것은
너무 느린, 너무 조급한 자의 묘한 조화
더 나아갈 길 없는 사막의 행군에 지쳐 가던 발걸음

입을 닫고 감춘 말들!
혀는 굳어 버리고
그의 팔, 다리이고 마음이었던,
우린 그저 바늘이라 불렀을 뿐인

천천히 세상을 관조하며 내딛던 걸음
절박하던 행복하던 순간마다
굳어 갔을 그의 다리

이제

시계의 마음을 헤아려 줄 때

그의 자유,
가르치다 멈춘 시간의 철학에 대해서……

얼마나 정겨운가!
고장난 시계가 걸려 있는 방들은

물꿀 데이트

뭇꾸울 무꿀~
태어난지 스무 달이 된 아가가 건넨 말
응? 무꿀? 무꿀이 뭐지?
으~웅 무꾸울 무꿀~
그게 뭔지 몰라 난감한 내게 등을 벽에 문지르며 애원합니다
나중에 알아보니 물고기 보고 싶다는 말이랍니다

오늘 다시 손주가 왔습니다
뻐쯔 타아 뻐즈 뻐쯔
아! 버스 타자고?

아가의 눈빛이 너무나 간절해 차마 미루지 못했습니다
뻐쯔를 타고 물고기 노니는 수족관이 있는 곳으로 갔습니다
물꿀들이 뽀글뽀글 방울을 띄워 올리며 노닙니다
아가와 눈맞춤한 물꿀이 지느러미를 분주히 놀립니다
노랑물~꿀, 가무스런 물~꿀, 엄마, 아빠. 물~꿀도 있습니다

그것들을 바라보며 하루가 물꿀처럼 가뿐해졌습니다

빗방울 아이

먼지 낀 창문을 오랜만에 열었다
빗방울이 좋아라고 뛰어든다
갓 태어난 빗방울 몇을 내 방으로 들였다
유리를 닦자 신나게 미끄럼을 타고 논다

해 들던 날
하늘이 손 끝에 닿았다
하늘 닮은 유리 위 구름
그날 움직이는 풍경화 하나를 걸게 되었다

나는 돌아오게 될 것이다
다신 오지 않을 듯 문을 닫아걸고 총총 집을 나서도
이 유리창 빗방울 아이 곁으로

이 정

2003년 『시와정신』 등단.
시집 『누가 내 식탁들을 흔드는가』, 『지친 발걸음이 이곳에 정거해 있
다』 출간.
제2회 시와정신문학상 수상.

사십 계단을 울먹이며 오르는 이에게* 외 2편

무명처럼 하얗게 웃던 모습 떠오릅니다

어느 절 꽃살문에 닿기까지 간절했을 마음

귓바퀴 너머 떨어지던 별똥별

함께 바라봅니다

연골처럼 닳아질 달빛이 어스름한

재개발지구에 마음이 오래 머무네요

아코나이트엔 눈먼 철자가 숨어 있어요

눈을 감고 듣는 밤새 쩡쩡 우는 얼음 소리

그해 겨울 계곡에서 듣던 아득했던 목소리도 들립니다

어디에도 묶이지 않은 시심,

오랜만의 두근거림으로 이 밤이 평탄치 못하겠습니다

사람 많은 거리에서 영문 없이 울먹,

눈물이 차오를 때

기차를 타고 전망 좋은 출판사에 들러

반품 도서 한 권 받아 오겠습니다

자갈치 시장 좌판에서 회 한 접시 시켜놓고

못 먹는 소주잔을 기울이겠습니다

아주 먼 훗날의 나와

아주 먼 옛날의 내가

서로 마주 앉아

아무 말 없이 바라보고 오겠습니다

• 원양희의 『사십계단, 울먹』을 읽고

언니의 거스러미

돌돌돌 재봉틀 소리가

알전구 아래 오도마니 앉은

엄마의 그림자를 집어삼키는 늦은 밤

동생들 돌보느라

고무줄놀이 핀 치기 못하고

반짝반짝 닦아 놓은 양은솥

칭찬 기다리다 언니는 먼저 잠이 들었다

엄마 보고 싶어 달밤에 울어도

부엌일 없는 방학을 기다렸다

시골 큰집 새언니가 애기씨 하고 부르면

그 소리가 그렇게 좋았다

동생들이 다퉈도 회초리는 공평했다

걸핏하면 문 닫던 아버지 회사,

엄마는 말문을 닫았다

미안하다고 말해요

언니의 거스러미 온몸을 돌아다니며 찌른다

불쑥 올라오는 화

갱년기 증상이라고도 하고 우울증이라고도 했다

요양원 침대에 가시로 누운 구순의 엄마

달싹이는 혀 밑으로

○○○ ○○○

어린 딸에게 못한 말

밤새 돌리던 재봉틀 소리처럼

끊일 듯 이어진다

소리는 삭은 지 오래다

요양원 임종실에서
엄마는 언니의 거스러미를 뜯어내고 있다

이장移葬

나보다 젊었던 아버지가
산비탈 작은 땅에
맨 처음으로
이름 새긴 집을 가졌을 때
더 이상 주민등록초본의 페이지를
넘기지 않게 되었다
솔잎과 떡갈나무잎이 차례로
초본草本을 엮어
지붕을 덮어주기도 했다
너덜너덜해진 가장의 어깨도
가랑잎처럼 가볍던 주머니도
솔잎 향기로 말갛게 비웠다

삼십 년만의 이사
시들어 사라질까 애달프던 날
한 잎 한 잎 떼어
매장埋葬을 했다
향기도 이름도 날아가서
마침내 투명하고 얇은
달빛 갈피가 되었다

시간의 책장을 넘길 때마다
반히 비치는 꽃잎들 속으로
아버지 목소리 비어져 나온다

쭈뼛쭈뼛 등 뒤에 숨던
여린 숨결 풀어놓고
소리도 없이 나풀 내려와
봄눈처럼 사라져 가는데

이제 그만 나오셔요
어릴 적 뛰어놀던 고샅도 보이고
손수 심었던 단감나무도 보이는
마당 너른 새 집이에요
산꿩이 컹컹 울고
수천의 산벚나무 조등을 밝히는
사월이에요 아버지

이정희

2004년 『시와정신』 등단.
시집 『바람의 무렵』 출간.
제3회 시와정신문학상 수상.

뒤에 서는 아이 외 2편

줄을 서면 늘 뒤에 서는 아이가 있었다
앞에 서는 것이 습관이 되지 않아서인지
뒤에만 서는 아이는 조용히 서 있기만 했다

시간이 흘러 뒤에 선다는 것이
무엇을 의미하는 것인지 알고 난 후에도
늘 뒤에 있는 것이 편안해 보였다

주위의 시선과 관심에서 멀어져 가는 것을
왜 그리도 익숙해하는지
도무지 이해할 수 없었지만

뒤에 선다는 것이 꼭 나쁜 것만이 아니라는 것을
침묵으로 대변하고 있다

달빛 자화상

밤하늘 달을 보며
기도하시던 어머니

여명처럼 빛나던
하얀 사발
어머니 뒷모습 닮았다

대청마루 넘나들던
철없던 아들은
어머니의 소원대로 이루지는 못했어도

달이 뜨면 마중 나오는 구름처럼
오래된 달항아리
밤하늘에 구워진다

아리타의 풍경소리

임진왜란 전쟁으로 잊혀져간 조선 도공
돌아오지도 못하는 바다를 건넜다

도자기에 혼을 불어 넣고
가마 속 기적을 소원하며
개 짖는 마을의 풍경소리
찻잔에 한글을 새기고

고향의 이름으로
살아서 나오라

그 뜨거운 열을 견디고
사백년이 지나도 남을 수 있게

금강의 물줄기에는
화이트 골드가 흐르고
아리타*에서 공주까지
도공의 역사도 흐른다

＊ 아리타 : 일본 아리타 도자기는 임진왜란 기간 동안 끌려간 공주 출신 도공 이삼평공이 1616년 도자기의 원료를 발견하여 탄생하였고 기념비가 세워진 곳.

이태진

한남대학교 사회문화대학원 문예창작학과 석사.
시집 『여기 내가 있는 곳에서』 등 출간.

이현명

아버지와 리어카 외 2편

아버지는 리어카를 끌고 왔다 고물상에서 집까지 리어카는 빈 채로
늦은 오후에
도로를 가로지르는 차들의 경적소리에 놀라 뛰어 나가 보니
아버지는 고장 난 냉장고처럼 멈춰 있었다 구름옷을 입은 것처럼
듬성 듬성 정리도 안 된 고물들은 리어카의 입이 삼키고 있었다
　작은 방안에 녹슨 철들이 한 자루 깡통이 파지 신문이 먹히고 리어카의
가느다란 바퀴가 히익 히익
　숨차게, 숨차게 꺼억 꺼억 삭이고
　정렬된 신문은 미동도 없었다 그 군기든 신문은 리어카의 바닥을 펼
치고 있었다
　파지를 이내 내가 실어 버리자 시소처럼 그만 허공으로 솟아 올랐다
　고물들이 차곡하게 실리는 동안 나는 아버지 이마의 땀을 훔치고 리어
카를 끌었다
　리어카와 아버지는 앞에서 뒤에서 밀면서 끌면서 나섰다
　비에 파지가 젖었네요 고물상 주인은 무게를 빼냈다

　에이,
　어느새 버려진 고물인 양 길을 나섰다
　아는 척 리어카는 숨죽여 누웠다 또다시 손님을 맞이해야 한다고

존재론

앵무새를 싫어하는지 알아요
커다란 금속의자에 서게 되었는지 알아요
언제부터 행복을 불편하게 외면하게 되었는지
포크레인 기사가 철거하지 못한 재건축 건물을 외면하듯 말이죠
이제부터 말이 복음처럼 들어갈지 알아요

탁한 우물은 저기부터

셋,

둘,
하나,

새로운 의자에서 지금쯤 주저앉게 될는지 알아요
너의 둘레를 재며 팔락이는 파랑 고추냉이의 앵무새들

뭘 바라는 건지 알아요
시를 알아요 모든 것을 알아요 싫어해요

아버지의 주말농장

아버지와 주말농장에 자주 가곤 했다. 아버지는 다니던 회사를 퇴직하고 어머니와 함께 작은 구멍가게를 운영하며 인생 후반전을 열었다. 새벽 일찍 닭장 속의 닭똥이며 거름을 트렁크에 싣고 주말농장으로 가는 길이 왜 이리 싫은지. 금산에서 아버지는 논 밭 한뙈기 없는 소작농이셨다. 농촌의 가난을 대물림할까 조심스럽게 대전으로의 이사 육십이 넘은 나이에 흙 내음이 그리웠을까?

어머니와 아버지 나 이렇게 셋이서 주말농장에서 흘린 몇 년간의 흙냄새는 아버지 젊은 시절 추억에 대한 향수라고 할까? 주말농장의 밭에다 처음으로 복숭아나무 감나무 사과나무 자두나무를 심었다. 첫해 나무에 여린 새순이 나오기도 전에 대부분의 나무는 사라졌다.

지금 남아 있는 유일한 나무는 자두나무다. 봄에 자두나무 꽃이 피면 매우 아름다웠다. 계절에 맞게 고추 오이 호박 등 밭을 차지하는 공간에 하나 둘 가짓수를 늘리다 보면 어느새 가을 수확 철이 돌아왔다. 온갖 농산물로 넘쳐나 수확의 기쁨을 맛보곤 했다. 지금 주말농장을 누워서 바라보시는 아버지를 생각하면 아버지가 벌떡 일어나 호통을 치실 것 같다. 다들 그렇게 살아가지만 왠지 아버지는 그렇게 사시지 않았는데 말이다.

이현명

2021년 『시와정신』 등단.

이혜경

과속 카메라 외 2편

욕망이 꿈틀대는 아스팔트 위를 과속 카메라가 검열 중이다

지상에선 들리지 않는 은밀한 속도로 수많은 사연이 이동 중이다

뾰족한 호기심을 꾹꾹 누르며 곪아 버린 상처들이 브레이크를 밟는다

누르면 누를수록 더욱 날카로워지는 호기심도 있어 가끔

그림 몇 개를 그려 놓고 사라지기도 한다

죽음을 향한 속도는 지칠 줄 모르고 희망을 향한 속도는 바람에 휘청인다

어떤 이는 속도의 무게를 온몸에 새기며 가속 페달을 밟는다

시간에 찌든 다양한 사연들이 과속 카메라에 포착된다

'찰칵'

알 수 없는 경고음이 사람들의 양손을 결박하고 사라진다

과속 카메라를 의식하는 사람들은

조용히, 살며시, 브레이크를 밟는다

출렁다리

칠갑산 천장호 위로
하늘그림자가 떨어져 내린다
시간이 만들어준 기억 속으로
출렁다리가 출렁 출렁 그리움을 흔든다
한없이 갸우뚱 흔들리다가
삐그덕 삑삑 몸의 균형이 깨지면
사람들의 마음도 금강 상류도 모두 갸우뚱 중심을 잃는다
물에 쓸려 속살을 드러낸 산허리가 수줍어 웃으니
물고기 떼가 장단을 맞추며 꼬리를 흔든다
흔들리는 삶을 붙잡기 위해
지나가는 아저씨 엉덩이도 갸우뚱 갸우뚱
할머니 엉덩이도 갸우뚱 갸우뚱
그래 그렇게 흔들리다가 중심을 잃었으면
그래 그렇게 삐거덕거리다가 무너져 버렸으면
중심을 잃은 소나무가 고개를 휘젓고
무너져 버린 심장소리가 구름을 부르니
출렁다리는 서둘러 두 다리에 힘을 모으네

이곳은 승차위치가 아닙니다

낯선 곳으로
지하철을 타기 위해 계단을 밟는다
한발 한발 내딛는 발자국이
솜털 구름이다
한발 한발 내딛는 발자국이
기우뚱한 일상을 날려 버린다
균형 잃은 생이 허공을 맴돌다
바닥에 널 부러진다 해도
나는 지금
머리맡에 똬리를 틀던 욕망의 주문을
허공 속에 채운다
낯선 곳에서 더욱 또렷이 빛나는 사물들
저마다 현란한 사연을 움켜쥐고 헛기침이다
검열을 거부하고 죽은 시간을 거부하고
몸속 유전자가 발설하는
입 벌린 기억 속으로 투신해 버리는
새콤 달콤 부풀어 오르는 봄기운
나는 지금 봄기운 수혈 중이다
나는 지금 중심에서 멀어지려 한다

지하철은 덜컹거리며 달려오는데
위치 포착에 실패한 두 다리 사이
바닥에 누워 있던 자음과 모음이 벌떡거린다

이곳은 승차위치가 아닙니다

이혜경

한남대학교 대학원 문예창작학과 문학박사.
2008년 『문예연구』 등단.
시집 『풍경이 다시 분주해진다』 출간.
한남문인상 젊은작가상 수상.

이희수

벌판서 안부를 묻다 외 2편

산서면 벌판에 눈 내린다

논바닥도 두럭의 검불도 다 덮어 버렸다

찬바람 왕성한 벌판엔 저녁만 몰려올 뿐

오가는 사람이 하나 없다

한때를 다 놓아 버린 나무들

한껏 피어올랐던 기억들이 추억으로 피어오른다

흩날리는 눈 속에 걸어오는 사람처럼

내가 내게서 분명치 않다

일월도 끝이 나긴 할까

언 발을 굴러 제자리 뛰기를 하면 이 한기가 가셔질까

이월 달력을 넘기면 울타리 밑, 풀뿌리들이

목을 뽑아 올리느라 뿌리 근처 흙들이 고물고물해지고

그때쯤, 능수버들 가지들도 수상쩍었던가

오르던 산행 길, 뽑아 씹은 솔잎처럼

실꽉한 버들의 눈을 깨물면 내 몸에도 푸른 피가 돌까

찬 겨울 속, 나무들이 서 있다

파랗게 질린 사람들

납빛의 사람들이 서 있다

낡은 농구화 한 켤레가 놓여 있다

어둠이 깔려오는 하우스 안 270밀리 농구화 다소곳 놓여 있다
9월처럼 10월도 뜯겨지는 중이라 밤이면 타 개진 옆구리가 시려왔다
후레쉬한 구두가 아니어서 겉창도 밑창도 요란하지 않았다
어디쯤 가고 있을까 다른 계절로 걸어간 사람처럼
내 앞 맞닥뜨려지는 계단들을 탄력 있게 감싸 안았다
떠나온 만큼 나는 잔박해졌다
토란 밭을 지날 적엔 터진 재봉선으로 물이 새어 들어왔다
젖어오는 한쪽처럼 살면서 죄다 잃어버린 내 본성이 허망하였다
그러한 멀지 않은 날의 기억들이 어스름처럼 쌓이는 들판,
허름해진 사람 하나와 낡은 신발 한 켤레만 덩그러니 남는다

잊히고 싶지 않은 걸까
돌아보면
저만큼 누군가 서 있다

버스 정거장에서 야채를 판다

구부정한 저 노파 진종일 밭에서 살며 돌을 골라낸다
이런저런 서글픔의 이유들을 자꾸 골라낸다
골라내고 메우다 보면 이 밭처럼 평평해지겠거니,
살아오며 골라내지 못한 내 속의 돌을 골라낸다
골라내고 메우다 보면 생살이 돋기도 하는 걸까

저물녘, 사람들 쏟아지는 구 단지 버스 정거장
천 원이요 천 원요 호박잎 몇 장 들깻잎 몇 장을
어두컴컴한 담장 밑에 당신 심사처럼 펼쳐놓고
내리는 사람들 발밑에서 입속으로 자꾸 말려 감기는데
커다란 버스가 허공 속, 밀쳐두었던 제 몸체를 쑥 빼가 버리자
더욱 컴컴해지는 허공이 아귀같이 큰 입을 벌리고 섰다
다 팔지 못한 푸성귀를 못난 자식처럼 걷어 들이는
저,
저 구부러진 등허리

이희수

2007년 『시와정신』 등단.

임남희

저수지 외 2편

달이 지고 별빛도 구름 속에 숨어 들면
추악한 비밀 하나 저수지에 던져진다
음습한 어둠 위로 물안개 피어오르고
달빛 비추던 면경 같은 물낯엔
잿빛 구름만 어지럽게 일렁인다

심연 어딘가에 꽁꽁 숨겨둔
내밀한 돌덩이 끝에 매달린 진실 하나
물수제비로는 닿을 수 없는
깊숙이 가라앉은 무의식의 원형이
불안한 장기臟器처럼 꿈틀거린다

초조한 갈대숲
된시름으로 뒤척이던 밤이 지나고
잔잔한 수면 위로
제 부력을 이기지 못한 시체 하나
부표처럼 떠올랐다

발자국
- 당신의 숨결

헛헛한 충만 속을
그대와 함께 걸어 갑니다

하늘 담은 연못
일렁이는 물결 위로
말갛게 번지는 미소
나뭇가지 사이로
당신의 숨결을 보았습니다

채울 수 없는 허기만
당신이 머물던 그 자리에 남아
텅빈 눈망울 속으로
오늘도 해가 저물고

벼랑 끝
화석처럼 새겨진
당신의 마지막 온기 위에
가만히 뺨을 대어 봅니다

우물

저마다 하고픈 말들만
쏟아내고 떠나간 자리
휑한 울림이 빚어낸
차가운 동공洞空

초점 잃은 눈동자
까마득한 하늘엔
추억처럼 구름이 흘러간다
푸른 이파리 바람에 날려
까무룩 깊은 잠에 빠진
나를 흔들어 깨운다

훨훨 날아올라
궁창에 박힌 별이 되기를
육신에 갇혀 울부짖는 영혼의
간절한 소망 하나
고요 속에 일렁인다

임남희

2017년 『시와정신』 등단.
미국 샌프란시스코 거주.
버클리문학협회 회원.

임서령

타고 오르는 것의 본능 외 2편

개나리 산수유 새살대는 봄이건만
올림픽대로 한남대교,
교각을 친친 감은 메마른 넝쿨식물
새까만 뼈대를 드러낸 채
죽었는지 살았는지 미동도 없다

인간이 만들어 낸 완강한 구조물에도
틈이 있다. 그 미세한 틈 사이
천신만고 뿌리를 내린 어린 잎 하나,
콘크리트 교각을 제 몸인 양 끌어안더니
소음과 매연으로 몸피를 불려간다
계절을 무수히 갈아입으며
단단히 깍지 낀 손을 놓지 않는다

혹독한 겨울을 맨몸으로 받아내고
다시금 시퍼런 독이 오른다
혼신을 다해 거대한 다리를 떠받치고
싸늘한 콘크리트 구조물에 푸른 피를 수혈한다

벌떡, 도시를 일으켜 세운다

미니 말

흘러내리는 갈기가 없었다면
아마도 너를 알아보지 못했을 거다
작달막한 다리, 볼록한 배
낯익은 듯 낯선 모습

생각해 보면 먼 옛날
소꿉놀이가 네 비운의 시초였다
인형에 양주, 향수, 미니 과일이 디저트로 각광받고
비틀고 잘라낸 뒷산이 통째로 정원에 들어앉았다
갖가지 미니어처가 판을 치기 시작하더니
언제부턴가 축소의 세계에 동물도 등장했다

긴 모가지, 날렵하고 우아한 걸음걸이는
이제 네 것이 아니다
넓은 수평 시야 각, 온순한 성품
위험상황을 기억하는 유전인자만 고스란히
눈 먼 이들의 안내마로 팔려나간다
체고* 34인치가 한계
적을수록 대접받는 너의 세계

하나의 새로운 종이 탄생했다

미니 말,
거세당한 젖은 눈망울이
도심 한복판에 서 있다

* 체고(height): 지상에서부터 말의 등성마루의 가장 높은 지점까지를 말한다.

소리와 싸우다

고래고래 악을 쓰는 노랫소리 귀를 찢고
싸이키 조명이 어둠을 휘젓는 노래방,
카운터에 앉아 나는 시를 쓴다
저 불안한 음정처럼
삶을 지고 절뚝거리는 발자국이
원고지에 찍힌다

무거운 잠을 털어내며
새벽이 오는 소리를 그리고 싶었다
떡잎이 흙을 밀어 올리는,
어둠을 떠받치던 가로등의 어깨가 접히는,
젖은 안개를 당기며 자박자박 걸어오는,
말라가는 감성의 줄기들을 살려내려 애쓰지만
그것은 부질없는 생각의 헛된 몸짓
내 귀는 소음에 길들여져 있다

노랫소리와 운율이 끊임없이 대립을 하고
궤도를 이탈한 소리가 행간으로 뛰어든다
내가 그리려는 소리는 그때마다 툭툭 끊어진 채
한 문장도 이루지 못하고 새벽 목전까지 흘러왔다

차라리 이 풍경들을 쓸어 모아 한 연으로 묶기로 한다
한 번도 방음벽을 쳐 보지 못한 내 삶으로
또 다른 소음 하나 뛰어든다

임서령

2010년 『시와정신』 등단.

장진숙

가을산 외 2편

꽃이 왔다 간 자리
무슨 묘비명일까

새들이 겨울로 떠나기 전
놀다간 자취일까

마른나무 스스로 불붙어
화려한 아궁이

피어오르는 밥 냄새
흩어지는 연기
꽃이다가 새가 되고

붉은 별 하나둘
태어나고 있다.

누가 훔쳐갔을까

자물쇠
찰그락
열리는 소리

급히 쫓아가다
깨어보니
밝은 아침

창을 여니
말끔한 운동화 한 켤레
지붕 위 전깃줄에 대롱거린다

막끈을 풀어
저 눈부신 햇살 향해
날아갔나 보다

누구였을까

꿈속의 꿈을 아는 이는.

빵 굽는 여자

그녀는 빵을 굽고
나는 시를 쓰네

새벽 3시
졸리는 눈으로 하얀 반죽을 잠재우고
뜬눈으로 지켜보는 여자
그렇게 10번을 달래고 재우면서
동그랗고 말랑한 빵이 되는

아침을 기다려 줄 이은 사람들
행복하고 즐겁게 깨무는 한입
내 음식 앞에 부끄럽지 않았으면,

새벽 3시
눈 부비며 흰 종이에
쓰고 또 지우네
뭉쳐진 종이 빵처럼 쌓이고
한줄의 시가 한 모금의 빵이 된다면

눈물과 웃음 잘 부풀어

고단한 삶을 조금 잘 견디게 할 수 있다면
내 시 앞에 부끄럽지 않았으면,

장진숙

2013년 『시와정신』 등단.
미주문인협회 회원.
미국 로스앤젤레스 거주.

전건호

달팽이의 산책 외 2편

컵라면 먹다가
아내가 외마디 비명을 지른다
껍질도 없는 민달팽이
흐물거리며 기어오르고 있었다
혜성처럼 날아가는 시간 속에서도
아내와 나
저 민달팽이 속도로
얼마나 많은 생 가파른 줄에 매달려
목마르고 힘겨운 해후를 했던가
휙휙 바람 가르며 날아가는 숲속 새들
우리 더딘 만남처럼
민달팽이 저렇게
현기증 나는 시간 안간힘으로 기어올라
마침내 풀잎에 고단하게 엎드려 있다
무색계 너머 찾아온 아내여
수백생 나무로 살다 환생한 내가
바위 하나 기어오르다 마감할 생
날카로운 새의 부리 언제 쪼아댈지 모르는
알몸의 느린 생애 앞에 두고
지난 시간처럼 꼬불거리는 라면발

후룩거리다 만나고 있다
광속으로 휘어지는 시간 무색하게
더디고 속절없이 기는 민달팽이
묵묵히 명상하는 숲을 깨우며
산 오르는 그에게 오늘은 천년의 하루
산길에서 문득 만나
돌처럼 서로 인연임을 알아보지 못하고
외마디 비명 지르는
이 기막힌 해후

어떤 사내

삐걱거리는 객실문을 열자
끈적한 공기 와르르 무너진다
어느 날 조간신문
여인숙 묵은 공기에 화석이 된
이불에 덮인 사내의 기사를 상상한다
누가 깨워줄까, 수천 년 지나
고고학자의 손끝에 발굴된 미이라
꼬깃한 이야기 한 토막
해외토픽으로 지구를 강타한다
돋보기 들이대고
생존주기 헤아리며 고개 갸웃거린다
주머니에 지전 몇 장
깨알 같은 메모지
금세기 역사를 반추하고
인류사박물관에 진열된 사내의 앙상한 갈비뼈
경이롭게 플래쉬 터트린다
금생은 무겁고 혼곤했으나 죽어 사내는 부활한다
무너진 건축현장 뒤덮고 누운 여인숙
수억 년 동안 잠에 빠질 듯
졸음 너울너울 밀려온다

천정에서 궁시렁대는 형광등

조울증처럼 깜빡거리고

수직의 벽에 매달려

거친 생애를 미장하던 사내

허방에 낮게 내려앉는 어둠 속으로 무너져 내린다

시간 속에서

놈이 쏘아보고 있다
저를 삼키는 나 기억해두려는지
허공 속에 입만 뻐끔거린다
눈초리 가만히 거슬러보니
저를 씹는 나 잊지 않으려는 듯
또박또박 인상착의 뜯어보는 것이다
수족관 산소 몇 방울에
가쁜 숨 몰아쉬며
흘깃거리는 그림자에 가슴 졸이다
눈 맞춘 사내에게 할 말 있는 듯
아가미 오물거리던 그 놈
젓가락 든 나를 향해
잘잘이 찢긴 살무덤 위로
희미한 의식을 겨누고 있다
몸 갈갈이 찢기고 표정도 없이
눈물 한 방울 흘리지 않으며
담담히 쏘아보는 차갑고 날카로운 저 눈초리
앙상한 등뼈에 매달린 채
제 살림 뜯어먹는 사내의 인상
또박또박 기억하며

살이 찢겨진 아픔 악물고 참아내며

나를 뜯어보는 저 눈

전건호

2006년 『시와정신』 등단.
시집 『변압기』, 『슬픈 묘지』, 『꽃점을 치다』 출간.
한남문인상 젊은작가상 수상.

전동진

수화 외 2편

막차에 오른 스물 무렵 두 사내
무람없이 뒤떠들며 너릿재를 넘는다

참! 고요도 하다 그 박장대소

벽나리에서 내린 이가 어둠을 등지고 커다랗게 한마디를 던진다 초봄,
차창을 분주히 뛰다니는 남은 이의 손길이 아쉽고도 따사롭다

숨 가쁜 손짓들이 유리창에 깃들 적마다
꾸욱 꾹 붙박히는 수화手話의 메아리

그 반향反響의 순간
손의 숨결이 피워 올리는 한무더기 손꽃이 향그럽다

관음봉 삼거리에서

길은 직소폭포를 향해서만 열려 있고

세봉에 오르는 길은 '등산로 아님' 통나무가 가로막는다

너무 늦은 것인가

숨을 고르며 산을 등지면 오를수록 넓어지는 세상, 서해의 해무海霧에
그만 시계視界는 관음봉에서 멈춰 선다
오늘은 더 높아져도 더 넓어질 수는 없겠다

당신에게 가 닿던 길은 끊긴 지 오래
추억은 마른 길에 금세 깔리는 세월의 이끼, 그 위를 덮는 늦가을 낙엽
같은 것이어서, 어서 어서 길을 지우고 숲을 이룰 일이다

길을 막아선 통나무 하나를 핑계로 돌아설 수 있다!

아직은 이르다는 것인가

겨울비, 바람 속에서

드문드문 이파리들
겨울비, 날린다

허리가 아프다
거긴가 싶으면 슬쩍 비켜나 있고 여긴가 싶으면
한 자락 희망만큼이나 잡히질 않는다
제 무게로 불거진 뼈마디
이미 나 아닌 굳은살처럼 깎아낼 수 있다면
진통제 아래서는 숨바꼭질하듯 잘도 숨었다가
불쑥불쑥 날을 세우는 해묵은 기억들
칼을 대버릴까

시위 당기듯 불어오는 바람에 기대
붓질하듯 흔들리는 가지들,
정녕코
단 한 번 나, 부러지기 직전 그 극까지 휘어본 적 있나

밀려난 자리,

바람을 후리고

찬 하늘도 퉁기며 밀고 오르는 저 힘

전동진

2003년 『시와정신』 등단.
저서 『서정의 윤리』, 『서정시의 시간성 시간의 서정성』 출간.

전병국

회색 마을 외 2편

끝이 있어야 시작을 할 수 있다고
중심은 말려버린 하얀 낮이다
처음은 녹색의 새순이었으리라
단기 기억 상실로 온전치 못했던 두려운 기억
늘 지금이 마지막이라는 격한 생각을 벗어나지 못했다.
한순간 호흡까지 다음은 없을지도 모른다는 강박관념

자화상을 그리며 눈을 그리다 손을 놓았다
다시 되돌리지 않고 누군가 만지더라도 손댈 부분이 없을 만큼 내일
은 없다.

의자의 이력

　팔꿈치를 걸치며 목과 어깨를 감싸 안는 듯 앉는 사람에 따라 대우가
다른 취급을 받는 나무팔걸이 회전의자의 주인은 누구였을까 서슬 퍼
런 법을 집행하는 검사, 판사가 앉았을 법한 의자 부도 난 다단계 회사
의 대표가 앉아 있었을까 가는 길은 아무도 모르지만 손수레에 실려 비
포장 질퍽거리는 땅바닥 고물상에 내다 놓은 사람의 무게에 의자가 명함
을 내민다.

먼지의 외출

    산다는 것은 켜켜이 쌓여있는 먼지를 덜어내는 일. 날아갈 것 같았던 시간의 바람 속에 앉아있던 먼지는 다가온 만큼 쌓이고 때론 사랑이라는 비상구로 덜어낸 적도 있는데 켜켜이 쌓아 두는 게 행복인 줄 알았나 보다 덜어내는 중에 힘에 부칠 때 후회하지 말고 손에 한 움큼 쥐어서 걷어내고 바닥이 드러나면 마음이 비칠까 걱정하지 말고 털지 말고 덜어내지 않아도 될 길에 서서 그냥 열심히 살았고 자숙하는 나는 눈물로 덜어버린 자리를 채우면 이미 그 자리는 먼지의 흔적으로 남는다.

전병국

2021년 『시와정신』 등단.
대전작가회의 회원, 더예하컴퍼니 대표.

전희진

로사네 집의 내력 외 2편

로사네 집에는 대대로
만개한 꽃이라곤 없었다
꽃이 피기도 전에
촉수만 맞으면 남녀간에 정분이
일사천리로 얽히고설킨다
화장이 짙어지는가 싶더니 언제부턴지
영주권의 헛꿈처럼 배가 불러온다
그녀, 멕시코 이민자들의 집엔
남편이 없다 아버지도 없다
고기잡이 나가 파도에 휩쓸려서도
전쟁에 나가서도 아니다
십오 세 성인식 끝나기도 전에
애가 애를 낳고
애의 아빠는
나비처럼 다른 꽃을 찾아 길 떠나든지
달빛 없는 밤을 골라 월경을 하든지
뜨거운 여름날
달리는 트럭
닭장 속에 숨어들어 닭똥 같은 생을 마감하든지
그네 나라 고아원 뜰에는 낙엽처럼

버려진 사연들이 하늘의 별 무덤 같다

그들은 채 피기도 전에

그들 어버이처럼 꽃봉오리 아니면 이미 져버린 꽃이다

거기서 거기

어떤 이가
시는 다 거기서 거기 아니겠냐고

잘 굴러가는 시나
그렇지 못한 시나
세 끼 밥 되지 못하기는 마찬가지라고

거기서 거기라는 말,
얼마나 먼 거리일까

가까운 사이일까
너무 가까워
마치 내가 네 안에 네가 내 안에
천 년을 건너온
인연인 듯

뒤뜰에
그믐달과 추운 별 하나가 나란히
밤늦도록
머리맡 기대어 있는
거기서 거기

봄, 그 거대한 음모

완전범죄라니 그라니
이 거대한 음모의 물결 뒤엔
언제나 그가 있었다
새 한 마리 얼씬 안 했는데
엄마가 동백꽃처럼 스러져 갔다
사람들의 추리는 뒷북치듯 한 발짝씩 늦었다
수없이 많은
낙엽 같은 주검들이
근처 바닷물 위로 속속 떠오르고
자연재해라는 알리바이를 신처럼 믿는
사람들은 순수하다
겉으로는
방파제에 짙게 깔린 새벽안개 같은
정작 공포는
마시는 물에서 풀 한 포기에서 검출되었고
입에서 입으로
섬마을 전체로
방사능 퍼지듯 흉흉하게 확산되어 갔다
더 잃을 것이라곤 빈 가슴 밖에 없는
사람들은 서로가 서로에게 불씨가 되어 주었다

굳어가는 손가락으로 눌렀을

이승에서의 마지막 전화

뚜, 하고 끊어지던

그 거친 신호음 소리로

유추해 볼 뿐

실마리는 하늘에 향수병 엎질러 논 것 같은

그 해 봄밤 속으로

영원히 묻히고 말았다

전희진

2011년 『시와정신』 등단.
시집 『로사네집의 내력』, 『우울과 달빛과 나란히 눕다』, 『나는 낯선 풍
경 속으로 밀려가지 않는다』 출간.
제4회 시와정신문학상 수상.
미국 로스앤젤레스 거주.

정국희

로스앤젤레스, 천사의 땅을 거처로 삼았다 외 2편

로스앤젤레스, 천사의 땅을 거처로 삼았다

이후부터 겨드랑이가 자주 간지러웠고 심지어는

날개가 있는 나를 꿈에서 자주 보았다

사실 나는 천사였는데, 진즉 천사였던 것이었는데

천사의 땅에 터를 잡기 전까지 몰랐다

나는 문득 처음부터 여기에 있었다는 생각이 들기 시작했고

그래서 햇빛을 동그랗게 잘라 후광으로 두었다

거리 곳곳에는 빨강 파랑 노랑불이 의병처럼 도시를 지키고

젊은 천사들은 그 아래서 뽀뽀를 하고

눈 코 입이 까만 천사들은 큰소리로 웃거나 째려보거나 건들건들했다

팜츄리 즐비한 천사의 도시에 자리를 잡은 건 잘한 일이었다

분명 젖과 꿀이 흐르는 땅이었는데 젖과 꿀 대신 얼핏 스쳐가는

폭풍도 괜찮았다

술 마실 틈도 없냐는 술집 간판과

사장님 대박 나세요 횟집 간판이

몸뚱이가 유일한 재산인 코리언을 솔깃하게 함은 물론, 물인지 불인

지 분간하도록

심장에 불을 지펴주는 건 덤이었다

나는 나와 닮은 천사들이 별로 없어서 주로 한글과 친했다

이를테면 글자들을 줄줄이 세워놓고 늘였다 줄였다 글자 놀음하기가

일쑤였다

언문이 똑똑 떨어지고 호흡이 구구절절 맞으면 좋아서 혼자 손뼉을 치기도 하고

알레고리와 메타포가 제대로 맛을 내면 흥얼흥얼

찢어진 청바지 입고 영화관엘 가기도 했다

혼자 놀아서인지 불멸의 영혼을 지닌 나도 어쩔 수 없이 건조증에 걸렸다

땡볕과 바람의 궁합이 맞지 않아 생긴 결과이다

핑계를 대자면 자외선으로 멜라닌 색소가 침착되었다

꿈에 내 몸에서 나온 날개는 실은 밖으로 나오기 위한 흰 그늘의 반란이었다

자갈치

자갈치라는 말에는 자갈 자갈 소리가 난다
물의 안쪽 겹겹의 자갈에는 자갈치아지매의 내력이 숨어 있고
영도다리 난간 위에 초승달만 외로이 떴다는 옛 가요의 가락도 배어
있다
자갈이 아직 습하지 않고 물에 길들여지지 않았을 때
쉼 없이 밀려오는 물의 너울들은 매 순간 자갈들을 흔들어댔다
물길이 어긋난지도 모르고 무작정 밀려든 어린 물결들도
피난민의 고아처럼 어디로든 가야 해서
자기 몸이 물어뜯긴지도 모르고 자갈치로 촉촉한 물낯을 들이밀었다
멍든 물비늘을 품어준 자갈이었다
그건 무의식에서 일어난 물의 일이었다
어디서든 사람 사는 곳이면 성질냈다 껴안았다 야단법석이듯
물의 혈관이 되어버린 자갈들도 스스로 소용돌이치고 부대끼며 자갈
치로 변했다
철수세미로 박박 문질러도 결코 씻어낼 수 없는 갯비린내
보이소 사가이소 아가미 들었다 났다 종일토록 고무다라이 팔딱거리면
출렁출렁 자갈 스치는 소리 젖은 거리로 스며들고
토시 밑 고무장갑에서 바다의 생애가 토막 쳐 나오기도 전
자판 위 지느러미가 더 먼저 염장되는 저녁
생물내가 길바닥에 흥건히 고여 있다

봄날은 간다

연분홍치마가 봄바람에 휘날리고 있다 아니 뒤집혀져 있다 나자빠져
있다
　　아니 아니 봄을 증거 삼아 자기 몸을 뜯어내 상팔자로 퍼질러 있다
제 모가지를 댕강 잘라버리는 험악한 이 사건이
　눈물 한 방울 쥐어짜지 않고 발라당 드러누워 땅을 녹이는 엄청난
이 일이
　실로 그리 대단하지 않다는 듯
　　살랑살랑 봄바람에 몸을 내맡기고 있다

　　　앞섶 풀어헤친 연분홍치마가
철퍼덕 맨살을 내동댕이친 이유는 연분홍에 신물이 나서다
　분홍도 못된 연분홍을 파계하여 통 크게 일 한번 저질러 보고 싶은
거다
　이를테면 조신한 침묵을 부숴버리고 싶은 거다

　아무도 눈치채지 않게 반란을 일으킨 연약한 치마들
　　하나같이 첫사랑처럼 그윽한 분홍여자들
그윽하다를 그로스하다로 바꿔 몸속으로 들어간 분홍을 빼내는 작업
은
　부드러운 죽음이 홍조를 띤 채 제 몸을 스스로 가볍게 한다는 뜻

그러므로 아무도 슬프지 않아 곡哭도 없는 환한 세상을

　연분홍치마가 재촉하여

알뜰한 그 맹세에 봄날이 간다는 뜻이다

정국희

《미주한국일보》시 등단.
『시와정신』비평 등단.
재외동포문학상, 가산문학상 수상.

정대중

마법의 비 외 2편

아카시아 숲에 내리는 비는
검은색이야
저 젖은 땅과 나무줄기를 봐
진초록이야
저 씻긴 이파리들을 좀 봐
쾌청색이야
이 쏴한 내 가슴을 들여다 봐

용담龍膽 꽃

하찮은 짐승의 쓸개도
쓰고도 쓸 터인데
하물며 용의 쓸개라니
깊고도 깊은 연못 속에서
형광빛으로 피어나는
저 푸르디푸른 슬픔들

설중매

누가 저를 두고
맨 먼저 꽃핀다 하는가
차가운 눈발 속
은은한 향 익길 기다려
마지막 해 넘겨서야
꽃을 피우는 것이다

정대중

한남대학교 사회문화대학원 문예창작학과 석사.
2002년 『문학사랑』 등단.
시집 『둑을 넘어 흐르는 물처럼』, 『카오스의 해변』, 『거미줄이 내게 묻
다』, 『아니다』 등 출간.

정용재

빵 굽는 시간 외 2편

아침 저녁 하루에 두 번
자동차 시동을 켜면
부풀어 오르는 생각들
치대고 치댄다
가속과 멈춤을 반복하다 보면
가끔은 꿈이 차지고
구름은 쫄깃해지지만
숙성의 시간이 너무 짧아
맛있는 빵 몇 개 없다
이십여 년 지났어도
제빵의 숙련도는 높아지지 않고
대부분 발효되지 않는 반죽덩이
불완전 연소로 배출된다
출퇴근길 따라나선 오더들
러시아워에 과열되면서
하늘로 시커멓게 날아다니는
구름빵 안개슈 노을바게트

시동을 끄면서
빵집의 셔터를 내린다

마음 속 집 하나 짓다

흙 한줌 밟히지 않는 아파트에서
텃밭 하나 그림만 그리다가
풀만 무성한 남의 집터에
고추 가지 애호박 피망 토마토 쌈채소
조그만 고랑에 많이도 심었다
걱정이 앞서는 밤 손전등 켜고 물도 주고
풀 처음 매보는 아내도 제법 열심이고
초보 농사꾼 실력으로 그럭저럭 수확해서
채소와 삼겹살 원 없이 먹어 보았다
장마와 폭염에 시들까 쓰러질까
마음은 수시로 텃밭 오가고
조금이라도 손길 가면 가는 대로
부지런 떨지 않으면 않는 대로
내어주는 결실 볼 때마다
어릴 적 떠나오며 희미해진 집
대문이 열리고 개가 짖어대고
굴뚝엔 연기가 피어나고
화단에선 달맞이꽃 피어난다

한 달만 시인

여름이 끝나고 초가을
원고 마감을 핑계로
한 달 동안 끙끙 앓는다

술 먹을 시간은 있고
멍하니 죽일 시간은 있어도
바쁜 일상을 핑계로
일 년 열한 달 고스란히
눈으로만 쓰는 시인이 되고
한 달만 손으로
시 쓰는 사람이 된다

몰아 쓰는 것에 대한
답답함과 초조함으로
겨우 써낸 시 하나
버릴 것 하나도 없이
고스란히 동인지에 올리는
아주 경제적인 글쓰기

끄적거려 놓은 것조차 없는 해

보통 고역이 아니다
매년 그러면서도
시 쓴다고 버티고 있는 내가
왠지 처량하기도 하고
신통하기도 하고
한 달 동안 이러는 나를 보고
아내가 혀끝으로 한 줄 쓰신다

당신 시인 맞아?

정용재

2005년 『시와정신』 등단.
큰시 동인.

정우석

끝날 줄 모르는 외 2편

빨간 옷과 흰 옷이
앞서거니 뒷서거니
그라운드를 누비고 있다

중거리 슈팅 시도합니다 골망을 크게 벗어났네요
태클 깊었는데요 경기 그대로 진행됩니다
드리블 돌파하는 선수, 수비에 막히네요
근거리에서 슈팅! 골키퍼 가까스로 걷어냅니다

앞서 달려가던 흰 옷이
날아온 공을 머리로 떨구고
뒤따라온 빨간 옷이
힘껏 공을 향해 발을 뻗는데

골대는 어디로 갔는지
지친 발걸음은 어디로 향해야 하나
관중도 없고, 종료 휘슬도 울리지 않고
나는 왜 뛰고 있는 거지?

내 편 네 편 구분 없이

우리는, 사라진 골대를 향해
힘껏 공을 찬다

별들 모조리 집어삼킨 어둠
마른 다리를 한 없이 절뚝거리지만
그들의 뜀박질은 그치지 않는다
끝날 줄 모르는 세상 속으로

거울 속에서 2

더 올라가면
아마도 보이겠지만

왜일까,
알 수가 없어

한 발 또 한 발
올라간 만큼,

한 발 또 한 발
내려오고 마는 걸

깨금발로 올려다보아도
텅 빈 허공 뿐

아무 일도 없었다는 듯
지나치는 하루

어제의 다음은 늘 어제가 되고
한 발 또 한 발

어둠벽

정교하게 쌓아 올린 어둠벽

바람이 건물 헤집고 다니네
별 하나 남김없이 자리를 뜨자
진자리에 그리움 빼곡이 박혀 있네

인적 없는 밤거리
한 걸음 한 걸음 내딛어 보지만

다가가도 소용없다는 듯
좀처럼 거리 좁아지지 않은 채
싸늘한 공기만 거미줄처럼 달라붙네

보고 또 보아도 변하지 않는 풍경들
이제 그만 멈춰야 할까

비가 온 흔적인 양
차디찬 바닥에 물기 흥건하고

쉴 새 없이 떨어지는 기억들

흙더미 되어 뒹구네

정우석

한남대학교 문예창작학과 졸업 및 동 대학원 석사.
2014년 『시와정신』 등단.
시집 『네가 떠난 자리에 네가 있다』, 『하루를 삼키다』 출간.

아버지의 지게 외 2편

고향집 뒤란에 들면
그을음 더께로 앉은 굴뚝 옆
지게 하나, 아버지처럼 뒤 누이고 있다
짐을 덜 듯 다섯 남매 하나 둘 놓여나고
으스러질 듯 짓눌린 시간 거무스레 삭아 있다
가만가만 어깨에 손 얹어 본다
아버지 빈 가슴 홀 더듬던
젖 덜떨어진 막둥이 칭얼거림 새어나오고
그 언저리 고만고만한 조무래기들
떠돌이별처럼 불안불안 흔들리는
잊혀진 모습 아릿하게 걸어 나온다
아, 다들 어디로 갔나
술추렴 때면 울먹울먹 퍼내던
다 니들 때문이다 니들 때문이다
아버지 탄식 같은 환청 저릿저릿 듣는다
행여 밥은 안 굶는지 정착들은 하였는지
오직 우리들 걱정뿐인 듯
쪼그라들어 작디작아진 아버지 같은 지게
고향집 뒤란에 들면 홀로 저물고 있다

동백나무에 대하여

변치 않는 아름다움 없다

가장 화려하게 피었을 때

그 꽃잎 버릴 줄 아는 동백

세월 앞에 단단하다

화려한 꽃잎 하나 향기

단 하루라도 더 붙들

조바심 내거나 안달하지 않는다

꽃 모가지째 뚝뚝 분질러

한줌 흙으로 누우며

결코 주눅 들지 않는다

제 뿌리 비록

천길 낭떠러지일지언정

기꺼이 뛰어내려 저를 비운다

꽃은 져도 여전히 꽃 가득

비워도 버려도 꽉 찬

한 그루 동백으로

다만 비워주고 그윽해질 뿐

겨울, 새벽 태백산 오름길

내 안 켜켜이 앉은 어둠 도려내기 위해
한 마리 거대한 짐승 잔뜩 웅크린 듯한
겨울, 새벽 태백산 오른다
선잠 깬 새벽별 젖무덤 산등에 나앉아
등대처럼 젖어 오름길 내려다본다
날 선 바람에 볼 베이며 할퀴며
지고 온 어둠 옆구리에 헉, 헉, 토해내자
중턱을 넘어서도록
꿈쩍 않고 드러누웠던 태백산
부스스 잠 털고 일어나 곤드라진 마른 나무와 풀
새벽 걸려 나와 눈밭에 수묵화 토해 놓으며
태양이 어디서 눈을 뜨는지 보라 한다

눈꼽 덜 떨어진 해
허리춤 매달려 이맛살 구겼다 펴는 사이
태백산 정수리 위로
심지 돋우는 햇발
내 안도 덩달아 희부연 어둠 가셔지는
미끄러지며 숨차게 오른 천제단 거기

앙칼지게 날 선 주목 가지마다

눈꽃 서리꽃 사태 진 태백산 이마 위로

불끈 치솟은 해

천지가 눈부셔 그만 무릎 절로 꺾인다

정은이

2004년 『시와정신』 등단.

가을행 버스 외 2편

가을행 버스에
기대어

은행나무 가로수 정거장에서
나도 노랗게 물들이려
서둘러 따라 내린다

살아온 날들 정거장에 남겨두고
잎새마다 발자국 차곡차곡
이루어질 꿈 안기고

어느새 그 길 저무는 하늘에
하얗게 매달려 있는
실구름

가을행 종점
내 마음에 어제를 실으니
온종일 앉아 있던 잎새들
점점 갈잎 창문으로 젖으며
어디론가

자꾸 떠나가고 있다

종점 아닌
내일로 가는 가을행 지점.

끈

생각은 끈이 길까
하면 할수록
길어진다

생각은 골라야지
올바른 생각도
그르게 연결된다

생각은 손도 있어
친절 베풀 때
손이 따라 온다

생각은 재주 부린다
많이 할수록
혼동도 따라 온다

생각은 앞뒤가 있다
지금 일이 지나고
곧 내일 일로 바뀐다

생각은 샘도 많다
이 생각나면
저 생각이 방해한다

생각은 친구다
외로울 땐
항상 내 옆에 있다

생각은 끈이다
가위로도 자를 수 없는
아주 길고 긴 끈

봉선화

내 어린 시절, 할머니
담장 밑 봉숭아 따서
백반 소금 식초 한 방울씩
마른 잎 빡빡 무깨

잎새 장갑 만들어
하얀 실로 꼭꼭 감추면

기나긴 여름철
손톱마다 봉숭아 꽃 피었네

초겨울 내
사나운 추위도
시린 손가락 호호 불어주는

할머니의
봉숭아 꽃

겨우내

변치 않고 밤새워 핀 꽃

할머니 낮잠 주무실 때
선홍빛으로
팔을 주물러 드리네

잠 잘 때 묶여진
할머니의 사랑
지금 더 붉은 빛으로
가슴 속에서 피어나네

정정숙

2022년 『시와정신』 등단.
시집 『만남』 출간.
미국 로스앤젤레스 거주.

행운木 외 2편

잘린 토막도 살아 있는 목숨이라 하자

푸른 촉 기어코 올라오면
꼭 만나야 할 우리들 약속이라 하자

오늘 살아 있는 것은
발끝을 모았던 지난 호흡의 습관이라 하자

삭제된 몸통 위로,
촛농이 떨어진 뜨거운 한때를
상처받았던 곳이라고
그 누구에게도 발설하지 말자

밑동에 뿌리내리면
오체투지 갈채를 보내듯
누가 묻지 않아도
우리의 이름 행운목이라 하자

개

개는 어스름한 저녁에 숲에 있었다
그곳에서 밤을 샐 듯이 누워서

개 발목 털이 붉게 물들어 있었다
가까이 가자 기어이 나와 멀어졌다

멀어지는 개를 향해 이름을 불렀다
내가 아직 지어 부르지 않은 개

개는 밤이 늦어도 오지 않았다

웅크린 채 잠이 들었다가 일어났을 때
나는 목줄이 묶여 있었다

명이

울릉도, 첫째날 우산을 준비해 왔으나 봄 가뭄이 계속되고 구름도 없는 해맑음

중앙통로를 올라가다 들어온 식당 밥이 나오기 전 반찬 먼저 식탁에 차려지고 접시 위 이름을 두고 젓가락을 뒤적인다

명이, 이 명이는 어느 절벽에 명을 온전히 맡기고 몸을 불렸을까 붉은 잎맥 짐짓 바람이 그려놓은 여행자의 길이 되는 지도이다

조경숙

2013년 『시와정신』 등단.
시집 『절벽의 귀』, 『눈의 작심』 출간.

조남명

콩바심 외 2편

    아내는 심심할 만하면 느닷없이 이 말을 꺼낸다. 첫아들 가져 만삭되어 배가 아파와 이십 리 떨어진 시골 어머니를 아침 일찍 데리러 간 사람이 저녁 어두울 때 되어서야 늦게 돌아왔다는 얘기다. 아마 지금까지 골백번은 들었을 것 같다. 시골에 가보니, 콩대가 마당 가득히 펴 있고 이번 나가면 금방 못 오니, 비 오기 전에 급히 도리깨로 두드려 바심을 하고 가자며, 첫애는 금방 안 낳는다고 하여 그것하고 오느라고. 그날 아내는 아침부터 저녁까지 아픈 배로 무섭고 공포에 떨며 간 사람을 원망하며, 까맣게 홀로 기다리고 있었을 게다. 그날 자정 무렵에 수술로 몸을 풀었다. 요즘 딸애가 남산만 한 배로 버티고 다니는 것만 보면 으레 또 가서 콩바심 하고 오지, 사람이 죽고 사는데 그것이 문제여 그런다. 이 말은 언제까지 들어도 싸다.

향기는 스스로 만든다

사람에는 저마다 향기가 있다
어떻게 삶 살아왔느냐에
묻어 나는 향이 다르다

자기가 지금껏
어찌하고 왔나 뒤돌아보면
자신의 향기 맡을 수 있는 거다

제 몸에서 나오는 냄새 감추려고
좋은 향기 풍기게 하려고
겉에 향수를 뿌리면
대번에 알아보고 마는 거다

베갯잇을 적셔보지 않은 사람
아름다운 삶의 의미 속까지는 모르는 것
사람의 진정한 향 몸에 지녀
누구나 좋아하는
그윽한 향기 풍기게 할 일이다.

하관 下棺

　백 하고 석 살 여인의 명정과 공포가 봄 하늘을 나부끼고, 뒤 따라 이중 꽃상여 행렬이 청송리 푸른 들판 길을 돌아 평소 살았던 아들 집 텅 빈 마당을 한 바퀴 갈지자로 최후로 돌았네. 못 다 입고 못다 쓰고 이번 가면 영결일세, 요량잡이의 애절한 선소리에 후렴으로 받는 어허 어허 어허야 어헤 대매꾼의 상여소리와 검은 상복에 완장 차고 리본 맨 오륙십 명의 번족한 아들 딸 며느리 사위 상주들이 뒤따르며 슬퍼하는 곡소리가 동네를 다 집어 삼켰네. 언덕 위의 수선화도 절을 하네. 노제를 올리고 조문을 받은 꽃상여는 좁은 논뚝 길을 지나 먼저 와 기다리고 있는 영감 묘 옆에 다가와 정좌했네. 땅 속 회사무리 관을 열고 오시를 맞춰 하관을 하였네. 상여에서 관을 풀어 일곱 매 묶은 수의로 싼 몸을 무명 띠 여섯 가닥으로 들어 광중에 모시었네. 병자생 임자생 피하시오 좌와 분금을 맞춰 안치되고 자손들이 고운 흙 한 삽씩 헌토가 시작되고 관에 흙이 채워져 시신이 차차 안 보일 쯤 자손들의 마지막 울음소리가 터지고 청실홍실 폐백이 놓이고 명정이 덮이면 흙이 쌓이고 잔듸가 덮여 합폄 봉분이 오르고, 비로소 이승에서 살았던 부부가 사십 년 만에 저승에서 다시 신방을 차렸네.

조남명

한남대학교 사회문화대학원 문예창작학과 석사 재학 중.
시집 『사랑하며 살기도 짧다』 등 7권 출간.

조명희

자두나무 아래 너를 부르면 외 2편

여름엔 자두지
오늘을 따왔으니 새콤달콤을 맛보자고

하늘이 과일가게를 닮아 나는 몇 가지의 과일을 나열했다 토마토가 채소냐 물은 것도 나였고 차에서 먼저 내린 것도 나였다

너는 입이 단단하다
참새와 까치의 부리를 빌려 살았다 쪼아댄 의문이 가지를 뻗고 떨켜의 움은 자라 한 방향이었다

나는 골이 깊은 자두를 고른다 너는 꼭지 주변을 살핀다 나는 과일의 크기를 나눈다 너는 벌레 먹은 과일을 버린다 나는 얼먹은 부위를 도려 낸다

너는 버릴 건 버리자

진즉 잘랐어야 할 맹아지였다

돌아가는 시간을 계산한 건 너였다 풀밭을 앞서간 것도 너였고 신발에

묻은 흙을 털어낸 것도 너였다

떠난 것도 너였다

튤립

선물이었다 그런 줄 알았다
들여다보며 꽃이라는 말이 튤립에서 왔을 거라고

꽃잎이 인사한다 맞받아친 ㄱ이 ㄲ으로 둘이 마주하면 봉오리 같았다
온실에서 자랐다 했다 ㅗ이 웃자라 긴 꽃대
튤립을 닮아 있었다

그의 알을 뱄어요

떼지 않아도 때 되면 떨어질 꽃잎이려니
받침 없이 피어 스스로 받들어야 할 꽃이라니

주의사항;
이에 궁금해하지 말 것
봉오리가 자해하는 모습을 보거나 또는 그 덤터기를 쓰게 되므로
절대 의문을 품지도 말 것

오래전 어느 나라에선 튤립 한 송이가 파동을 일으키기도 했다고
파동은 전쟁이기도 하여 한 겹씩 벗기려 눈물 흘려야 했던 사람들

ㅊ은 뿌리와 같아 땅속 세상은 어둡고
간혹 씨알 굵어 땅 위로 올라오는 알뿌리 있다

캐지 않아 썩는 진실도 있다

비키니 쌉 가능

오늘은 곳에 따라 비
서울에 비 올 확률은 오전 40% 오후 90%

확률로 즉흥의 꽃을 피워내는 여자가 있다

고독을 알아 군중을 파고드는 여자는 앞뒤가 없다 묻히거나 도드라지
거나를 즐긴다 덜컥 발목 잡히기가 쉬운 일은 아니지

칭찬에 약한 식물처럼 시선을 느낀다 입에서 입까지 길을 닦는다 과속
이면 어때 개라든가 꿀이라든가 핵 정도의 속도

그녀,
도심 대로변에 떴다 비키니 차림으로

시원스레 달려보겠다는데 뭐가 잘못이라고
바빠서 오토바이 좀 탔다는데 뭐가 문제라고

경찰의 부름엔 겸손도 하지 예복을 갖췄더라고 순백의 웨딩드레스가
어찌나 눈부시던지

곧 오후야

오늘은 어디서 어떤 모습으로 나타날까?

• 2022년 여름, 강남 대로변을 질주하는 오토바이에 여성 인플루언서가 초미니 비키니 차림으로 동승해 화제가 됐다

조명희

한남대학교 사회문화대학원 문예창작학과 석사.
2012년 『시사사』 등단.
시집 『껌 좀 씹을까』, 『언니, 우리 통영 가요』 출간.
상춘문학상 대상 수상.
한국문화예술위원회 아르코문학창작기금 수혜.

천사의 도시인가 L.A는 외 2편

사막에 일구어낸 별 밭의 마천루
태평양의 끝자리 LA는 천사의 도시인가
사랑을 가볍게 춤추는
할리우드 산 아래

진노와 시샘의 진폭이 저리 멀리 오는데
고모라와 소돔 성의 어쩔 수 없는 후예들
오늘의 마지막 날에도 지평을 흔드누나

뒷골목 휴지 되어 목이 마른 천사들
산타아나 바람에 아프게 절여지는 색색의 가슴들
눈물이 가난하여 비도 마르네 이 비옥한 황무지에

산타모니카 수평선 밑 핏덩이를 쏟아놓고
짙은 한숨 토해낸 후 등 돌려 떠나도
은빛의 나래는 꿈의 궁전, 수없이 추락하는
뭍별들의 고향아

은하수 건너는 일

맨몸으로 태풍을 견디는 일 바다뿐이랴
소리로 허공을 가르는 일 바람뿐이랴
마음씨 심은 작은 몸 고르기는
비길 것이 없구나

별빛이 우주 공간 뛰어넘는 일보다
햇살이 아침이슬 스러지게 함보다
한세상 누추함 가리는 일
순간으로 지나고

달빛을 빌어다가 등 초롱 밝혀놓고
솔바람 들이어서 어둔 귀 소세(梳洗)하니
저 하늘 은하수 건너는 일
내일 길도 보인다

어머니

꺼져버린 불꽃 속에
창백한 불씨 하나

타버릴 가슴 벽에
마음 씨앗 걸어주신

초상화
영원히 흔들리지 않으리
지워지지 않으리

조옥동

1998년 『현대시조』, 2006년 『시사사』 시, 2017년 『시와정신』 평론 등단.
시집 『여름에 온 가을엽서』, 『내 삶의 절정을 만지고 싶다』 출간.
현대시조 좋은 작품상, 해외풀꽃시인상, 윤동주미주문학상 수상.
한국 〈시사사〉 운영회원, 미 서부 민족시인선양회 이사장.

조재숙

늙은 호박 외 2편

자신의 똬리 하나 틀지 못한 노파가 측은하게 앉아 있다
잔뜩 부어오른 배를 움켜쥐고
호흡조차 가늘어 누렇게 떠 버린 얼굴
깊이 패인 골을 따라 한숨 흘러내린다
이미 배꼽의 꼭지가 돌고
작은 흔들림에도 생명줄 놓아버릴 시간을 세고 있다
농부가 달려와 노쇠한 몸 일으켜 부축했다
늙은이 그늘지고 구석진 헛청에 가두고
하루에 한두 번 들락거렸다
그때마다 지친 노인 웅숭그리고 앉아 농부 바라보았다
그녀의 남루한 겉옷이 벗겨졌다
힘없이 늘어진 뱃가죽 드러났다
뱃속에는 누런 고름이 고여 있고
구더기들 놀란 듯 뛰쳐나왔다
농부 대신 그들이 먼저 살찌우고 있었다
마지막 남았던 온기마저 토해내고
두엄 속에 묻힐지라도
땅의 꽃 되어 다시 바람 앞에 서리라

씨앗을 삼키는 여자

여자는 민들레 꽃씨 씹지 않고 꿀꺽 꿀꺽 삼키더니
낡은 손수레 사서 두부와 콩나물 장사를 시작했다
딸랑딸랑 종 울리며 민들레처럼 웃고 다녔다

얼마 후 그녀 켁켁대지 않고 삼색제비꽃 씨앗 삼키더니
그녀 닮은 봉고차 하나를 사 각종 야채 싣고 다녔다
이번엔 종 대신 녹음된 제비목소리로 잠을 깨우며
몇 년을 제비꽃처럼 웃고 다녔다

그녀가 한동안 오지 않아 궁금했다
얼마 후,
그녀가 살구씨앗 삼키고 아무 탈 없이
열매를 주렁주렁 맺었다는 것 알게 되었다

시장 한 귀퉁이 작은 점포에 자리 잡고
김 모락모락 따끈따끈한 두부를 팔고 있었다
사람들은 그 집 앞에 줄 서서 살구를 따려고 기다렸고
그녀 더 큰 씨앗을 삼키려 살구꽃처럼 어둠 밝히고 있었다

녹슨 트럭

주인은 해가 저물 쯤
낡은 집 앞 은행나무에 나를 묶고
등을 어루만지며 하루 무사했다는 신호를 보낸다
그럴 때마다 왜 나는 까닭도 없이
죄 지은 것처럼 마음이 불편해 오는가
이제 노쇠하여 60킬로 달리기도 버겁다
그새 꼬리털도 많이 빠졌다
주인 등에 앉은 파리 쫓아 주고 싶어도 마음대로 되지 않는다
어제 맞은 소낙비가 감기 불러들여
등에 진 소금자루 바위처럼 무겁기만 하다
소금 팔리지 않은 날도 끼니를 한 번 굶은 적 없다
신작로엔 아직 젊고 힘센 말들의 발굽소리 우렁차다
주인은 언젠가 비루먹은 나를 버리고 새 말을 살 것이다
주인은 내일 걱정으로 전전반측 잠 이루지 못한다
소금의 간기가 등짝에 패인 상처에 스며 통증을 부른다
머지않아 다시 반갑지 않은 먼동이 터올 것이다

조재숙

한남대학교 문예창작학과 졸업.
2008년 『시와정신』 등단.

배고픈 햇살 외 2편

버릇처럼 그가 옆 좌석에 앉은 여자와 시시덕거리더군요. 나는 무작정
차에서 내려버렸어요

터키 보수프레스 해협과 맞닿은 작은 마을이었지요

아이들 웃음소리 풍경처럼 흔들리고
생선가게 아낙들 수다가 비늘처럼 흩날렸죠
마을 앞 바다에는 고래가 물을 뿜어대고 희한하게 하마가 보인 듯도
합니다

종일 고픈 배로 걸어다녔어요

오해 말라며 헐레벌떡 찾아온 그에게 매달리고 싶었지만, 끝내 어떤 말
도 하지 않았지요

후회의 파도가 밀려오고 밀려가는 사이
그림 같던 풍경이 사라졌습니다

똑똑, 아침부터 배고픈 햇살이 창문을 두드립니다

물동이 이는 여자

낮도깨비 닮은 홍역이었다
골 깊은 그 마을도
한 집 건너 아이들이 줄줄이 죽어 나갔다

펄떡펄떡 뛰놀던 부용이 남동생 둘도 차례로
거적뙈기에 말려 나갔다

동생 둘을 잡아먹은 독한 년이라
어미 아비 날 세운 구박에
후둘 후둘 아기새 다리는 하루에
수십 번 물을 이어 날랐다

잠귀 밝은 누렁이까지 짖기를 멈춰야
귀를 열고 고달픈 새우잠에 들던 나날들

십 년 후 남동생 둘이 태어나
더 이상 물동이는 이지 않아도 되었다

동생을, 자식을, 손주를 업어 키우며

타령처럼 그 시절을 읊조리던 울 엄마

물동이 대신 요양병원 자동침대를 이고 있다

사라진 노숙자

부식된 철로에 잔재가 어수선한 용현사거리
소리 잃은 호루라기와 깨진 형광봉을 들고 手신호를 보낸다
절름거리는 더벅머리, 남루한 차림의 그가

하루에 몇 번씩, 기적을 앞세운 석탄 열차가 검은 눈발을 흩뿌리며 지
나가던 시절
그의 수신호는 덜컹거리던 우리 삶의 작은 쉼터였다

재개발로 포크레인에 떠밀리는 삶의 흔적들
챙겨가지 못한 항아리, 대야, 밥그릇, 문짝, 깨진 거울……

그가 사라진 수인선 철길로
이삿짐 트럭 하나 지나고 있다, 수신호도 없이

지연경

2017년 『시와정신』 등단.
시집 『내게만 들리는 소리』 출간.

두더지 외 2편

넌
밤에
눈 감고
땅 속 헤집는
바보

난
낮에
눈 뜨고도
봐야 할 것 못 보는
바보

아름다운 추억

비가 이처럼 아름다운 것은
하늘도 모르게 모아둔 한 호흡
지금, 나에게 내리기 때문이다

물 말려 구름 만들고
그 구름 비로 뿌리는데
보이고 보이지 않음이 구분됨을 어쩌랴

비처럼 태어나 시작된 삶
그동안 우리 몸부림들은 볼 수 없지 않은가

어찌 오늘만 만나겠냐만, 이 비
산골짜기에 어깨동무한 채 스치는데
바람이 그 사이 비집어 돈다

비가 이처럼 아름다운 것은
못 본 지난 기억 반추하도록
내 벗은 몸 깨지듯 퍼붓기 때문이다

우연히 피는 꽃 있을까

어제 그 길가에 핀 꽃
수줍어 고개 돌려 스치듯 나 보더니
오늘 먼저 인사하네
밤새 무슨 생각 바뀌었을까

우연히 피는 꽃 있을까
색마저 무슨 사연 있겠지
그 자리 고집하는 이유까지

내게 할 말 있는 걸까. 혹여
허공에 맡긴 몸짓 알 수가 없다

피면서 시듦을 챙겨야 하는 너
어제보다 창백하다

내일은 좀 일찍 만나세
가슴속 붉은 향 뿜어도 보게
내 들을 수 있도록

그리곤 뚝 떨어져 버리세

화사한 이별이 되게

우연히 피는 꽃 있을까
너는 알겠지만
나는 모른다

진종한

2009년 『시와정신』 등단.
시집 『그대 숲에서 바다를 본다』 출간.
한국시문학상 수상.
충남시인협회 회원.

人,큐베이터 외 2편

幻의 창가가 바스라졌다

물빛 페페로미아
幻의 제자가 준 것이다

고단하게 떨어져도 억지로 날지 않던……
……아니 수없이 고단하여 억지스럽던

바스라진 것들의 눈동자는
언제나 검게 흔들린다
아베마리아여 나의 아베마리아여
이제와 항상 영원히*

허공에서 미아가 된 영혼이 뿌리를 적시도록 밤, 낮, 밤, 낮

그리하여
신음을 연주하며 붉아지는
떡하니, 잎

幻이여!

메마른 것들의 궁륭

강이 흐르고 무지개가 뜨는 방에서

스러지고 적시고 태어나고 다시 고요히 서로를 품는

한 생애를 키우는

사제師弟의 시간

* 가톨릭 기도문 중 '영광송' 일부

엄마의 침대

오늘은 좀 어떠세요?

마른 침대에 누워 저녁을 세고 있지
밥알도 안 넘어가는 목구멍에 무얼 넘겨 보나
젊음과 늙음 사이에 침대가 있구나
방울방울 떨어지는 링거액이
시든 피부를 통과하느라 애쓰네
침대 위 늙은 마누라에게
무엇을 배달할까 고민하던 네 아빠
서랍 속 고이 넣어둔 딸내미 글 챙겨서
새벽을 걸어왔더라
밥알도 안 넘어가는 목구멍에 글을 넘겼지
젊은 설움들이 이제사 도착해서
장마처럼 쏟아지는구나
글 쓰는 일이 생을 담아 고는 일이었냐
젊음이 고되서 빨리 늙고 싶었는데
익어보니 떫은맛 그립고
멈춰 있으니 헛꿈이라도 쫓고 싶구나
네가 낳은 글은
너를 낳은 내게 서럽고 귀한

약이란다

생의 무게 더는
얹기 싫어 침대에 한 손도 걸칠 수 없는
내 엄마의 밤

봄과 여름 사이에서

하늘을 보다

갑자기 착한 마음 한 조각 생겨 버렸다

갓 쪄낸 하늘의 젖내

한껏 부푼 흰,

흰 내 안의 시간들

모든 세상의 언어는 물의 연주라는 듯

그 물이 닿은 하늘의 선물로

보일 듯, 보여질 듯

꺾인 고개로 숨을 다리고 다듬는 것

괜찮다 할 것 없는 어느 날을 빌려

미움을 마음으로

비사치는 6월

차유진

2022년 『시와정신』 등단.

철쭉꽃 외 2편

요선정 가파른 암벽 위에
누님의 손거울만한
암자가 올라가 있다

아무도 찾아오지 않는 이곳에
보살 같은 여인이
합장하며 나를 반긴다

노을빛 그 얼굴 발그스레하다

돌아서 오는 길

힐끔 뒤돌아보았더니
아직도 그 자리
얼굴 붉히며
철 늦은
철쭉꽃이 바라보고 있다

하늘변소

새처럼 허공을 날다 용변을 보기는 힘든 일이다

비행기에서 해우解憂를 한다
앞서 펑퍼짐한 엉덩이가 데워 놓은
온기에 앉아 밀어내기 한 판을 한다

비좁은 공간 때문인지
봄 가뭄 비처럼 찔끔하더니 소식이 그쳤다
작은 놈은 틈으로 흘러갔고 큰 놈은 문이 열렸어도
고공의 기압이 중력을 거부했다
으스스 진저리를 친 다음에 신호가 왔다
보내는 것에는 서운하고 슬픔이 있는데,
왜 이리 깃털처럼 가볍고 시원한지
쏟아놓은 향기는 벌써 소리를 물고 흩어졌다

굉음과 같이 분비물이 분해되어 낙진한다니,
은하계 저편까지 날아가거나
낯선 풍경 위에 떨어질 것이다

공중 가득히 떠돌다가

어느 바다에 떨어져 춤추는 햇살이 되거나
허공을 어중치기로 돌아다닐 것이다
항로아래 줄지어 선 버드나무가
분말 시장기를 덜고 푸르게 화장을 한다
새하얀 목련이 이빨을 내미는 계절
왠지 저 꽃잎에서 분내가 난다

씀

누가 말끝에 씀, 하고 붙여주면
그 씀이란 말 듣기 좋다
말에 씨가 붙어
싹이 나고 잎이 나
열매가 맺힐 것 같은 말

쓰면서도 궁금한 씀이란 말
쓰임이 있다는 말인지
쓴 약 같다는 말인지
써서 남겨야 한다는 말인지 모르지만
해찰부리지 않고 살다간 생각의 사원
왠지 스스로 귀해지는 말이다

나만 알 수 있는 존경스런 마무리
말끝에 글 끝에 씀, 하고 맺는다

최태랑

2012년 『시와정신』 등단.
시집 『물은 소리로 길을 낸다』, 『도시로 간 낙타』, 『초록 바람』 출간.

문門 외 2편

우리는 원래 하나였다

구름이나 바람이
틈을 벌려 놓았을 뿐

잇닿으려
할수록 깊어졌고
시선 밖으로 사라졌다 희미해져 가고

마주보고 울고 있는
이유 모르니
어리석음 뿌리 내렸다

바라보고
서로 탓하다
놓쳐버린 시간

눈물 마르자
가슴치며 비둥거리다

문득,

너라는 이유로
아름답다는 고백
은빛되어 흩어지다가
즐거운 노래가
나를 씻기운다

우리는 지금 둘이 되었다

설거지 명상

말을 많이 한 날은 센 물줄기를 틀어 놓고 했던 말을 뒤적거린다

부대낀 날은 부드럽게 분무하는 물을 틀어 놓고 나를 씻는다

화가 난다고 그릇을 깨뜨리지 않았으니

심심한 날은 설거지도 쌓이고
넘어지지 않을 만큼 불안이 올라간다

말라붙은 밥풀이 많았을까
팔이 아프도록 문질러야 하는 기름때가 많은 관계

음식 찌꺼기를 털어내다가
배수구 거름망 막혀 사이사이 칫솔질 깊게
락스 붓고 햇빛에 말려
보송보송한 여름 한나절

식탁 정리하고 생각도 마음도 나란히
식기세척기 사는 일 없고

물기는 시간을 밀어내는 바람이 말려줄 테지

가지런히 반짝이는 그릇들이
이 모양 저 모양
인생을 살아가는데

제비꽃

초록 위로 쏟아진 보라
작은 입술로 부르면
너를 보고 나를 만나는 시간

낮은 자리에서 그렇게 빛나고 있다니
소리조차 필요 없는 박수

외로움 뒤에 붙어 온 달팽이
무엇이든 내어놓는 나
손이 오그라들까봐
더 힘있게 펴본다

찻잔에 바람을 심어놓고 같이 마신다

서로를 묶어주는
관계 속에서 나를 키우고 있다

또 다른 약속을 지키는 가녀린 꽃대

한 칸짜리 방

버리고 갈 것밖에 없어서

값싼 것밖에 없어서

가볍다

하미숙

한남대학교 대학원 문예창작학과 박사과정 수료.
2020년 『시와정신』 등단.
시집 『너라는 계절』 출간.

매미의 수다 외 2편

너무 시끄러워
제발 입 좀 닫으라고
창문 열고 소리 지르는 너

잠시 내 말 좀 들어볼래?

칠 년의 시간을 땅속에 있었어. 어둡고 축축한 나무뿌리를 붙잡고 유배당한 이유도 살아갈 의미도 모른 채 죽지 않기 위해 안간힘 했지. 긴 시간 엎드려 있는 까닭을 아무도 말해주지 않더군. 간간히 뿌리까지 들려오던 소리는 다른 세상이었지. 어느 날 문득 허공에 던져졌어. 어지간히 뜬금없는 일이었지. 잊혀진 듯 지내다가 태양 아래 나온 이유 그마저도 영문 모를 일이었지.

너라면 궁금하지 않겠니?

칠 년을 갇혀 지냈어. 간신히 나무뿌리와 흙의 감촉에 익숙해지는데 불쑥 낯선 세상에 던져졌지. 나름대로 질서 있던 땅 속에서 허공에 던져진 기분이라니. 그 순간을 뭐라고 표현할지 모르겠어. 햇살이 따갑고 바람의 스침이 낯설어서 하늘을 향해 외치고 땅을 보며 항변했지. 내가 살아가는 이유를 알려달라고. 오랜 시간 닫았던 입을 열어 목청껏 소리 지르는 거야. 어쩐지 시간이 별로 없을 것 같아서 열심히 묻는 거야.

너, 나에게 알려줄 수 있니?

순간

벌거숭이 갯벌에 새겨진
굽이굽이 주름살 들여다보다
불현 듯 산비탈 낡은 집으로 달려간다

얄궂은 숨쉬기 멈추지 않고
끈질기게 살아남으려 애쓰던 아이

버려진 동태 대가리 주워 모아
허기진 창자에 어두일미라 이르며
치미는 부끄러움 모른 척 하던 아이

연탄 한 장 아까워 숨구멍 틀어막으며
구멍 난 창문 두드리는 황소바람
철 지난 옷으로 가리던 아이

그래, 그런 시절 있었지
팔자 도망은 못한다는 말
털어내려고 안간힘 쓰던 순간들

마침내,

물길 떠난 갯벌에 몸 세우고

고개 흔들어 지난 시간 털어내며

용케 잘 살았구나 싶은 지금 이 순간

기차와 김밥

기차는 김밥을 닮았다

뜬금없이 찾아온 어린 동생이 층층시하 새댁의 처지를 헤아릴 줄 몰라 난감했던 언니, 도망간 어미가 낳은 동생이 밉기도 하련만 이도저도 내려놓고 시린 마음만 보듬던 언니와 형부, 어린애가 오죽하면 주소 하나 들고 왔을까 싶어 시어머니 몰래 고구마를 깎아 주던 손길이 내 십대에 머물러 있다

기차에 태우며 들려준 김밥과 사이다, 서울행 기차 안에서 부끄러운 얼굴 감추고 꾸역꾸역 먹으면서 기차가 김밥이면 좋겠다고 생각했던 아이, 한 거인이 있어 김밥 같은 기차를 우걱우걱 먹어치우면 집에 가지 않아도 될 텐데, 기차가 내뿜는 연기처럼 흔적 없이 사라지고 싶던 십대의 기억 속에서 기차는 언제나 김밥이 된다.

한사코 김밥이고 싶은 아이를 싣고 기차가 달린다

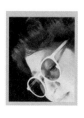

하희경

2020년 『시와정신』 포에세이 등단.
시집 『기차와 김밥』, 수필집 『민낯』 출간.

한재선

가을 하숙집 외 2편

소문이 바람을 앞서가고
시간도 머물다 가는 카페 하나가 있지

나비가 팔랑이며 줄지어 고개를 넘고
무리 지은 꽃잎 사이
바람이 오솔길 이랑을 한 갈래로 빗질하며
햇살이 마당 가득한 탁자 위로 길을 내지

꽃잎 흐드러져 주홍빛 풍경이 풍경을 담느라
서로 그림이 되어주는
먼발치 아래
호수의 머릿결로 온 쪽빛 바람마저
연인들의 입술을 더듬는가
다정한 웃음 익어가는
찻잔 위로 햇살을 안고 출렁이지

금잔화 말린 꽃 꼬투리
꽃으로 다시 피어나고
말간 꽃향기가
사르륵 온몸으로 번져가고

덩달아 허리를 휘청이며
물오른 대추나무 수만 개의 귀를 키우며
붉은 몸으로 기울어 가고 있지

우듬지 끝방

현관 옆 모과나무 한 그루가 있다

같이한 세월 얼마나 되었을까
무성하던 초록 잎 뒤의 방
숨겨둔 줄도 모르고
무심도 하지
긴 시간 눈길 한 번 주지 않은 모퉁이
잎새 거의 지고서야 우듬지마다
등불 밝히는 것을 보고 알았다

새들의 소문을 들었는지
하루가 멀다고 먼 길 떠나는
그 뒤를 따라 하나둘 배웅하고 있다

봄이 오고
진득이 여름이 가고
가을이 서걱이며 헤집는 사이
온갖 비바람 땡볕을 옹골지게 품었는지
계절의 골이 깊어
끈적끈적 새어 나오는 한숨 소리

뭉툭한 근육이 단단한 시간을 쥐고 있다

우듬지 끝 방
덜 익은 문장 하나에
날마다 아슬아슬 씨름하다
마땅한 낱말을 찾지 못해
또다시 그네를 타는 바람의 행간

씨앗들이 세든 방은 까무룩 깊어 갔다

쓸쓸한 침묵

창밖 은사시나무는
적막이 궁금해서 멀대처럼 귀만 키우고 있다

수시로 흔들리는 허공이 이명 같아서
하늘을 붙잡고 있다

둥지 잃은 새 한 마리
어디서 날아왔는지
회색빛 도시에서 길을 잃었는지
먼 곳에 시선을 매어두는 것은
낙오된 외로움이 커서
나무의 껍질처럼 울음도 하얗게 길었다

울창한 숲을 지나
잔물결 이는 호수를 지나
아파트 깊은 골목을 지나
가야 할 길이 먼 어디쯤에서
바람의 각도를 재는 걸까

발가락 사이로

바르르 떨리는 잎사귀가
새가 떨어뜨리고 간 체온을 고스란히
받아 적었다

나뭇가지에 흔들리던 햇살이
깊이 고였던 틈새의 침묵을 지우고 있다

한재선

2023년 『시와정신』 등단.

한정근

휘묻이 외 2편

나는 코닥 너는 아그파
자정부터 소낙눈이 온대요
나는 코닥 너는 아그파
아침에 새를 가지러 갈게
나는 코닥 너는 아그파
등대에는 가봤나요 맑고 추운데
나는 코닥 너는 아그파
아침에 새를 가지러 갈게
나는 코닥 너는 아그파
어서요 태양 없이 정신의 동굴로
나는 코닥 너는 아그파
아침에 새를 가지러 갈게
나는 코닥 너는 아그파
돌아와요 부산항에 목을 베기 전에
나는 코닥 너는 아그파
아침에 새를 가지러 갈게

돌아오지 않는 해변

나의 마음은 가고 있습니다
다 상한 가구처럼
어디 머물기도 실리기도 하면서
고려은단 먹으면서

나의 심방은 가고 있습니다
다 낡은 상체로서
사방에다 부딪고 꺽꺽대고 하면서
비올라도 끌으면서

나의 바지는 가고 있습니다
꼭 불에 탄 해안 같이
팔락 펄럭 펄러덕 나부끼어대면서
리바이스 돼보면서

나의 얼굴은 가고 있습니다
꼭 숨진 열기구 같이
새빨간 후배 새파란 거짓말하면서
가고 있지 않으면서

풀 없는 풀장

작은 배에서 죽은 애
작은 배에서 젖어 죽은 애
작은 배에서 전부 젖어 죽은 애
내 뼈가 꾼 꿈속에 다 있어요

작은 배에서 죽은 애
죽은 배에서 작아 젖은 애
젖은 배에서 전부 죽어 작은 애
애네는
내 뼈가 꾼 꿈속의 내 뼈가
꾼 꿈속에 있고요

사람 살려 할 때
사람을 살려 사람을 살려
라 하는 일을 본 적 있나요

젖은 물은 여직 젖고 있어요

한정근

한남대학교 문예창작학과 졸업.
2008년 『시와세계』 등단.

현택훈

우리말 사전 외 2편

누굴까요 맹물을 타지 않은 진한 국물을 꽃물이라고 처음 말한 사람은

며칠 굶어 데꾼한 얼굴의 사람들은 숨을 곳을 먼저 찾아야 했습니다 마을을 잃어버린 사람들 한데 모여 마을을 이뤘습니다 눈 내리면 눈밥을 먹으며 솔개그늘 아래 몸을 움츠렸습니다 하룻밤 죽지 않고 버티면 대신 누군가 죽는 밤 찬바람머리에 숨어들어온 사람들 봄 지나도 나가지 못하고 동백꽃 각혈하며 쓰러져간 사람들 사람들 꽃물 한 그릇 진설합니다

누굴까요 오랜 가뭄 끝에 내리는 비를 비꽃이라고 처음 말한 사람은

솜반천길

물은 바다로 흘러가는데
길은 어디로 흘러갈까요
솜반천으로 가는 솜반천길
길도 물 따라 흘러
바다로 흘러가지요
아무리 힘들게
오르막길 오르더라도
결국엔 내리막길로 흘러가죠
솜반천길 걸으면
작은 교회
문 닫은 슈퍼
평수 넓지 않은 빌라
솜반천으로 흘러가네요
폐지 줍는 리어카 바퀴 옆
모여드는 참새 몇 마리
송사리 같은 아이들
슬리퍼 신고 내달리다
한 짝이 벗겨져도 좋은 길
흘러가요
종남소, 고냉이소, 도고리소,

나꿈소, 괴야소, 막은소……
이렇게 작은 물웅덩이에게
하나하나 이름 붙인
솜반천 마을 사람들
흘러가요

밤우동

때로는 허기만 채워도 벗님을 잊어버린다
오래전에 누군가 밤에 불을 피운 것이
이 마을의 설촌 유래로 전해온다
밤에 우동 한 그릇이 여기 있어
내가 있는 이곳은 따뜻한 마을이 된다
추억은 고명이 되어 라디오 주파수로 흐르고
낯선 집 앞을 지날 때는
조금 움츠러들긴 하지만
밤구름이 돌담 틈에서 넘살거리는
이곳은 개 짖는 소리부터 그리운 세계
때깔 고운 사람이 되어

현택훈

2007년 『시와정신』 등단.
시집 『지구 레코드』, 『남방큰돌고래』, 『난 아무 곳에도 가지 않아요』, 『마음에 드는 글씨』 출간.

구름의 뿌리는 어디일까 외 2편

구름은 얕은 바람에도 개의치 않는다
얼굴을 붉히거나 시무룩하지 않고 떠간다
구름은 마른 땅에 비도 내리고
쩌렁쩌렁 천둥 번개 빛기도 한다
눈도 제법 내리기도 한다
구름은 우리 곁을 떠난 적 없다
꽃들이 화사하고
나무들이 푸른 이유다
그러고 보면 운구雲柩라는 말 참 슬프다
우리는 구름을 단단히 염하고
구름을 화장한다
구름에도 뼈가 있다는 걸
새삼 알게 된다
구름은 구름을 보고 운다
평생 구름이 되고 싶었나 보다
한결 구름이 되고 싶었나 보다
우린 모두 훨훨 구름이다
둥둥 뜬구름이다
관을 버리고 구름으로 돌아가는 것이다

내 수염은 날마다 자란다

바람이 해를 허—물었다
수많은 꽃, 잎
수많은 생니를 뽑아내더니
12月,
나는 12月 강물 속에 있는 것이다
검은 외투를 입었으니
바람에게 눈에 띄지 않을 것이다
나는 메기가 되었다
화살나무와 마주친다
수십 본의 화살
제 중심을 빗나갔다
뒤틀리며 곧은 화살
피땀 맺혔다
염소가 남은 저녁 빛을 뜯고 있다
염소가 깔깔거리며 울고 있다
아파트 동을 돌며
학습 전단지를 붙인다
업業, 업業,
내 수염은 날마다 자란다

반성

아… 내가 아무것도 모르고

물수제비 뜰 때

히히덕거리고 깔깔거릴 때

좀 더 많은 물수제비를 띄우기 위해

열을 올릴 때

물고기는 얼마나 깜짝깜짝 놀랐을까

다치지는 않았을까

미안해지는 밤이다

또 돌들은 까닭 없이 물에 잠길 때

얼마나 속이 상했을까

얼마나 많이 울었을까

지금은 찾지도 못할 거야

그래서 돌들에게도

미안해지는 밤이다

황인학

2009년 『시와정신』 등단.
시집 『눈부신 자서전』 출간.
우분투 국어학원 원장.

김완하金完河 주요 연보

1958 ~ 현재

김완하金完河 주요 연보

1958년 2월13일(음력) 경기도 안성군 공도면 마정리 71번지(안성시 공도읍 마정강변길)에서 김진일(金鎭一)과 지기원(池琪元) 사이의 2남 3녀 중 차남으로 출생. 본명 김창완(金昌完).

1965년 문기초등학교 1학년 입학.

1967년 초등학교 3학년 때 최초로 동시 「미루나무」를 써서 좋은 평을 받음

1968년 문예반 활동을 함.

1968년~1970년 4, 5학년 학급 회장, 6학년 때는 전교 회장을 맡아 회의 진행을 함.

6학년 때 초등학교 대표로 안성군 백일장에 참가했으나 수상하지 못함.

1971년 문기초등학교 6년 졸업 후 공도중학교 입학.

1974년 공도중학교 3년 졸업 후 평택고등학교 입학.

고등학교 1학년 때 평택문화원에서 열린 고등학교 시화전에 참여함.

1976년 4월 초에 대학에 가면 국문학을 공부하고 시를 쓰겠다고 다짐함.

친구들 5명과 『碧紙(벽지)』라는 동인지를 냄.(창간호로 끝남) 이때 김완하(金完河)라는 필명을 사용함.

1977년 평택고등학교 3년 졸업 후 한남대학교 문과계열 입학.
 청림문학회에 가입.

1978년 한남대학교 국어국문학과로 2학년 진입.
 청림문학회 회장을 맡음.

1981년 육군에 입대.

1983년 육군에서 제대.

1984년 한남대학교 국어국문학과 4학년에 복학.
 제11회 한남문학상 시 당선(당선작 「신영리 들에서」).

1985년 한남대학교 국어국문학과 졸업.

1986년 한남대학교 대학원 국어국문학과 석사과정 입학.

1986년~1988년 한남대학교 국어국문학과 조교.

1987년 월간 『문학사상』 신인상 시 당선(당선작 「눈발」 외 4편).

1988년 한남대학교 대학원 국어국문학과 석사학위 취득.
 학위 논문 「이육사·윤동주 시의 대위적 구조 연구」

1988년~1999년 한남대학교 인문과학연구소 연구원.

1988년 한남대학교 대학원 국어국문학과 박사과정 입학.

1989년 한남대학교 국어국문학과 시간강사.
 4월 15일 류옥희(柳玉熙, 서대전여고 교사, 1985~2020)와
 결혼.

1990년 장남 경세(景世) 출생.
 윤형근, 안용산, 이종진, 서정학 등과 〈큰시〉 동인 결성.

1992년 제1시집 『길은 마을에 닿는다』(문학사상사) 간행.
 첫 시집이 5쇄를 인쇄해 고무되는 경험을 함.

1993년 『오정문학』 창간(한남대학교 사회교육원 시창작과정에서
 지도한 수강생을 중심으로).

1994년 한남대학교 대학원 국어국문학과 박사학위 취득.

　　　　학위 논문「신동엽 시 연구」

　　　　차남 경조(景朝) 출생.

1995년 제2시집『그리움 없인 저 별 내 가슴에 닿지 못한다』(문학

　　　　사상사) 간행.

　　　　저서『신동엽 시 연구』(시와시학사) 간행.

1996년 저서『한국 현대시의 지평과 심층』(국학자료원) 간행.

2000년 한남대학교 문예창작학과 교수로 부임.

　　　　(한남대학교, 대전대학교, 배재대학교, 건양대학교, 침례

　　　　신학대학교, 우송대학교, 대전신학대학교, 을지의과대학

　　　　교의 겸임교수, 시간강사 등을 거쳐서 한남대학교에 신설

　　　　된 문예창작학과 교수로 초빙됨)

2000년~2008년 한남대학교 문예창작학과 학과장.

2002년~현재 계간『시와정신』창간(편집인 겸 주간).

2002년 제3시집『네가 밟고 가는 바다』(문학사상사) 간행.

2005년 소월시 우수상 수상(수상작「허공이 키우는 나무」외 6편).

　　　　『한국 현대시와 시정신』(새미) 간행.

　　　　시「엄마」가 구성주 감독의 영화「엄마」의 표제시로 선정됨.

2006년 소월시 우수상 수상(수상작「그늘 속의 그늘」외 6편).

2007년 한남문인상 제정(한남대학교 개교 50주년 기념).

　　　　제4시집『허공이 키우는 나무』(천년의시작) 간행(세종우수도서).

　　　　제12회 시와시학상 젊은시인상 수상.

2008년 시선집『어둠만이 빛을 지킨다』(천년의시작) 간행.

2009년~2010년 UC 버클리 객원교수.

　　　　버클리문학협회 창립 지원.

제자들과 『생으로 뜨는 시』 1, 2(한남대학교출판부) 출간.

2010년 제22회 대전시문화상(문학부문) 수상.

2010년~2023년 한남문인회 회장.

2011년~2015년 한국문예창작학회 부회장.

2011년~2017년 대전문학관 개관준비위원 및 운영위원.

2011년~2012년 한남대학교 대학신문사 주간 교수.

2013년 제5시집 『절정』(작가세계) 간행(세종우수도서 선정).

　　　　버클리문학협회와 『버클리문학』 창간.

　　　　『신동엽의 시와 삶』(푸른사상) 출간.(『신동엽 시 연구』 개정판)

2013년~2016년 대전문화재단 정책자문위원.

2013년~현재 미국 『버클리문학』 자문위원.

2014년 『김완하의 시 속의 시 읽기 1』(맵씨터) 간행.

2014년~2017년 대전고등법원 예술법정 자문위원.

2015년 『김완하의 시 속의 시 읽기 2』(맵씨터) 간행.

2017년 『한남문학선집』 발간(한남대학교 개교60주년 기념).

　　　　시와정신국제화센터 오픈(대표).

　　　　『김완하의 시 속의 시 읽기 4』(맵씨터) 간행.

2017년~2019년 대전광역시 문화예술정책 자문위원.

2017년~2023년 대전광역시교육청 정책자문위원.

2018년 제6시집 『집 우물』(천년의시작) 간행.

　　　　제11회 충남시협 본상 수상.

　　　　시와정신해외문학상 제정.

2018년~2023년 한남대학교 사회문화행정복지대학원 문예창작학
　　　　과 학과장.

2019년 한남문인신인상 제정(한남문인회 주관).

시선집 『꽃과 상징』(시선사) 간행.

2020년 『김완하의 시 속의 시 읽기 5』(맵씨터) 간행.

2021년~현재 한밭도서관 정보서비스위원.

2021년 제자들과 『시창작과 문화콘텐츠』(한남대학교출판부) 간행.

　　　　『김완하의 시 속의 시 읽기 6』(맵씨터) 간행.

2022년 제7시집 『마정리 집』(천년의시작) 간행.

2022년 『김완하의 시 속의 시 읽기 7』(맵씨터) 간행.

2023년 시와정신아카데미 대표.

　　　　문학사상문학회 회장.

　　　　『김완하의 시 속의 시 읽기 8』(맵씨터) 간행.

　　　　8월 31일 한남대학교 국어국문창작학과 교수 정년퇴임.

　　　　정년을 기념하여 제자들이 엮은 시세계 『김완하의 서정과

　　　　사유의 깊이』 및 공동 작품집 『사이꽃』(시와정신사) 간행.

김완하 교수
정년퇴임
기념 작품집

사이꽃

초판인쇄 _2023년 10월 16일
초판발행 _2023년 11월 6일
지 은 이 _김완하 외
　　　　　김완하 교수 정년퇴임 기념 작품집
편　　집 _노금선 이혜경 손　미 김지숙 신현자 박세아 박종영
　　　　　손혁건 정우석 박희준 조명희 우종숙 김난수 조남명 김주희
펴 낸 곳 _시와정신사
　　　　　대전광역시 대덕구 대전로1019번길 28-7, 2층
전　　화 | 042-320-7845
전　　송 | 0504-018-1010
홈페이지 | siwajeongsin.com
전자우편 | siwajeongsin@hanmail.net
등록번호 _대전 바01053
등록일자 _2005년 10월 13일

공 급 처 _(주)북센
　　　　　경기도 파주시 문발로 77(문발동) (10881)
전　　화 | 031-955-6777
전　　송 | 080-250-2580
홈페이지 | www.booxen.com

값 52,000원

ISBN 979-11-89282-55-4

* 본지는 한국간행물윤리위원회의 도서잡지윤리강령 및 잡지윤리실천요강을 준수합니다.